BEGINNING NOVELS
【小説】EKZ
【イラスト】吉沢メガネ
姫騎士がクラスメート!
A classmate is a princess knight!
1

A classmate is a princess knight! - volume.1

Contents

第一章 俺と、姫騎士と、予言の姫 8
★1話★ 魔隷術師な俺と、姫騎士な彼女 16
★2話★ 戦いと、決着と 24
★3話★ 隷属と、奪われる純潔 39
★4話★ お風呂と、パイズリ奴隷 52
★5話★ 女冒険者たちと、食卓 61
★6話★ 来訪者と、魔の誘い 73
★7話★ 魔貴族少女と、魔の契り 87
★8話★ お仕置きと、新たな力 100
★9話★ 闇の陰謀と、エルフ娘 112
★10話★ パーティの力と、男のロマン 120
★11話★ 五人の魔隷と、俺との宴 136
★12話★ ふたつの食事と、ひとつの知らせ 148
★13話★ 強襲作戦と、切り結ぶ剣 156
★14話★ 女騎士と、その言葉 163
★15話★ 砕かれる誇りと、その名 182
★16話★ 予言の姫と、虹の刃 193
★17話★ 姫の決意と、柔らかな天国 211
★18話★ 三人のメイドと、入り交じる思い 225
★19話★ 魔宮の公女と、破天の予言 233
★20話★ 俺と姫と、繋がりの時 246
★21話★ 管理者と、新たな道 256
★EX-Hシーン★ 俺と、キリカと、制服と 281
★ボーナストラック★ パルミューラと、キリカと、お仕置きと 300
姫騎士がクラスメート! THE GAME

【キャラクター紹介】
Character
A classmate is a princess knight! - volume.1
魔隷術師
トオル
Tooru
元の世界では空気のような地味な学生。転生後、他人を言いなりにできる職業・魔隷術師をゲット。
女法術師
ニーナ
Nina
小柄で細身の女法術師。ロリ担当。
女戦士
アメリア
Amelia
ワイルドな赤毛のロングヘアが特徴的な野性的な女戦士。姉御肌。
精霊弓士
シエラ
Sierra
弓使いにして精霊術師のエルフ。そして巨乳。

姫騎士
アーマーゴーレム
ナナ
Nana
錬金術師によって造られた魔法生物。正式名称はアールマV7。
パルミューラ
Palmyra
第四位階に位置する魔貴族。漆黒のゴスロリドレスを纏う悪魔っ娘。
魔貴族
ランパディア王国第三
王女
システィナ
Sistina
キリカが仕えるお姫様。ランパディア王国の第三王女。
女騎士
セレスタ
celesta
システィナ姫を守る女騎士。キリカをライバル視している。
キリカ
Kirika
トオルのクラスメートにしてクラス委員長。異世界でランパディア王国の姫騎士となる。

1話：魔隷術師な俺と、姫騎士な彼女

「小田森《おだもり》くん、はいこれ。修学旅行用の冊子」

「あ……う、うん」

「それじゃ、半分よろしくね」

「あぁ、わかったよ」

たったこれだけ。

それが俺、小田森トオルと、クラス委員の姫野桐華《ひめのきりか》との間で交わされた会話のすべてだった。

俺の席が教室の最前列左端だったため、冊子を配る手伝いをする流れになった時の、ただそれだけの会話。

何のとりえもない地味な男子生徒と、成績優秀で人気も抜群な学園指折りの美少女。

できる接点なんて、まあせいぜいそんなもんだ。

でも、まさか……「ただし、元の世界では」という註釈が、ここにつくことになるなんて。

※　※　※

俺にとって修学旅行は、他の学校行事と同じく陰鬱なイベントだった。

なにせ恋人はもちろん、友達の一人もいないのだから。

イジメられてるわけではないが、誰からも重要視されない、空気のような存在。

それが入学以来ずっと変わらない、クラスにおける俺の立ち位置だった。

そんなぼっちの俺が、そうじゃない幸せな連中を横目に観光だの散策だのを楽しめるはずもない。

だから行きのバスの中で一人、早くも最低のテンションで窓の外をぼんやり眺めていた時……その〝事故〟は起こった。

爆発音、強い衝撃、クラスメートや教師の悲鳴。

ホワイトアウトしていく視界。

そんな中俺は、ああ結局人生ひとつもいいことなかったけど、死ぬタイミングだけはみんなと平等だったな……などと、無感動なことを考えていた。

※　※　※

次に気が付いた時、俺はオフィスのような場所で安っぽい椅子に座っていた。

目の前にある机の向こうには、ねずみ色のスーツに眼鏡の神経質そうな男。

三十代くらい、東洋人にも西洋人のようにも見える。

なんだこれ、あの世にも面接とかあるの？

「……ええと、このたびは私どもの管理ミスで大変申し訳ないことをしました。もちろんすぐ〝補償〟いたしますので、ご安心を」

海外ドラマみたいに両手を大げさに広げて、作り笑いを浮かべるスーツ男。

……あの、さっぱり話が見えないんですが。

「ごもっとも。手短に説明しましょう。まず、私は〝管理者〟。あなたがたの概念でいう神、その端末のようなものと思っていただきたい」

はあ……それにしちゃずいぶんと神秘性のかけらもない場所と服装だなあ。

せめて背景デザイン、神殿とかにすりゃいいのに。

「次に、あれは〝事故〟だったとご理解ください。次元同士の部分衝突……まあ、数世紀に一度くらいは起こるんです。ええ、もちろん再発しないよう努力を……」

手短に、と言ったくせに言い訳がましいセリフが無駄に混じっている。

神の領域もお役所仕事とは世も末だ。

ともあれ、〝管理者〟のおっさんの説明を、まとめると以下のようになる。

1. 元の世界での俺たちは全員即死しており、それを覆すことはできない
2. その代わりに、俺たちの魂を別の世界に〝転生〟させてくれる
3. 転生先の世界は、いわゆる中世ファンタジーな魔法や魔物つき異世界である
4. 赤ん坊からではなく、元と同じくらい成長した姿への転生となる
5. どんな職業や立場に転生するかはランダムとなる
6. それからの人生はどうぞご自由に

「というわけで、一人ずつ説明がてら転生先を決めるクジを引いてもらってる、というわけです。さあどうぞ」

町内会の福引きみたいな、穴の空いたしょぼい箱を差し出された。

色々と適当だなあと思いつつ、仕方ないので手を突っ込んで一枚抜き出す。

なになに……〝魔隷術師《スレイヴマンサー》〟？

「え、マジですか？　そんなヤバイの混じってました？　本当に？　おっかしいなあ……」

首をひねる〝管理人〟。

おいおい、しっかりしてくれよ神様の端末とやら。

そもそも、スレイヴマンサーって何？　職業？　称号？

「ま、でも出ちゃったもんは仕方ないですすねぇ……。じゃ、今後は魔隷術師としてセカンドライフを頑張ってくださいな。それじゃ、次の人がつかえてるんでさよ～なら～」

おい、ちょっと待ってまだ聞きたいことが……と止める間もなく。

俺の視界は、再びホワイトアウトした。

※　※　※

……その小さな辺境の村に、奇妙な異変が起きたのは春先のこと。

森に薬草採りに行った村娘を皮切りに、若い女ばかりが次々と行方不明になっていったのだ。

ゴブリンやオーク、あるいは野盗のしわざかと思われたが、何も痕跡や目撃報告がない。

捜索や山狩りもまるで成果がなく、調査依頼を請けた冒険者パーティさえも消息を絶った。

ここに至って、ついに王都に直接の救援が要請されることになる。

先の冒険者パーティがかなりの腕利きだったこともあり、事態を重く見た王都政府は、騎士団から最精鋭を派遣することを決定した。

そして、真っ先に名乗りをあげたのは……。

※　※　※

「……第三トラップルームも、突破されたようです。ご主人様」

薄暗い灯りが照らす、洞窟最深部。

遠視魔法のかかった片眼鏡ごしに戦闘区域を観察していた、ローブ姿の女法術師《ソーサレス》が、うつろな瞳で俺に報告する。

俗に言うレイプ目ってやつだな……っと、そんなことを考えてる場合じゃあない。

俺は石造りの簡素な玉座の上で足を組み直し、彼女に……自分の〝魔隷《スレイヴ》〟に質問する。

「マジックミサイルとパラライズガスの複合トラップもあっさり単独突破、か。どう思う、侵入者はお前みたいな冒険者だと思うか？」

「いえ、おそらくは王都の騎士……それも単独での討伐戦闘や迷宮攻略に特化した、最精鋭かと」

「へえ、そんなのいたんだ、この国。まあ、これだけ派手にやってりゃ騒ぎも大きくなるわな」

この辺境を騒がせている連続行方不明事件。

その主犯は何を隠そう、この世界に転生した俺だ。

洞窟にトラップまみれの拠点を築き、討伐に来た冒険者をこのように隷属させる。

すべては、俺が偶然引き当てた魔隷術師の力のなせるわざ。

詳しい内情は、後ほどあらためて説明するとして……今はとりあえず無礼な侵入者をどうするかだな。

「このぶんだと、間もなくここに到達します。いかがしますかご主人様、我々が迎撃に出ますか？」

「それで勝てると思うか？　もし、その最精鋭だとして」

「難しいでしょうね。敵の力は、我らパーティのそれを単独で上回ります。ですが、手傷は負わせられるかと」

捨て駒戦法をするか、否か。

もちろん、そう命じれば魔隷たちはためらいなく命を捨てるだろう。

少し考えて……俺は首を振る。

「いや、よそう。せっかくだ、ここで出迎えてやろうじゃないか。その騎士様とやらをね」

は、と従順に一礼する女法術師に指示をして、俺はいくつかの準備を施す。

ちょうどそれが終わる頃……部屋の扉が、バンとけたたましく開いた。

「狼藉の日々もここまでです、邪悪な術師よ！　おとなしく抵抗をやめ降伏なさい、さもなくば――」

現れたのは、青いマントと黒い長髪をなびかせ、きらめく白銀の甲冑をまとった女騎士。

うっすら輝く幅広の騎士剣の切っ先を、まっすぐ俺に向けている。

「この姫騎士キリカの剣にかかって、果てることに――」

……え？

その声、その顔、その名前。

まさかそんなと、思わず立ち上がる俺。

同時に、向こうも気付く。

「ひ、姫野……さん？」

「小田森、くん⁉」

……そう。

これが俺、小田森トオル改め魔隷術師トオルと。

姫野桐華改め、姫騎士キリカの。

新たな世界における最初の会話だった。

ステータス

【魔隷術師トオル】……ジョブ：魔隷術師ＬＶ6
スキル：？？？

【姫騎士キリカ】……ジョブ：姫騎士ＬＶ5
スキル：？？？

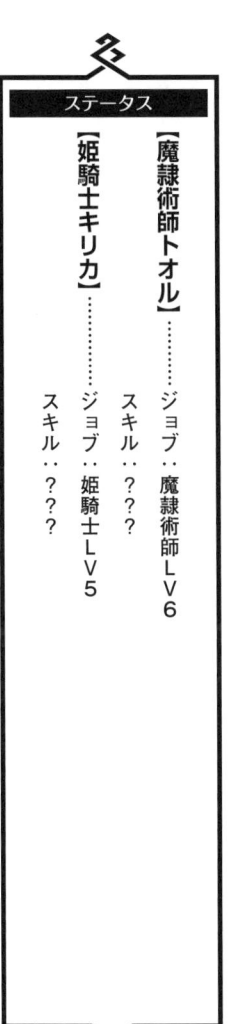

2話：戦いと、決着と

「そんな……まさかあなたが、連続行方不明事件の首謀者だったなんて……！」

さすがに驚いた様子の姫野桐華、いや姫騎士キリカ。

隙なく構えられた騎士剣の切っ先が、動揺してわずかに揺れている。

だが、俺にとってもこの出会いは予想外だった。

思わず石椅子から立ち上がりかけた腰を、ゆっくりと下ろす。

「その驚きようじゃあ、元クラスメートと再会するのはこれが初めてみたいだね、そっちも」

「ええ……それもまさか、こんなにすぐなんて」

もしこの異世界が地球とそう変わらない広さだとして、バスに乗っていたのはたった20と数人。

それぞれの転生先がランダムなら、ひとつの大陸に数人程度の密度ってことになる。

魔法を除いて、移動手段も通信手段も中世レベルのこの世界だ。一生誰とも会わずに終わっても
おかしくない。

ましてや、俺たちが〝転生〟してからまだ一ヶ月程度なのだ。

「でも、それよりも驚いたのは。……小田森くん、あなたがこんな悪事に手を染めてるってことよ」

彼女の声は、怒りではなく悲しみを帯びていた。

それが、俺をどうにも苛立たせた。

「へえ、優等生の姫野さんは異世界に来てまでお説教かい。しかもクラス委員の次は王都の騎士様になるとはね。そのいい子ちゃんっぷり、変わらないね」

「小田森くん、あなたは……変わったわ。そんな見下した目をする人じゃなかったのに」

「はあ？　君が俺の何を知ってるっていうのさ」

ちゃんちゃらおかしくて、変な笑いが出てしまう。

そう、俺に目もくれなかったくせに。

あの一言以外、話す機会もなかったくせに。

「俺は変わっちゃいないよ。こっちに来て、やりたいことを自覚して、そのための力も手に入れただけさ」

「それが魔隷術師の力……人を精神操作で奴隷にする伝説の禁術だっていうの？」

まさかとは思ったけど、俺のジョブを知っている。

ということは、対策を立ててここに来てるってことか。

俺は考えを巡らせながら、時間稼ぎの会話を続ける。

「知ってるなら話が早い。健全な男子高校生がそんな力を手に入れたらどうするかくらい、マジメな姫野さんでも想像つくだろ？」

「そ、それは……！」

彼女が息を呑む音が聞こえた。

部屋の灯りは薄暗いからはっきりとは見えないが、赤面もしているに違いない。

「そう、今考えてる通りだよ。いや、姫野さんが知らないような、想像もつかないようなことも俺はしてるはずさ……捕まえてきた村娘や、冒険者の女にね」

「や、やめてっ！　どうして！」

どうしてそんなひどいことを、とでも糾弾するつもりか。

笑わせる。

「理解できやしないよ、生まれつき恵まれた姫野さんに俺の気持ちなんかね。それにこっちに来てからも……姫騎士、だっけ？　当然のようにレアなジョブだ」

彼女の格好を上から下まで、じろじろと眺める。

体の要所要所をガードする軽装鎧をベースに、よく見るとレースやフリルで飾られたそのスタイル。

首元のリボンなんか、どちらかというと制服か何かのようで、ご丁寧にミニスカートと白タイツの絶対領域まで確保されている。

地球の中世なら絶対にありえない、非現実的にもほどがある装束だ。

「しっかしオタク趣味とか無縁そうな姫野さんが、そんなコスプレみたいな格好するなんてねぇ……だいたい姫なのか騎士なのかはっきりしてくれよ」

「そ、そんなことはどうでもいいでしょ！」

わざと軽口を叩いてみせながらも、俺は内心で舌打ちしていた。

ちょっとした動きの軽やかさから見ても、彼女の鎧は特殊なアーティファクト……魔法強化された武具であることは間違いない。

おそらくは、高い対魔法能力も備えているだろう。

それだけではない。

姫騎士というジョブの詳細は不明だが、ジョブ自体の魔法抵抗が高いこともほぼ間違いない。

洞窟の魔法トラップを傷ひとつなく突破してこれたのも、そもそも単独で術師を討伐に来たのも、そうじゃなければ説明がつかない。

……これは、実に厄介だ。

というのも魔隷術師の隷属魔法は、支配力も効果時間も強力な反面、魔法抵抗の高い対象にはよほど近距離から長時間かけ続けないと効力が薄い。

そしておそらく、彼女はそんな隙を与えてはくれないだろう。

「最後の警告よ。素直に降伏する気は、ないのね？」

「勝てる勝負を捨てるバカがどこにいるんだよ」

そう、じゃあ悪いけど……とつぶやいて、姫騎士が一瞬で間合いをつめてきた。

予想以上に速い踏み込みだ。

俺の反射神経そのものは、元の世界と大差ない。

普通なら、なすすべなく打ち倒されるしかなかっただろう……だが。

「っ⁉」

ガインッと金属音が鳴って、騎士剣が大盾に食い止められた。

石椅子の陰に隠れていた女戦士が、俺をガードしたのだ。

それにしても、俺を殺さないよう剣の背部分で打ちかかるとはお優しいことで。

「魔隷……！」

うつろな瞳で俺を守る元冒険者を、驚いたように見つめるキリカ。

俺はその隙に、高速言語による詠唱を何節か完了させた。

ホログラフィのような緑の光が、円状にキリカの黒髪を取り巻き始める。

「くうっ!?　あ、頭がくらくらするっ……！」

慌てて、バックジャンプして間合いをとる彼女。

魔隷女戦士はあらかじめ命令した通り、無言でガードの体勢を続けている。

「さすがに抵抗力高いね。進行度５％ってとこか。ま、打ち込むたびに上乗せされてくけどね」

相手を打ち倒す必要はない。隷属魔法をかける隙さえ作れば勝ちだからだ。

だからただ守りに徹する、それが俺の作戦だ。

盾の防御力も、女法術師によるエンチャント魔法で強化済みだ。

「考えたわね、小田森くん。いえ、魔隷術師……でも」

５ｍほど離れた間合いで、肩の高さまで持ち上げた騎士剣が水平に構えられた。

そんな遠さから一体なにを……？

「我が気高き剣に来たれ、破邪の霊光！　聖光爆濤破《ブリリアント・バースト》ッ!!」

真紅の魔力が刀身に集束し……そして奔流となって放たれた。

閃光が部屋を照らし、炎の元素魔法よりも強烈な衝撃がはじける。

かざした盾ごと、魔隷女戦士が壁まで吹き飛ばされて動かなくなった。

「驚いたな……こりゃすごい魔法剣技だ。それが姫騎士のスキルってわけか」

「そうよ。そしてこの技は悪しき者、心なき者に特効の破壊力を示す。あなたの魔隷にも効果てきめんのようね」

守り手のいなくなった俺めがけ、腰を落として剣を構え直すキリカ。

魔法の射程外から一気に踏み込み、一撃で昏倒させるつもりだろう。

「もう盾はないわ。残念だけど、これでお仕舞いよ」

「ああ、どうやらそうみたいだ」

彼女が踏み込む。

同時に俺が指を鳴らす。

部屋奥の扉から現れた女法術師が、高速詠唱を開始する。

それに気付きつつも、キリカの動きは変わらない。

どうせ自分に魔法はほぼ効かないし、俺を倒せば決着するのだから当然だ。

だが……それこそ俺の目論見通りだった。

「……えっ⁉」

振り抜かれた騎士剣は、俺の体をむなしく突き抜けた。

「これは、ミラーイメージ⁉」

「ご名答」

実際の俺の位置は、一歩半ぶん斜め後ろ。

魔法抵抗が高くとも『他者にかけられた魔法』を看破できるわけではない。

この仕掛けを見破られないため、魔隷にも最初から、ニセの俺を守らせていた。

そして、鏡像の俺が立っていた場所、彼女が踏み込んだ場所には……。

「うそ、落とし穴っ……⁉」

姫騎士さまの体が、まぬけにも1・5m四方ほどの縦穴に滑り落ちていく。

この洞窟を拠点にした時から準備しておいた、きわめて原始的な仕掛け。

だが、それゆえに魔法トラップと違い、魔力による感知も魔法抵抗も関係ない。

もちろん、それだけなら彼女は優れた身体能力ですぐ脱出するだろう。

だから、女法術師の魔隷に詠唱させた魔法の出番だ。

ガチャン、と3cmほどの隙間しかない鉄格子が、キリカの頭上を塞いだ。

テレポートオブジェクト……物体短距離転送魔法によって、一瞬で受け穴にはめこんだのだ。

「そんな……こんな手にっ……！」

「さすがに手こずらせてくれたね、姫騎士さまは。でも、ろくに構えもとれないその狭さならさっきの剣技も使えないよね？」

鉄格子を破って脱出するのにかかる時間は、どんなに急いでも数分はかかるだろう。

その間に俺は、悠々と近付いて詠唱を完了させればいい。

彼女を……姫騎士キリカを、元クラスメートの姫野桐華を、隷属させる術式を。

ステータス

【魔隷術師トオル】…………ジョブ：魔隷術師ＬＶ６
スキル：隷属魔法ＬＶ５

【姫騎士キリカ】…………ジョブ：姫騎士ＬＶ５
スキル：聖騎剣技ＬＶ３／魔法抵抗ＬＶ２

3話：隷属と、奪われる純潔

「思ってもみなかったよ。まさか、隷属しても意識を保ってるなんてね。……魔法抵抗が一定以上だとこうなるのかな？」

洞窟奥、俺の私室。

ベッドに腰かけ、俺は目の前にひざまずいた姫騎士キリカを興味深く見つめる。

彼女は、俺の隷属魔法にかかった。それは間違いない。

無抵抗にここに来て、俺の指示に従っているのだから。

だが、これまでかけた相手は皆、人形のような受け答えをするだけの存在と化したのに対して、彼女だけは性格も意識もそのままだったのだ。

「っ…………」

長いまつげの目を伏せて、キリカは黙ってじっと耐えている。

体が思うように動かせない屈辱に、これから自分が何をされるかの悪寒に。

「ま、いいや。今からどうなるかくらい想像つくよね、マジメな姫野さんでもさ」

「小田森くん、あなたは……きゃっ!?」

ぼろん、と目の前に取り出したチンポを突きつけると、驚いて目をそむけるキリカ。

その新鮮な反応がたまらない。ムクムクと勃起してしまう。

なにせ、これまで犯してきた村娘や冒険者たちは、従順すぎてまるでダッチワイフだったからな。

「や、やめて！　そんなヘンなものを近付けないでっ！」

「ヘンなものとは失礼だなあ。ほら、ちゃんと見てごらんよ、姫野さん」

〝命令〟のニュアンスが入った言葉に反応し、彼女の顔が向きを変えていく。

赤面した可愛らしい顔が、嫌そうな表情のまま、まじまじと俺のチンポを見つめる。

「姫野さんは、そういえばキスはまだしたことないのかな？」

「う、うう……し、したことない、です」

俺の質問に、魔隷となった彼女は正直に答えるしかない。

「そっか、なら姫野さんのファーストキスは……俺のチンポに捧げてもらおうかな」

「え、そっそんな⁉　やっ、あっ嫌っ……んんうっ⁉」

自分の意志に反して、可愛い薄桃色の唇がギンギンになった亀頭に近付き、触れた。

柔らかい、少し湿った感触。

あの姫野桐華が、学年トップの美少女が、姫騎士の装束で俺のチンポに初キスを捧げている！

それだけで射精してしまいそうな達成感だ。

「う、ううっ……へ、ヘンな味がっ……！　匂いも臭いぃっ……！」

「初キスおめでとう姫野さん。じゃあそのまま、俺のチンポをフェラチオしてよ。フェラくらい知ってるよね？」

魔隷自身の知らない概念を命令しても、正確に実行させることはできない。

涙目の姫騎士キリカは、おそるおそるピンクの舌を伸ばして、俺の膨らんだ亀頭をぺろぺろと舐め始めた。

「ははっ、ウブな姫野さんでもフェラが何かくらい知ってたか。でも、こういうことするのは初めてだよね？　男と付き合ったこともないよね？」

「は、初めて、です……はい、手を握ったこともありません……」

「だと思ったけど、安心したよ。じゃ、俺が初めての男ってわけだ」

「っ……！　さ、最低の男だわ、あなたはっ……！」

「その通り。いいねえ、にらまれながらしゃぶられると余計燃えるよ」

俺をキッとにらみ付けながら、ぎこちなく先端をワンパターンに舐め続けるだけのフェラ。

ま、ウブな処女の知識じゃその程度が限界か。

元クラスメートに、クラスのアイドルにさせてるってだけで達成感は抜群だけど、いつまでもこのままじゃ面白くない。

「おい、ニーナ。ちょっと来てくれ」

「はい、ご主人様」

ローブ姿の女法術師が入室し、俺のそばにやってくる。

ひざまずいてチンポを舐めさせられている姿を、魔隷とはいえ他人に見られたことで、キリカがビクッと反応する。

「下手クソなフェラしかできない姫騎士さまに、俺がお前に仕込んでやったテクを教えてやってくれよ。横でこいつを使ってみせてさ」

「わかりました」

ベッド脇に置かれたディルドーを、キリカの隣に正座した彼女に渡す。

ニーナがローブの頭巾をとると、金髪セミロングの、少し地味だが整った顔が現れる。

年格好は俺たちとそう変わらない。

そのまま彼女は、捧げ持つようにしたディルドーにねっとりと舌を絡め始めた。

「うわ……す、すごい……！」

にゅちゃぺちゃと水音を立てて、いやらしい舌と唇の動きで偽物のチンポをしゃぶり始める姿を見て、キリカがかぼそい声で驚く。

彼女を魔隷にしてから、時間をかけて少しずつ教え込んだフェラテクだ。

「さ、真似して同じようにしてもらおうかな。できるだけ忠実に、ね」

「え!? あっ、うそ嫌っ……んちゅっ、んぶうっ!?」

命令に従わされたキリカが、ニーナを横目で見ながら同じ動きを始めた。

いくら恥ずかしくても、忠実にマネしろという指示に逆らうことはできない。

とたんに下品に舌を伸ばし、唇を前後に動かして、よだれを垂らしながら俺のチンポをしゃぶりだす元クラス委員。

「う、お……！ すごいよ姫野さん、さすが飲み込みが早い……くっ！」

「やっ、わたし、こんなことしたくなっ……んぷぅ!!?」

ニーナが喉の奥まで、ずぶずぶとディルドーを呑み込み始めた。

同じようにさせられたキリカの柔らかい粘膜が、俺のチンポをにゅっぽりディープに包む。

「くううっ！　いいぞ、そのまま大きく前後にしゃぶれ、姫野さん！」

「んぶ、んじゅぶっ、じゅずぶぶっ⁉　ぷぁ、嫌っんぁあ！　はぶぶっ‼」

いい匂いのする黒髪を振り乱し、銀の騎士鎧をかちゃかちゃ鳴らしながら、俺にひざまずいて激しくフェラ奉仕する、姫騎士にしてクラスメートの処女美少女。

たまらない征服感と気持ちよさに、たまらず俺のチンポは限界を迎えた。

「いくよっ、出すぞっ！　口の中に俺の精液っ、受け止めて溜め込めキリカ！」

どくん！　と白い奔流がはじける。

んーっ、んーっとうめく彼女の口内に、びゅるびゅると大量の精液を注ぎ込む。

「あ、あうぅ……！」

「うっ、くっ……！　ぜ、全部吸い取ったら、口を開いてみせるんだ……」

ゆっくりチンポから離れた小さな唇が、命令通りに開かれた。

唾液と混じった白濁液だまりが、むあっと湯気をたてている。

「よし……それをゆっくり呑み込め」

「っ……！　んっ……！」

ごくんっ、と白い喉が鳴って、俺の排泄した精液が姫野桐華の体内におさまっていく。

一ヶ月前には、非現実的すぎて想像すらできなかった眺めだ。

「はぁ、はぁ……けほっ……！　こ、これで満足なの……？」

荒い息を吐きながら、そんなお決まりのセリフを吐く彼女。

俺は当然、にやりと笑って首を振った。

「ニーナ、いつものアレをチンポに頼む」

「はい、ご主人様」

ディルドーをようやく口から離し、女法術師が術式を詠唱する。

紫色の光が萎えたチンポを取り巻き……するとすぐに、それがムクムクとフル勃起状態に戻っていく。

「う、うそ……い、一回出したら終わりじゃないの⁉」

「フィジカル強化系エンチャント魔法のちょっとした応用だよ。冒険者はこういう使い方結構してるらしいぜ？　勉強不足だね、姫騎士さま」

青ざめる彼女を笑い、俺は次の指示を出す。

「さあ、本番といこうじゃないか姫野さん。いや、姫騎士キリカ」

※　※　※

「くっ……み、見ないでぇぇ……！　お願いっ……」

「いいねえ、綺麗だ。最高の眺めだよ」

ベッドに悠々と寝転んだ裸の俺。

キリカはというと、甲冑姿のままショーツだけを外しスカートを自分でめくりあげ、俺の腹あたりにまたがるようにひざ立ちになって女性器を突き出すという恥知らずな格好だ。

『オマ○コを広げてよく見せろ』という命令を、実行させられているのだ。

「毛が薄いんだね、姫野さんは。マ○コもその周りの肉も、シミひとつなくて本当に綺麗だよ」

「やぁっ、は、恥ずかしいよぉ……！」

狭そうな未使用穴が精一杯広げられ、サーモンピンクのヒダがひくひく震えている。

奥には、フリルのような処女膜がうっすらと確認できる。

「じゃあいいよ、俺のチンポに自分からまたがって処女を捨ててもらおうかな」

「そ、そんなっ……じ、自分でするなんて、うそっ……⁉」

どんなに嫌がろうと、魔隷への命令は絶対だ。

天井めがけてそそり立った俺のチンポ、その真上に処女マ○コを移動させ、ぴとりとあてがうキリカ。

ちなみに姫騎士というジョブは、強さと気高さ、美しさを併せ持った最精鋭の女騎士にのみ贈られる称号らしい。

そんな姫騎士の誇りも、元クラス委員の真面目な美少女の尊厳も、まとめて打ち砕くための騎乗位セックス指令というわけだ。

「おっと、その前に……ハメやすいように、濡らしてもらおうかな」

「え……あっ、な、何これっ⁉　何をしたのっ⁉」

ぶるるっと震えたキリカの、亀頭に密着した割れ目からとろりと愛液があふれた。

魔隷術師の命令は、新陳代謝などの肉体的現象にもある程度およぶ。

「初めてのセックスが痛くないように、俺の優しい心遣いってわけさ」

「く、こ、こんなことっ……どのみち最低よ、あなたと無理矢理なんて！」

「いいねぇ、チンポ突っ込まれてもその抵抗心を失わないでみせてくれよ、姫騎士さま。それじゃあ……俺のチンポを自分でくわえ込め、キリカ！」

「いっ……嫌ぁぁぁぁぁぁっ!!!」

腰を落としてずぶずぶと、好きでもない男の、俺のチンポを自分から迎え入れていく姫野キリカ。

強制的にたっぷり濡れていても、キツい締め付けがチンポを覆い、そして……。

「いっ……痛っ、痛ぁぁ……いっ……!!」

「ははは！　姫野さんの処女を、姫騎士キリカのバージンを、俺が！　俺が今破ってやったぜ！ははははっっ!!」

頭がしびれるような征服感と達成感。

ぷちぷちと若い膜を破って、俺のチンポが姫騎士マ○コを貫き奥まで侵入していく。

村娘や女冒険者たちの処女を奪った時も、その時は感動的な気分だったが、今のこれとは比較にならない。

「さて、せっかくだからギャラリーを呼んであげないとな。ニーナ、アメリア！」

俺の呼び声に答えて、女法術師と、先の戦いでガード役を担当していた女戦士がベッドの左右に並ぶ。

鎧を脱いだ女戦士アメリアは、日焼けした健康的な肌とワイルドな赤毛のロングヘアが特徴的な野性的美女だ。

年齢は俺たちやニーナより2、3歳上だろうか。

「やだっ、やぁぁだぁ……っ！　み、みない、でぇっ……！　んあぁっ!!」

処女を喪失し、初めてのセックスなのに男の上で鎧着衣のまま腰を振るというはしたない格好を。

つうっと一筋垂れた破瓜《はか》の血を。

すべてをまじまじと二人に、魔隷とはいえ同じ女に見つめられる。

その強い羞恥心に、真っ赤になって涙を流しつつも腰を止められないキリカ。

「ははっ、見られ始めると余計に締め付けがキツくなったよ？　ひょっとして見られると感じるマゾだったのかな、元クラス委員の姫野さんは？」

「そ、そんな、ことっ……わ、わからない、わかりませんっ……！」

質問の形だったためか、正直にわからないと答えてしまっているのが滑稽だ。

俺はその様子に、泣き顔に、なおさら興奮して自分からも腰を突き上げる。

「ひっ、ひぐぅぅ!?　やっあっあっっ!?　う、動かさなっ……んぁああっっ!?」

「だんだん気持ちよさそうな声が出てるね。ほーら、俺の動きに合わせて腰を上下させながらグラインドしてごらん」

「やぁっ、そ、そんなのできなっ……ひっ、あひぃぃっっ!?」

本来なら羞恥心でためらうような状態でも、命令は絶対だ。

はしたないほどに大きく、深く、腰をくねらせてチンポをマ〇コでしゃぶる姫騎士。

カチャッ、チャリッと鎧がこすれあう金属音を立て、可憐なフリルやスカート、長い黒髪が動きと共に揺れる。

「くっ……！　すごく熱くなってウネって、俺のチンポを締め付けてくるよ、キリカの姫騎士マ〇コは！」

「やだやだぁっ、わたしっそんなのしてないぃ……おふぅっ⁉　あふ、ひゃぁぁあ、んぁぁあ……あっ⁉」

乳房の形をそのまま象ったような、地球ではありえない奇妙な胸アーマーが大きく揺れる。

そういえば姫野桐華は着痩せする隠れ巨乳だという噂が、クラスの男子にささやかれていた。

その真偽は、後でたっぷりと確かめてやるとしよう。

「処女とは思えないチンポの締め方だよっ、セックスでも優等生だね姫野さんは……！　ところでっ、さっきの濡れろって命令で想像つくかもしれないけど……！」

「ひぐぅっ、えっ何っ、えっ⁉」

「俺が命令したら、君はなすすべなくイクんだ、絶頂するんだよ。どうだい、最初のセックスで射精と同時にイカされるなんてなかなかできない体験だと思わない？」

「っっ‼⁉　な、何それっ、い、嫌ぁぁっ！　イキたくなんかっ、イキたくなんかぁぁ……！」

泣いても嫌がっても、もう遅い。

それでも腰をがくがく上下させる姫騎士を、俺はガンガン突き上げながら。

ついにこみあげてくる射精感に合わせて、その命令を放った。

「さあイけっ、姫野桐華ぁっ!!　俺の射精に、子宮への生出しに合わせて思いっきりお前はイくんだっ、姫騎士キリカ!!　イク時は宣言しながらなぁっ!!」

「いっ嫌ぁあっ、ダメぇぇぇぇっっ!!　やだやだダメ駄目だめぇぇぇっっ、ひっ……!?」

ひときわ深いストロークで、キリカの腰が落とされ、俺のチンポが突き上げられ。

こりこりした子宮口と俺の亀頭先端が、がっつりとキスをした瞬間。

「ひっ……んあはぁぁぁぁっっっ!!?　イッ、イクぅぅぅぅっっっ!!?　いっいく、イキます、イキましゅぅぅぅぅううっっっ!!!」

どくっ……どくんっ、びゅるるぅ……!!

鎧とシルクの下衣に包まれた、姫騎士のもっとも大事な場所に。

脈打つ音を立てて、俺の子種が破裂せんばかりの勢いで流し込まれていく。

「うっ……くっ、おあっ……!」

「ああっ、んあぁぁっ……はぁ、あぁぁっ……!　な、何これぇ……こ、こんなの知らないぃ……!」

ニーナとアメリア、魔隷二人の従順な瞳にじっと見つめられながら。

くたっと俺の胸板に倒れ込んだキリカが、おそらく人生初のアクメの余韻に黒髪を震わせた。

俺のザーメンをたっぷりと、子宮に浴びながら……。

※　※　※

「……小田森くん。わたしは、あなたを許さない」

ベッドに倒れたキリカは、綺麗な瞳から発した鋭い視線を俺に向け。

処女喪失と初絶頂、初中出しのショックと疲労で、まだ息を乱れさせながらそう言った。

俺はその言葉に、ぞくりと背筋が震えた。

恐怖のせいじゃない。

それは初めて彼女から自分に向けられた、強い意志の表れだったからだ。

彼女もおそらく、そんな強烈な感情を他人に向けるのは初めてだろう。

俺が……俺だけが、あの姫野桐華とそういう関係になったんだ。

ある意味、処女を破った時以上の達成感を俺は感じていた。

「それでこそだよ、姫騎士キリカ。やれるものならやってみてくれ」

「ええ、今はその方法もわからないけど、必ず……必ずやってやるわ。私を魔隷としてそばに置くなら、覚悟することね」

俺に危害を加えることや、命令なく俺から一定以上離れたり、自分の命を捨てるような行為。

それらは命令するまでもなく、魔隷の『基本禁止原則』として隷属術式に組み込まれている。

そして、魔隷となった者への支配は、半永続的に解けない。

厳密にはもっと細かいルールがあるのだが、それはまた今度説明しよう。

ともあれ、それを覆してみせるというなら見物だ。

「楽しみにしてるよ。それはそうと、だ」

俺はベッドの上で手のひらを握ったり、開いたりを繰り返した。

「よし、やっぱりか。ありがとう、礼を言うよ姫騎士さん」

「どういう、こと……？」

体の奥底からわき上がってくるような感覚がある。

これまでに何度か味わったものだ。

「ジョブの練度……レベルを上げる条件は知ってるだろ？　対応するスキルを使って経験を積み、スキルレベルを上げること……それもただやみくもにじゃダメだ」

剣技なら、実戦の中で強敵と切り結ぶことで得られる経験量は、単なる素振りの訓練とは比較にならない。

魔法なら、より複雑な術式を使ったり、より抵抗力の高い相手への使用を成功させたりすることが重要だ。

「俺の隷属魔法も、高い魔法抵抗の相手にかけ、そして命令を実行させるほどに経験値がハイスピードで溜まっていく。それが複雑で珍しい命令ならなおさらだ」

「っ!?　ま、まさかそれって……！」

「そう。姫騎士さまにさっきしたいやらしい命令の数々は、予想以上の経験値を与えてくれたよ」

思わず笑いがこみあげてくる。

最強の持ち駒と、効率的なレベルアップ手段、そのふたつが一気に転がり込んできたことになる。

しかも……元クラスメートの美少女で、現在はレアジョブの姫騎士という、最高に陵辱しがいのある性奴隷として。

「そ、そんなことって……！」

「この出会いに感謝だね。じゃあ姫野さん、いや姫騎士キリカ。まだまだ魔法で勃《た》たせられるし、今日は一晩中経験値稼ぎに付き合ってもらおうかな」

「い、嫌ぁっ……」

「試してみたい命令もプレイも、いくらでもあるからね。飽きさせないことは保証するよ」

もう、いやぁぁぁっ——と響き渡る、姫騎士の悲鳴。

次の夜明けを迎える頃、俺は。

首尾よく隷属魔法と、魔隷術師のレベルを上げることに成功していた。

ステータス

【魔隷術師トオル】…………（レベルＵＰ！）
ジョブ：魔隷術師ＬＶ６→７
スキル：隷属魔法ＬＶ５→６

【姫騎士キリカ】…………ジョブ：姫騎士ＬＶ５
スキル：聖騎剣技ＬＶ３／魔法抵抗ＬＶ２

4話：お風呂と、パイズリ奴隷

「いや～、運動した後に浴びる風呂は格別だね。そう思わない？」

湯気のたちこめる岩風呂で、顔にばしゃりと白っぽいお湯をかける俺。

洞窟の最深部、湧き出た天然温泉を利用した快適な風呂場。

ここを拠点にできたのは、実にラッキーだった。

「何が運動よ……。体を洗わせてくれたことにだけは、一応感謝しておくわ」

キリカはといえば、少し離れた場所に肩まで浸かり、俺をジト目でにらんでいる。

一晩中のセックスでついた汚れは、すっかり洗い落とされていた。

もちろん、胎内に注ぎ込まれたぶんを除いてだが。

「魔隷の生活環境には、ご主人様として気を遣ってるつもりだよ」

「それはどうも……って、こっちを露骨に見ないでよね。言っても無駄だろうけど」

鎧を脱ぐと姫騎士要素が消え、〝クラスメートの姫野さんの裸〟が意識される。

真っ白で健康的な裸体と、湯に浸からないようまとめて肩に乗せられた黒髪とのコントラストが綺麗だ。

無駄な肉はないけど柔らかそうな女性的ライン、なかなかにそそる。

「今さら恥ずかしがるところ？　ぶっ倒れて眠るまで、昨日あんなにくんずほぐれつ……」

「だ、だからそんな話はやめてってて！」

たっぷり経験値を稼ぐためあんなにヤリまくったのに、いちいち恥ずかしがる反応が可愛い。

胸を必死に腕で隠しているが、予想通りその膨らみはなかなかのボリュームだ。

Ｅカップくらいは余裕であるんじゃないか？

命令して手をどけさせるのは簡単だが、恥じらう姿も捨てがたいので今はこのままだ。

「さて、話を戻そう。システィナ姫……それが、君を召し抱えた主君ってわけだ」

もちろん、ただ一緒に浸かっていたわけじゃない。

俺はキリカを情報源に、この国……ランバディア王国の内情を聞いていた。

そこで出てきた名が、第三王女システィナ・ランバディア。

彼女が仕える若き王族の名だ。

キリカは転生してきてすぐ、お忍びで郊外を散策していたシスティナ姫が、運悪くモンスターに襲われているところに出くわしたのだという。

そして窮地を救い実力を示し、姫の恩人として、側近として迎えられたらしい。

「すごい出世コースだねぇ。システィナ姫ってどんな人？」

「彼女は……とてもお優しくて、しっかりした頭のいい方よ。年が同じこともあって、私とは友達のように接してくださったわ」

「ふむふむ。それで、美人？」

にやにやしながら聞くと、露骨にいやな顔をするキリカ。

おいおい、そこは非常に大事なとこじゃないか。

「……とてもお綺麗な方よ。プラチナブロンドと蒼い瞳の、絵に描いたようなお姫様……ランバディアの至宝、とまで呼ばれてるわ」

「へえ、そんなプリンセスに仕える姫騎士か。さぞかし絵になっただろうなぁ」

ま、今は俺がご主人様なんだけどな。

しかし、ランバディアの至宝か……そこまで言われると興味が湧いてくる。

「よし、決めた。そのシスティナ姫を、俺の魔隷にしよう」

「なっ……!?」

さすがに絶句するキリカ。

あ、一瞬隠す腕がずれて乳首が見えそうになったぞ。

「しょ、正気とは思えないわ。いくらあなたの力でも、そんな無謀なこと……成功しても失敗しても、国を敵に回すことになるのよ!?」

「どうしてそう思う？　王族だろうと護衛だろうと、あっさり国中の要人を魔隷にして王国を乗っ取っちゃうかもしれないぜ？」

挑発するように言うと、キリカは少し思案顔をして、慎重に口を開いた。

「いいえ……あなたの力でも、限界があるはず。たとえば一度に魔隷にしておける人数がそう多くないことは、あなたの活動や戦力を見れば予想がつくわ」

「へえ……」

なかなか頭が回るじゃないかと、少し感心する俺。

そう、いくらチートジョブの魔隷術師といえども、無制限に魔隷を増やせるわけじゃない。

同時に隷属させておける人数は、隷属魔法のスキルレベルに等しい。

つまり、今の俺なら最大六人ということだ。

もしかしたら一定レベルを超えると急激に増えるかもしれないが、まだその様子はない。

そしてもし限界まで魔隷を作っていれば、誰かの術式を解除して解放してからでないと、新しい魔隷を隷属させることはできない。

これには多少の時間がかかるのが玉にキズだ。

だから、俺は可能な限り〝空き枠〟を一人分は作るようにしている。

キリカと戦った時（スキルレベル5の時）、俺の魔隷は女法術師ニーナ、女戦士アメリア、そしてあと二人の冒険者たち（別の命令を与えているため、今ここにはいない）。

能力のテストがてら魔隷にしていた村娘たちは、今はみな術式を解除されて洞窟内の隠し部屋に監禁してある。

数が限られてる以上、魔隷は一体一体の質が重要。

だからこそ、姫騎士キリカという予想外のエースをゲットできたのは幸運だった。

「あなたの総戦力自体はたいした規模じゃない。それに、王宮には高い魔法抵抗を持つ騎士や護衛、魔法をかけられた状態にある者を見破れる術師もたくさんいるわ」

「君を利用して侵入しようとしても、一筋縄じゃいかないってことか」

「そうよ。大それた野望は抱かない方が身のためね」

「へえ、俺のこと心配してくれてる?」

「だ、誰がっ……!　私が心配してるのは、システィナ姫さまの方よ!」

彼女をからかいつつも、俺は思案する。

確かに、ちょっと慎重に計画を練る必要はあるな。

「ま、いいや。ああそうそう、姫野さん。言っとくけど、俺に善悪や損得を説いてもムダだよ」

「え……?」

困惑顔の彼女。

俺は濡れた髪に手櫛を入れながら、言葉を続ける。

「俺はね、こっちに来て決めたんだ。第二の人生は、好きなように生きてやるって」

「それが、女の人たちを次々言いなりにすることなの⁉」

「ゲスだと思うならそれでいいさ、俺自身そう思うし。でも、元の世界の俺には、何もなかった……力も、きっかけも、やりたいことひとつなかったんだよ」

バス事故で死んだと思った時さえ、しょっぱい達成感しか俺の中にはなかった。

もう、あんな人生はごめんだ。

何も満足感を得られないまま生きて死んで、後悔するのはたくさんだ。

「だから、今度は欲望のままに生きるって決めたのさ。そしてそのためならどんな困難も排除してみせる。いや、従えてみせる。君にそうしたようにね」

姫騎士を手駒に、お姫様を堕とす。

それはちょうどうってつけの燃える目標だ。

男として、オスとして、これほどやりがいのある挑戦も少ないだろう。

「小田森くん、あなたは……！」

キリカはそんな俺を、さまざまな感情が混じった複雑な表情で見つめていた。

※　※　※

湯船を出て、すべすべの岩盤に寝転んだ俺。

命令によって後に続いたキリカが、これから起こることに警戒の表情を見せている。

「汚れは落ちたけど、せっかくだからあらためて二人で〝楽しい洗い方〟をしようと思ってね。まず、君の体の前面に石鹸をまぶしてもらおうか」

「え、や……やだっ、何の準備っ⁉」

どんな命令だろうと、魔隷が逆らうことは不可能。

ぷるん、と露《あら》わになった形のよく柔らかそうなおっぱいに、なだらかなお腹のラインに……自分の手で石鹸の泡を塗りたくっていくキリカ。

「君自身が洗う道具になるんだ。ほら、そのまま俺に覆い被さるように密着してごらん」

「ええっ⁉　そ、そんなの絶対おかしいっ……きゃ、んっ……⁉」

むにゅり、とふたつの柔らかい膨らみが胸板に押し当てられ変形する感触。

引き締まった、でも適度に脂肪のついた太股が、二の腕が。

彼女の柔らかい部分がいくつも、俺の素肌に泡まみれで密着する。

「おお、これはなかなかっ……！　そのまま全身をそう、こすりつけるようにするんだ……おおう⁉」

「や、あっあんっ⁉　こ、これっ滑り落ちそうにっ……やぁぁあっ⁉」

ぎこちなく体を前後させ、みずみずしい体そのものを肉スポンジにして俺を磨いていくキリカ。

ニュルニュルと泡で滑《ぬめ》る裸体が、細かく滑《すべ》り続けて心地いい。

「まさか、あの姫野さんがソープの風俗嬢みたいに俺に洗い奉仕してくれるなんてね……感動だよ」

「な、なにそれっ、そんなの知らなっ……あうぅ、こ、こすれてっ……！」

縦横無尽に形を変えて飽きさせない巨乳に、時々硬めの触感が混じってきた。

白い泡の中に、可愛い薄ピンクの突起が見え隠れしている。

「あれ、姫野さん、ひょっとして乳首勃起してる？」

「え⁉　そ、そんなことっ……は、はい、勃起して、ます……っ！」

主人の〝質問〟に嘘をつくことは許されない。

生理現象とはいえ、はしたなく尖った乳首を男の体にこすりつける行為の羞恥が、彼女の顔を余計に染める。

「別に恥ずかしいことじゃないさ。俺のも、こんなになってるし」

「う、ううっ……さ、さっきから当たってるから言わなくてもわかるわよぉ……」

学校トップクラスの美少女にソーププレイされて、勃起しない男がいるはずもない。

泡まみれでそそり立つ俺のチンポは、彼女の柔らかな内股や下腹部と触れ合うたびに硬さと熱さを増していた。

「ちょうどいい、次はここを重点的に洗ってもらおうか。ただし……そのおっぱいで、だ」

「え、ええっ⁉」

身を起こし、岩盤に腰かけた両脚の間に、彼女の上半身が移動する。

そのまま、大ボリュームでせり出した肉の双球が……むにゅぅぅうっ！　と俺の熱い肉棒を挟み込んだ。

「っく、おぉ……こ、これは予想以上にっ……！」

「や、あっ熱ぅっ……⁉　お、おっぱいでこんなことぉ……っ⁉」

元クラスメートの巨乳姫騎士による、初めての泡まみれパイズリ。

ふにゅふにゅの巨大なマシュマロのような、お湯の詰まったシルクの水風船のような。

なんともいえない心地よさが、優しく俺のフル勃起チンポを包み込む。

「すごいな、完全に俺のが挟めるじゃないか。おっぱいのサイズ、いくつ？」

「う……き、きゅうじゅうっ……90のEカップ、です……っ！」

魔隷への強制力が、恥ずかしい告白を引き出す。

隠れ巨乳だって評判だったけど、まさかそこまでだったなんて嬉しい誤算だよ。

「あうぅ……さ、最悪ぅ……！　は、恥ずかしいよぉぉ」

「さあ、そのまま谷間からチンポを逃がさないように、そのEカップおっぱいでしごき洗いだ」

いい匂いのする濡れた黒髪を、指先でもてあそびながらの指示。

ぬぷっ、ぱぷっ、にゅるるんっ……とエッチな音を鳴らし、キリカがパイズリ奉仕を強制される。

「こ、こんなことさせて何が楽しいのか全然わかんないっ……！」

「男心がわかってないな～、姫騎士クラス委員さんは。学校でも宮廷でも、男どもは君のおっぱいをそういう目で見てたと思うぜ」

「う、嘘よっ！　そんな変態みたいなこと考えてるのっ、あなただけだわっ……あうぅ！」

憧れの美少女の、高嶺の姫騎士の谷間が、今初めて俺だけに捧げられている。

独占する征服感にチンポはますますいきり立ち、真っ赤に膨らんだ亀頭がキリカの眼前に何度もグイグイ迫って、彼女を怯えさせる。

「うう……こ、これ、熱くてガチガチでっ、人間の体じゃないみたいで気持ち悪いぃ……！」

「気に入ってもらえて嬉しいよ。ああ、そうそう……ひとつ教えとこうか。魔隷の、持続時間のことを」

唐突に変わった話題に、怪訝そうな顔でパイズリしつつ耳を傾けるキリカ。

俺の支配をなんとか脱しようとしてる彼女には、聞き逃せない情報だ。

「それは、隷属させられてる者の魔法抵抗の強さに反比例する。魔法抵抗を持たない凡人なら、俺が解除しない限り半永久的に続くけど……君みたいな抵抗スキル持ちはそうじゃない」

それを聞いて、キリカの表情に希望がさした。

相変わらず胸でチンポをしごきながらってギャップが、妙に興奮するけど。

「……いいの？　そんなことを私にバラしてしまっても」

「構わないさ、この程度。もちろん術式をかけ直せばリセットされるし、具体的なスパンを教えるつもりもないからね」

「それでも……十分な収穫よ。あなたが何らかの理由でかけ直せない状況に陥ったりしたら、この隷属が解けるチャンスがあるってことだわ。私は決してあきらめない……システィナ姫さまにも、手を出させはしない……ッ！」

ああ、やはり、彼女は面白い。

魔隷という絶望的な支配を受け、辱められてもなお、希望を捨てず俺に立ち向かおうとしている。

姫騎士の称号は伊達じゃないってわけだ。

そして、そんな彼女だからこそ、いつか心から屈服させてやるという決意がふつふつとたぎってくる。

「それでこそ姫騎士キリカ。じゃあ、さっそく……〝かけ直す〟としようか」

にやりと笑う俺に、この状況で魔法を？　といぶかしむキリカ。

「詠唱以外にも、魔法の媒体にはさまざまなものがある。たとえばそう、体液だ。血液なんかが代表的だけど、隷属の術式には他にもうってつけのものがある」

「え……ま、まさか……!?」

「文字通り〝カケ直す〟ってね。いくら姫野さんでも、意味わかるよねっ……！」

天国のような肉球凶器で快感を高められたチンポは、もう爆発寸前。

意味を悟った姫騎士の怯え顔めがけ、カウパーを漏らした先端がぷるぷる小刻みに震えている。

「ま、まさかアレを私の、かっ顔にっ⁉　や、やだ嘘ぉっ‼」

「逃げちゃダメだぞ、こってりブチまけてやるからなっ……さあラストスパートだっ、思いっきりおっぱいで押し潰すみたいにしろっ！　俺も、ほらこうしてっ！」

「や、やぁっ、あうぅっ⁉　えっ、ちっ乳首だめぇぇっっ‼?」

不意打ちで俺に乳首を両方つままれ、可愛い声で鳴くキリカ。

すっかり勃起したコリコリする突起をもてあそばれても、彼女はされるがままだ。

憎い俺のチンポに熱烈なおっぱい奉仕を続ける動作を、止めようにも止められない。

「射精すると同時に、乳首でイクように命令出してやるからな……くうぅっ‼」

「やだやだやだぁぁっ‼?　そ、そんなイキ方したくないよぉぉっっ！　んやっ、あはぁぁぁっっ‼」

にゅぱんっ、にゅぱんっと真ん中のチンポを圧迫してしごく90cmの姫騎士巨乳。

風呂場の熱でうっすら上気し、黒髪が何筋か貼り付いた顔を狙う、ぎちぎちの赤黒い亀頭。

俺は腰の奥で荒れ狂うオスの衝動を解き放つと同時に。

きゅぅぅうっっ‼　と、充血した乳首を指先でつねり上げて命令を放った。

「ううっ、イクぞっ、顔面にご主人様のマーキングだっ‼　精液ぶっかけられて、乳搾りでイッてしまえ、姫野キリカぁっ‼」

「やっやだっあっあっっあっ…………ひぐぅぅぅあぁぁ～～～～～っっっ‼?」

どびゅるっ、どぷっどびゅるるるぅぅぅ!!!

のけぞって乳首絶頂したキリカの柔らかな巨乳に圧迫、いや圧搾され。

すさまじい勢いで肉棒の先から、ねばつく白濁液が姫騎士の顔面にぶちまけられた。

次々と、自分でも驚くほどの量が、整った美少女の顔を、黒髪を、汚していく。

「はぅっ……はぷぁっ!? あぁぁっ……んはぁ、やぁぁ……っ!!」

「く、うくっ……! う、おっ……ま、まだ出るっ! お前は俺のだっ、俺だけの魔隷だぞキリカっ……ううっ!」

「や、やらぁぁ……! あ、あなたのにぃ、なんかぁぁ……!」

「身も心も俺のものになるまで、これから毎日、こうして刻み込んでやる……体の中に、外に、俺の所有物だって証をな……!」

ねっとりと臭く白いミルクが、魔力の媒体となって新たな隷属の証を刻み込む。

荒い息を吐いて、乳首イキの余韻と汚された屈辱に身を震わせるキリカを見下ろしながら、俺はこの上ない征服感に浸っていた。

そして……タイミングを見計らったように。

湯気とイヤらしい匂いのたちこめる風呂場に、ふたつの人影が現れる。

「隷属術式の更新、ちゃんと終わったようですねっ、ご主人様！」

「あーあー、姫騎士サマってば思いっきりカワイイ顔にひっかけられちゃってまぁ……出しすぎだぜ、マスターってば」

もやの向こうから現れる、金髪のセミロングと、ワイルドな長い赤毛。

「えっ、あ、あなたたちは……っ⁉」

べっとりと顔に白濁を付着させたまま、違和感に混乱するキリカ。

無理もない。

女法術師ニーナと女戦士アメリア……俺の二人の魔隷。

だが、今の彼女たちは。

表情といい口調といい、今までの人形のようなそれではなく……まるで普通の人間のように、活き活きとしていたのだから。

ステータス

【魔隷術師トオル】……………ジョブ：魔隷術師ＬＶ７
スキル：隷属魔法ＬＶ６

【姫騎士キリカ】……………ジョブ：姫騎士ＬＶ５
スキル：聖騎剣技ＬＶ３／魔法抵抗ＬＶ２

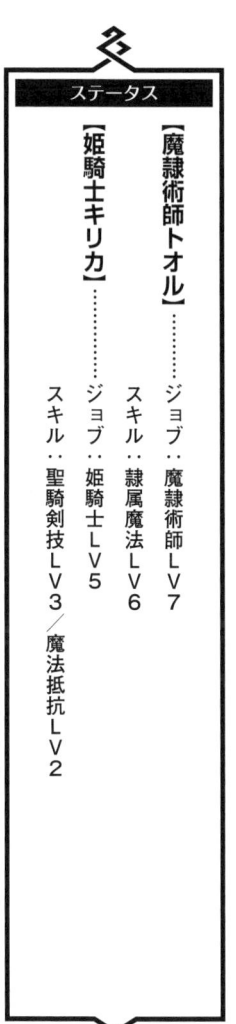

5話：女冒険者たちと、食卓

「自己紹介まででしたね、姫騎士さん。わたしはニーナ、法術師です。元冒険者で、今はもちろんトオル様の魔隷……あん、ご主人様のおちんちん、美味しいですぅ」

「はぷっ……あたしはアメリア、よろしくな。あんたの聖騎剣技、だっけ？　ありゃ凄いもんだなぁ、盾ごと吹っ飛ばされたのは初めてだぜ……ちゅっ、れろろぉっ……！」

俺の股間で揺れる、セミロングの金髪とワイルドな赤の長髪。

二人で、射精したチンポを丁寧にお掃除フェラしながらの自己紹介。

キリカは赤面しつつ、その光景から目をそらせずにいる。

「ど、どういうこと？　昨日とは全然……」

「様子が違うのが不思議かい？　これはね、君とのセックスでレベルアップしたおかげだよ」

例外のキリカを除いて、今までの魔隷は必要最低限の反応しか返さない人形じみた人格になっていた。

隷属魔法のスキルレベル6で獲得したのは、そんな魔隷たちに〝本来の人格〟を戻す能力だ。

もちろん、俺をご主人様として敬い絶対服従するという部分だけが、元と違う。

なお、新たに得たスキルの情報は自動的に脳内インプットされるから安心だ。

地球と違って便利なルールで動いてる異世界だね。

「この二人は、俺の起こした村娘誘拐を調査しにやってきた冒険者パーティの一員だ。お察しの通り、隙をついて一人ずつ魔隷にしていったってわけさ」

「うふふっ、えっちドレイにされちゃいましたぁ」

「マスターに二人仲良く、な」

キリカと違い、彼女たちは隷属魔法の存在を想定してなかった。

魔隷術師というジョブ自体、この世界では伝説上のものになりかけていたらしいから無理もないが。

普通の術師が使う魅了魔法は、知性の低い動物を従わせるのがせいぜいだ。

俺はおそらく今の世界唯一の、人間を隷属させる異能の持ち主というわけだ。

「せ、説明はわかったから！　なんで私にこんなもの見せるのよっ⁉」

「そりゃ、お掃除フェラを覚えてもらうために決まってるだろ」

「ううっ……や、やっぱり最低……」

あと、キリカの恥ずかしがる反応が楽しいのは言うまでもない。

なので彼女には、１ｍくらいの距離から観察させる命令を出しているのだ。

「魔隷としちゃあたしたちが先輩だもんな、よく見ててくれよ姫騎士さま」

「アメリアったらぁ、さっき負けたのちょっと根に持ってない？」

「そ、そんなことないぞ」

恥じらう姫騎士を気にも留めず、水着のような下着だけをつけ、俺に奉仕する元冒険者パーティの二人。

とろんとした瞳に、ハートマークのような魔力の紋様がうっすら浮かんでいる。

「……わたし、真っ先にご主人様に隷属させられちゃったんですよねー。村娘に混じって捕まった人のフリしてたご主人様と、二人っきりになった隙に」

「まあ、先に術師をなんとかするのが鉄則と思ったからなぁ……うっ、上手になったなニーナ、ずいぶんとおしゃぶりが……っ！」

「ふふっ、喜んでもらえて嬉しいです。たくさん仕込まれちゃいましたからね〜」

ニーナはやや幼児体型で、ひかえめな胸と術師らしい細身で真っ白な肌の持ち主。

くりっとした瞳が猫のように愛嬌たっぷりなのが、人格が戻った今だとよくわかる。

ミルクを舐めるように舌を伸ばしてチンポをくすぐる顔は、実に楽しそうだ。

「ニーナの様子がおかしいと思って、問いただしてる間にあたしもやられちゃったんだっけか。魔法抵抗ないとあっさりだよな、ほんと……ま、おかげで仲良くマスターのおチンポ様にお仕えできてるわけだけど」

「ニーナはともかく、アメリアも処女だったのはちょっと驚いたな。俺より年上だったし……しかも中はニーナより狭かった」

「は、恥ずかしいからはっきり言わないでくれよマスター、そういうことはさ！」

アメリアは戦士らしく鍛えられ日焼けしているが、筋肉質というより野生動物めいたしなやかな長い手足に、しっかり女らしく柔らかい肉のついた胸とお尻を持つ。

切れ長の眼に、意志の強そうな流線形の眉、こちらもまた違ったタイプの魅力だ。

チンポにも竿といわず先端といわず、情熱的にキスの雨を降らせてくる。

「それはそうと二人とも、掃除にしちゃ続けすぎだろ……うっ！」

「ええ～？　だってご主人様のおちんちん、美味しすぎですよぉ……ちゅるっ、ちゅっ」

「よしニーナ、こうやって二人でおチンポ様を楽しませてやろうぜ。はぷっ……」

「あっそれ名案ね、アメリア……んっ、ちゅぷぅぅ……っ」

二人で一本のハーモニカを演奏するような形で、いつの間にかまたギンギンになったチンポを両脇から挟む唇ふたつ。

「う、うわ……あ、あんなことまでするの……⁉」

淫らなコンビネーションを、息を呑んで見つめるキリカ。

俺は再び高まってくるリビドーを感じつつ、眼下の金髪と赤髪をわしわしと撫でる。

「もっと教えてやれよ二人とも、いつもどうやって俺とセックスしてるかを」

「は、はぁい……ニーナはご主人様に抱っこしてもらいながらハメられるの大好きですぅ……お、奥に当たるのが気持ちいいのっ……」

「あ、あたしはバックからおチンポ様にガンガン突かれるのに弱くて、何回も先にイッてしまうんだ……っ。バージン奪われた時も、後ろから無理矢理ぃぃ……！」

「や、やだぁっ……！　き、聞かせないでそんな話っ……！」

いやらしい告白をしながら、愛おしそうに金玉をさわさわと撫でるニーナ。

指で輪っかを作り、根元をリュコリュコとしごきたてるアメリア。

そして同時に肉の幹を、ぷにぷにした圧迫で挟み撃ちにされるのだからたまらない。

「くっ、くおぉっ⁉　限っ界っ……だっっ‼」

「きゃっ⁉　すっすごぉいっ！」

「あはぁっ、出た出たぁっ！」

「やっ、こ、こっちにまでっ⁉」

どぷっ、どくっどぷんっっ……と、三人の美少女に見られながら放たれる白濁液。

今日二回目だというのに、一部はキリカのいるあたりにまで飛び散った。

二人の魔隷冒険者は、われ先にと争ってそれを舌で受け止める。

「お掃除なのにお射精しちゃダメですよぉ、ご主人様ぁ……んうっ、またどろどろぉ……」

「お前なぁ……舐めながらこっそり精力強化のエンチャントかけてただろ、ニーナ」

「えへへ、バレてましたか」

「どうするマスター、もう一回やりなおしか？　それとも……」

とろけた表情で、口元にかかった俺の精液をお互いに舐め合いながら。

うずうずと何かを期待する目線で、お尻をふりふり、俺を見上げる二人。

「いや、それより先にご飯にしよう。さすがに腹ぺこだよ」

「おっけー、任せてくれよマスター。腕によりをかけるぜ」

「あ〜、わたしは料理スキルぜんぜんなので……一緒に待ってましょうか、姫騎士さん」

「え、ええ……」

こくん、と精液を当然のように呑み込んで、フレンドリーに話しかけるニーナ。

一見普通の女の子に見える魔隷に、どう接したらいいかわからないという様子のキリカだった。

※　※　※

「……美味しい」

木のお椀に盛られた春野菜と鴨肉のシチューをすすって、驚いたように言うキリカ。

今は姫騎士装束の鎧部分を外し、インナーだけを身に着けている。

フリルに彩られた青いネクタイつきのブラウスに、折り目のついたミニスカート。

どこか制服を思わせる清楚なスタイル……この格好でエッチするのもいいな。

「でしょでしょ？　アメリアはこう見えて、わたしたちのパーティでもシェフ担当だったんですよ」

「こう見えては余計だ。でも、へへ、王宮で美味しいものに慣れてそうな姫騎士さんに褒めてもらえると嬉しいね」

ニーナとアメリアも、ゆったりしたローブとチュニック姿で同じ食卓についている。

人形のような魔隷に囲まれてたこれまでと違って、急に賑やかになったもんだ。

「ううん、お世辞じゃなく本当に美味しいわ。……ここだけの話、宮廷の仰々しい料理ってちょっと味気なくて。よく冷めてるし」

「ああ、そうなんだ？　意外と苦労してるんだなぁ、姫騎士様も」

「そうね、こういう新鮮な素材を活かしたシンプルな料理の方が、私たちの味覚に合うのかも……

あ」

流れで俺と普通に会話をしていることに、ワンテンポ遅れて気付いたキリカが、ぷいと口を尖らせて横を向く。

でも、スプーンを上下させる動きを全然止められてないのが可愛いぞ。

なるほど、姫騎士は意外と美味しいものに弱い……これは覚えておこう。

……それにしても、こういう時間は意外と悪くないな。

思えば、誰かと楽しく話しながら食事をするなんて、ずいぶん久しぶりな気がする。

「ところで、小田森くん。あなたが魔隷にした冒険者はあと二人、いるはずよね」

「残り二人のことが気になる？」

食事が一段落ついたところで、キリカが言葉を選びながら聞いてくる。

そりゃ彼女にとっては、俺の戦力を正確に把握しておきたいところだろう。

どんな人物なのか、今どこで何をしているのか。

「教えちゃってもいいんですか、ご主人様？」

ニーナの問いに、俺が口を開こうとした……その時。

ピシリ……と俺の頭の中で、何かが割れるような異音が鳴った。

反射的に、机に両手をついて立ち上がる。

「どうしたんだ、マスター？」

魔隷術師のスキルが、空間を超えて今まさに起こった〝結果〟を知らせてきた。

間違いない。この感覚は。

「残りの二人……そのうち一人が、今。俺の支配の〝枠〟から外れた」

「え？　どういう、こと……？」

「それって……まさか⁉」

ざわつく魔隷たちに、俺は重々しく答える。

「ああ……死んだか、それとも何らかの理由で解放されたってことになる」

明らかにしなくちゃならない。

俺の魔隷に、何が起こったのかを。

ステータス

【魔隷術師トオル】……ジョブ：魔隷術師ＬＶ７
スキル：隷属魔法ＬＶ６

【姫騎士キリカ】……ジョブ：姫騎士ＬＶ５
スキル：聖騎剣技ＬＶ３／魔法抵抗ＬＶ２

【女法術師ニーナ】……ジョブ：法術師ＬＶ５
スキル：強化魔法ＬＶ２／空間魔法ＬＶ２／治療魔法ＬＶ１

【女戦士アメリア】……ジョブ：戦士ＬＶ６
スキル：剣技ＬＶ３／盾技ＬＶ３／料理ＬＶ１

6話：来訪者と、魔の誘い

夕暮れが迫る、薄暗い林の中。

あれから、すぐに武装して洞窟を発った俺たち四人。

草木の間を足早に抜けて、とある目的地に向かっている。

可憐な姫騎士装束に騎士剣を携えたキリカ、剣と大盾を装備したアメリア、杖にローブ姿のニーナ。

俺は厚手のフードローブをまとい、武器は特に持たないスタイルだ。役目はあくまで司令塔だしな。

「術式が途切れたのはシエラちゃんの方だけなんですね、ご主人様？」

「ああ、少なくとも今のところはね」

「ナナの方がどうなってるかは、まだわからないってことか……」

ニーナたちのパーティは、女性ばかり＋性別のない〝一体〟で構成されていた。

残りのメンバーは、エルフの弓使いにして精霊術師、シエラ。

そして変わり種の生きた鎧、アーマーゴーレムのアールマＶ７、通称ナナ（名付け親：ニーナ）。

錬金術師に造られた魔法生物が冒険者一行に加わることは、この世界ではそれなりにあるらしい。

「それにしてもあなたの隷属魔法、まさか魔法生物にまで効くなんてね……」

「ま、あれも一種の知的生命体だからね」

「んで解除されちまった原因には、どんな可能性が考えられるんだ、マスター？」

そう、そこが非常に重要なところだ。

術式の効果時間が切れるタイミングは、もちろんまだまだ先だった。

「ひとつはディスペルマジックなんかの解呪魔法。でも、この可能性は低い」

解呪魔法は、かけられた魔法の術式を理解していなければ効果がない。

つまり、半ば伝説化していた隷属魔法を解除する難易度は並大抵じゃない。

ニーナの話では、おそらく今の世界に隷属魔法を初見で解呪できる術師はいないということだった。

「それよりはまだ、単純に魔隷が……死んでしまって自動的に解除された可能性の方が高い」

「そんなぁ……！　無事かなあ、シエラちゃん……」

パーティメンバーの死という可能性に、ニーナが泣きそうな顔になる。

魔隷になっていても、仲間への感情や思い入れは変わらない。

「泣かないでニーナ、まだそうとは限らないわ。あるいは小田森くん……あなたの知らない解除方法が、あるってことにならないかしら？」

「…………」

まさに、そこが俺の懸念だった。

そしてもし、そんなものがありえたとすると。

この探索にキリカを連れていくことは、彼女にそれを知られてしまう結果を招くかもしれない。

だが、紛れもなく姫騎士は俺の最強の手駒だ。

起こっている謎の事態に対処するには、彼女の力が必要かもしれない……悩んだ末、キリカも同行させるという判断に踏み切った。

「……ま、それを確かめるのも目的のひとつさ」

「落ち着いてるのね。魔隷が死んだとしてもあなたの心は痛まないの？」

「さあね、悲しむかどうかはまだわからないな。……でも」

暗い瞳で、俺は林の奥をにらむように見つめた。

「俺の魔隷に手を出した奴を、俺は許さない。それだけだよ」

「たいした独占欲ね。……そこには、私も入ってるのかしら？」

「もちろん。さあ、先を急ごう」

それきり会話は途絶え、俺たちは暗い林の中をただ駆けていった。

※　※　※

「……静まりかえってますね。人影とか、戦闘の痕跡は何も見えません」

片眼鏡にエンチャントされた遠視魔法で、目標地点の偵察結果を報告するニーナ。

俺たちは少し離れた丘の上……遠視魔法の効果範囲ギリギリから、林に囲まれた小さな屋敷を見下ろしている。

彼女たち冒険者パーティが、もしもの時の拠点として用意していたギルドハウスだ。

魔隷から話を聞いた俺は、シエラとナナを、ここに保管されたアーティファクトや魔術書などの回収に向かわせていた。

そして支配が途切れたのは、ちょうど彼女たちがここに着く頃のタイミング。何らかの手掛かりが残っている可能性は高い。

あるいは、原因となった何か……それとも何者かが、まだ中に。

「どうするの、小田森くん？」

「……行ってみるしかないな。頼りにしてるよ、姫野さん」

「はいはい。まあ支配は解きたいけど、死んで解除ってのはさすがにゴメンだし」

自嘲気味に笑って、腰の騎士剣に手をやるキリカ。

こうして俺たち四人は、屋敷への突入を開始した……。

※　※　※

襲撃や罠を警戒しつつ、屋敷の中へと踏み込んだ俺たち。

二階のほとんどを占める広い部屋に〝それ〟はあった。

「なんだ、これは……⁉」

部屋の中央、床から天井まで、虹色の光が円柱状に壁を作っている。

そして内側に倒れている、細身の人影がひとつ。

尖っている耳から、エルフであるとわかる。

「シエラちゃん！」

「待て、誰もそれに近付くな！　ニーナ、これは一体なんだと思う？」

「ええとぉ、ダメージ軽減用の空間障壁魔法に似てますね……でも、こんな色のものは見たことも……」

これが俺の隷属魔法を解除した原因なのか？

とにかく内部のシエラが生きているかどうかを見極めようとした、まさにその時。

「くふふっ……よく来たのぉ、魔隷術師よ」

頭上から、時代がかった口調のやや幼い声。

空間が紫色の魔力で歪み……奇妙な姿をした小柄な少女がそこに出現した。

真っ白な肌を漆黒のゴスロリドレスに包んだ、ビスクドールのような美少女だ。

大きく赤い瞳には、人を見下すサディスティックな笑みが浮かんでいる。

そして透き通るような長い銀髪から突き出る、雄牛とも山羊ともつかない太い二本の角。

額には、縦長の目玉を模したような紫色のまがまがしい紋様が刻まれていた。

「その角、額の魔紋……まさか、魔族！　それも、かなり高位の……！」

「然り。わらわの名はパルミューラ。第四位階に位置する魔貴族である」

空中で脚を組み、悠然と言い放つ、少女の姿をした魔族パルミューラ。

俺よりも2、3歳年下に見えるが、実年齢は間違いなくケタ違いだろう。

「ま、魔族のランクは全七段階……四位より上は、人間界にはめったに出現しない大物ですっ！」

ニーナの声が震えている。

確か、最下位のレッサーデーモンですら駆け出し冒険者には絶対かなわないような強敵だったか。

ははは、まさかこんな大物が出てくるなんてな……！

「ああ安心せよ、そこな娘の命に別状はない、指一本触れてはおらん。我が秘術、次元断層によって一時的にこの世界より隔絶されておるだけよ」

虹の光に囲まれたシエラを指して言う。

次元断層……つまり、世界自体のレベルで遮断されてるってことか。

なら納得がいく。携帯が圏外になるように、俺の術式も異世界までは届かない。

「まいったね、そんな解除手段があったなんて。ところで、ナナ……一緒にいたアーマーゴーレムはどうした？」

「ああ、このデク人形のことか？　抵抗しおったゆえ、おぬしを待つ暇つぶしの遊び相手になってもろうたぞ、許せ」

紫色の空間から、巨大な赤銅色の全身鎧……魔法生物アールマＶ７の体そのものを、軽々と引きずり出す魔族少女の細腕。

床にガシャリと落ちたその巨体はボロボロで、あちこちがへこんでいた。

「ナナちゃん⁉」

「ス、スマナイ、ゴ主人……！　シエラ、守レナカッタ……」

「気にするな、ナナ。無事ならいい……それで魔貴族さんとやら、俺の魔隷にまわりくどいちょっかいを出してくれた理由はなんだ？」

くふふ……とパルミューラの小さな口元が歪み、赤い瞳が俺を射貫いた。

「おぬしと会いたかったからじゃ、数百年ぶりの魔隷術師。そう……そなたを、我が魔族陣営に引き入れるために、な」

「っ!? なん、だって……?」

俺ばかりでなく、キリカやその場の全員が息を呑んだ。

まさか、俺をおびき寄せるためにこんなことをしたっていうのか。

「ふふ、魔界でも伝説と化しつつあった魔隷術師……その術式の反応がわらわの魔力網にかかった時はさすがに驚いたぞ。次元断層まで用意するのは面倒じゃったが、こうすれば必ずここに来ると踏んだからのう」

そもそも魔族とは、魔界で果てしない勢力争いを続けている種族らしい。

人間界には、エネルギー源や生贄となる生物を狩りに来たり、ただ暇つぶしに混乱や破壊をもたらすはた迷惑な存在だ。

「俺の力を、あんたたちの内輪もめに利用できるって判断か」

「なかなか理解が早いの。さよう、わらわの右腕となれ魔隷術師。さすれば、人の身では味わえぬ栄光と快楽、永遠の愉悦を与えてやろう」

石膏のような白い手が、芝居がかった動作で差し伸べられた。

全員の視線が、俺に集まる。

「そうか、じゃあ答えはひとつだ。……断る」

俺は即答した。

それ以外に、答えはなかった。

「……ふむ、聞き違いかの？　従えば、この娘も返してやるというに」

「何度でも言ってやるよ、ノーだ。俺は思うところあって、第二の人生は自分の好きに生きるって決めててね」

「小田森くん……」

「誰かの顔色をうかがって生きるのも、まっぴらごめんだ。誰かを従えることはあっても、俺は誰にも従わない。決してだ」

俺はゲスで悪人だが、だからこそ俺に命令できるのは俺だけだ。

俺はこの世界で好きなように生きて、その結果は全部受け入れる。

それが以前キリカにも聞かせた、俺の唯一のルールだった。

「そして俺の魔隷を奪おうとしたお前を、俺は許さない。俺のシエラは奪い返させてもらうぞ、魔貴族！」

ややあって、くふふふ……と愉しそうに口元をほころばせるパルミューラ。

「そうか、そうか……分不相応な力を得て、慢心しおったか。ならまずは教育してやらねばならんな、その程度の力ではかなわぬ相手がおることをな！」

差し伸べられた腕が上下反転し、小さな手のひらに紫の魔力が集束した。

まずい、詠唱もなしでか……と思った時には、そこから球状の魔弾が放たれていた！

「……はぁぁッ‼」

ただ一人、キリカがそれに反応した。

淡い輝きを帯びて振り抜かれた騎士剣が、俺に迫る魔力弾を切り払い、消滅させたのだ。

少しだけ不愉快そうに、片方の眉を跳ね上げるパルミューラ。

「ほう……聖騎剣技か。忌々しい技よ」

「そう、あなたたち魔族と戦うために編み出されたスキルよ」

黒髪と青いマントをなびかせ、魔貴族に一歩もひるまず剣を突きつけるキリカ。

予想はしてたが、さすが姫騎士、ここまでとは……よく勝てたな、俺。

「なるほど、他の魔隷と違っておぬしは意志を保っておるようじゃの。では、今のうちに聞いておこうか」

今度はキリカに、真紅の瞳が注がれた。

「見ての通り、わらわが秘儀を尽くせば、未熟な隷属魔法は解除できる」

「…………」

「そこな魔隷術師がさぞ憎かろう？　わらわに敵対せぬと約束すれば、こやつを痛めつけて刃向かう心を折った後に、おぬしを支配から解放してやってもよいぞ」

なるほどね……断ったことを俺に後悔させるパフォーマンスの一環ってわけか。

キリカが、ちらりと俺を振り返った。

俺と彼女の視線が一瞬、無言で交わった。

「……せっかくだけど、お断りするわ」

「ほう？　これはまた意外な……」

「なめないでちょうだい、私は姫騎士！　その誇りは、魔隷となっても変わらないわ。人類の天敵、魔族と取引をするくらいなら、このままの方がまだマシよ！」

騎士剣をまっすぐに掲げて、姫騎士キリカは堂々と言った。

俺の前に現れた時と同じ、あの凛とした横顔で。

「ありがとう、信じてたよ」

「嘘ばっかり。とにかく、ここを切り抜けるわよ小田森くん。あなたの卑怯な頭で、作戦を考えてちょうだい」

「ひどい言われようだ……まあいいや、じゃあなんとかしてみるか、みんな！」

「は、はい、ご主人様！」

「ああ、ナナを痛めつけてくれたお返しだぜ！」

キリカとアメリアが前に進み出、後列のニーナと俺を守る陣形を組む。

少女魔貴族は、そんな俺たちを見下ろし、あざ笑う声を漏らした。

「くふふ……よかろう……ならば魔貴族パルミューラの実力、そして己の無力。とくと味わい知るがよいぞ、魔隷術師ッ！」

ステータス

【魔隷術師トオル】……ジョブ：魔隷術師ＬＶ７
スキル：隷属魔法ＬＶ６

【姫騎士キリカ】……ジョブ：姫騎士ＬＶ５
スキル：聖騎剣技ＬＶ３／魔法抵抗ＬＶ２

【女法術師ニーナ】……ジョブ：法術師ＬＶ５
スキル：強化魔法ＬＶ２／空間魔法ＬＶ２／治療魔法ＬＶ１

【女戦士アメリア】……ジョブ：戦士ＬＶ６
スキル：剣技ＬＶ３／盾技ＬＶ３／料理ＬＶ１

7話：魔貴族少女と、魔の契り

「おらおらッ、どうしたパルミューラッ！　さっきまでの威勢はっ‼」

「ひっひぃいっつ、ひぐぅうっ、あひゃぁぁうぅうっっ⁉」

いやらしく湿った水音に、泣き叫ぶ快感混じりの高い悲鳴。

「魔貴族の実力がなんだってっ⁉　もう一回言ってみてくれよ、なあ⁉　ほらほらぁっ‼」

「こっ壊れっっ、わらわもう壊れるぅううっっ‼　ゆっ許してくれぇぇっっ、あっあぁぁぁ～～～～っっっっ⁉」

ズチュズチュドチュッッと、情け容赦ない肉棒ピストンを四つん這いの魔貴族美少女に叩き込む。

「誰が無力を思い知るって？　チンポ突っ込まれて無力を思い知ったのはどっちだ、さあ答えろっ！」

「わ、わらわじゃ、わらわの方ですぅぅ……！　あああっ口が勝手にぃっ⁉」

「ようしいいぞおっ、ほら命令出してやるからしっかりマ〇コ濡らせ！」

「ひゃぁあああんっっっ⁉　わ、わらわの意に反して体がっ、体がぁぁっ⁉　こやつのモノを迎え入れておるなぞ、うっ嘘じゃぁぁ……！」

いい手触りの黒ゴスロリ生地ごしに細い腰を抱え、俺はパルミューラをバックからガンガン犯している真っ最中だ。

「くっ、狭くていい締まりだぞっ！　そろそろ三発目ブチこむからなっ……小さな子宮で服従ザーメンちゃんと飲み干せよっ、うっくぁぁっっ!!」

「ひあっ、もっもうやめっ……んぁぁあひぃぃぃ〜〜〜〜っっっ!!?」

なぜ、こんなすばらしい状況になっているのか。

少し時間をさかのぼって、その過程をもう一度思い返してみよう。

※　※　※

「くふふ……どうした、逃げておるだけではどんどん後がなくなってゆくぞ、んん？　大口を叩いたからには、もう少しわらわを楽しませてみせよ！」

優雅に足を組んだ姿勢のまま天井近くに浮遊し、俺たちを挑発するパルミューラ。

その周囲からは闇色をした無数の魔力弾がひっきりなしに生成され、雨あられと周囲に降り注いでいる。

「くそっ、あいつムチャクチャしやがる！　あたしの盾、そろそろもたないぜ！」

「やっぱりというか、魔法で弱体化させようとしても抵抗に阻まれちゃいますっ！」

ニーナの強化魔法で対魔法防御力を上げられたはずのアメリアの大盾が、あちこち削り取られて今にも砕けそうだ。

キリカも聖騎剣技で流れ弾を切り払うのに精一杯で、反撃するチャンスを掴めずにいる。

ケタ違いの魔力による爆撃じみた猛攻に、俺たちは防戦一方だった。

一気に勝負をつけにこないのは、俺をいたぶり無力を実感させるのが目的だからに過ぎない。

「このままじゃジリ貧だわ。小田森くん、何か手はないのっ⁉」

「あるといえばある。あるけど……」

おそらく唯一の勝機。

それはパルミューラに俺の隷属魔法をかけることだ。

俺を魔界での勢力争いに利用するつもりだと、あの魔貴族はうそぶいた。

ということは、魔族相手だろうと効くはずなのだ、魔法抵抗さえ貫けば。

問題は、当然あの極悪ゴスロリもそれは警戒してるだろうということ。

近付くことさえ困難なこの状況で、一体どうやって……！

「いや……待てよ。そうか、近付かなくても……！」

ある記憶と共に、俺の頭に閃いたのは、あまりにも突拍子もない奇策。

でも、だからこそ……試してみる価値はある。

やってみなければどのみち、可能性はゼロだ。

魔力弾にどんどん削り取られていく二階フロアを階段付近まで後退しつつ、俺は小声で口を開いた。

「いいか、みんな。耳を貸してくれ――」

※　※　※

「さぁて、そろそろ魔隷を一人ずつ叩きのめし再起不能にしてやるとするか。……ほう姫騎士、おぬしがその一番手となるのを希望か？」

石造りの階段の裏側に身を隠した俺たちのところから、キリカだけが騎士剣を構えて飛び出したのを見て、余裕しゃくしゃくのセリフを吐くパルミューラ。

見てろよ、その生意気な態度を絶対に後悔させてやる……！

「この奥の手を受けてもまだ余裕でいられるかしら、魔貴族さん。我が気高き剣に来たれ、破邪の霊光……聖光爆濤破《ブリリアント・バースト》ッッ!!」

真紅の魔力が姫騎士を取り巻き、水平に構えられた剣から聖なる波動が放たれる。

一瞬、パルミューラの人を見下した笑い顔が真剣なそれへと変わった。

「ここまでの聖騎剣技を身に付けていたか、ならばわらわも本気を見せよう！　我が魔力にねじ曲がれ亜空……漆黒螺旋渦動《ジェットブラック・ヴォルテックス》！」

掲げられた細い両腕から、螺旋状に渦巻く膨大な闇の魔力がほとばしった。

空間を歪ませる黒い波動と、聖なる奔流が正面からぶつかりあう。

激突の余波が、屋敷の天井や床板をメリメリとはがしていく。

「く、ううっ……！　ダメ、押し返され、るッ!?」

「くふふ、人の身でよくぞと褒めておこう。じゃがの、第四位階の魔貴族に挑むにはちと無謀であったなぁ姫騎士！」

騎士剣が上下にがくがく震え、聖なる力がじわじわと押し返される。

キリカの敗北が時間の問題となった、まさにこの時。

「おい、こっちを見ろ魔貴族パルミューラ！　この性悪ロリババア！」

「ああん？　………なぁぁ⁉」

さしものパルミューラも、小さな口をぽかんと開けて絶句した。

驚くのもまあ、無理はない。

隠れ場所から立ち上がった俺は、仁王立ちで……脱いだ股間を、いきり立ったチンポ先を、かがんだアメリアの唇に突っ込んでいたのだから。

「な、な、なっ……気でも触れたかっ、魔隷術師っ⁉」

「いたって正気だぜ！　ううっ、いいぞアメリアっ……チンポごと持ってかれるような吸い付きのいいフェラだっ……！」

「はぷっ、ちゅぶぶっっ！　んぁ、ぷあっ……んぷっ、ぶちゅるるぅぅっ‼」

激しく赤毛を前後に揺らして、俺のいきり立ったモノを唇でしごきたてる女戦士。

呆然としていたパルミューラの表情が、わなわなと激しい怒りを帯びる。

「そのような下らん痴態ショーで、わらわが隙を見せるとでも思うたか……！　おぬしはもう少し頭の切れる人間じゃと思っておったぞ！」

魔力の螺旋流が弱まるどころか、轟音を立ててより太く強く膨れあがった。

キリカは床に片膝をつき、今にも押し切られそうな様子だ。

「いや、全部計算通りだぜ。これが俺の勝ち筋だっ……くぅぅっ！」

キリカが飛び出す前から始めていた濃厚なフェラによって、俺のチンポが爆発の瞬間を迎えた。

アメリアの口からチュポンと抜いた肉棒を……パルミューラに向ける！

「い、イくっ……うっ‼　い、今だニーナっ！」

「はっはい！　テレポートオブジェクトっ！」

びゅるびゅるるっ……と、宙に放たれる精力強化された大量の白濁液。

それをニーナの転送魔法が、テレポートさせたその先は。

「……ひゃぁんっ⁉　あぷっ……な、なんじゃこれ、は……ま、まさか⁉」

人形めいて端整な小顔に、赤い瞳の周囲に、額の魔紋に、ねっちょりと濃厚な精液が貼り付いた。

両腕を突き出し秘術を放っているため、防ぐこともできない無防備なチャンス。

魔力激突の余波で近付くことはできなくても、転送された物体ならたどり着く。

「精液は隷属魔法の媒体になる……確かにそう言ってたわね、小田森くん。……それにしてもまあ、ひどい作戦だわ」

「き、貴様っ、貴様ぁぁっ……こ、このわらわの顔にっ！　高貴なる魔貴族の面体《めんてい》に何をひっかけおったぁっ⁉」

むろん、高い魔法抵抗を持つ相手に対し、これだけで隷属が完成したりはしない。

支配力がおよぶのはせいぜい一瞬。

だが、この場合その一瞬で十分だった。

「体液を介した簡易術式にて命ずる、魔貴族パルミューラ！　『今放っている魔力を自分に逆流暴発させろ』ッ‼」

「し、しまっ……うぉぉぉぉっっっっ‼⁉」

慌てて飛びすさるキリカ、盾で俺たちをかばうアメリア。

直後、すさまじい轟音と閃光が、屋根を半ば吹き飛ばす勢いで炸裂した。

爆炎が消えた時……そこにはえぐれた床に力なく落下したパルミューラの姿があった。

怒りで膨れあがったみずからの最大奥義に加え、キリカの放った破邪の秘剣……魔族に特効の一撃も、まとめて喰らったのだからただでは済まない。

しかしなんだな……顔射で魔貴族を倒した人間なんて、俺だけだろうな。

※　※　※

「く、はっ離せ！　触れるな人間ごときがっ、このわらわに……っ！」

あちこちボロボロになったゴスロリドレス。キリカとアメリアに手足を取り押さえられ、じたばたもがくパルミューラ。

最大奥義の暴発は、魔貴族からほとんどの戦闘力と魔力を奪っていた。

「おーおー、形勢逆転されても威勢のいいことで。どうする、マスター？」

「そりゃもちろん……みっちりと隷属の術式を叩き込んでやらないとなあ、パルミューラさまの高貴なお体に」

「やっぱりそうなるわよね……まあ、この状況じゃ仕方ない、か」

ため息をつくキリカの前で、俺はニーナの魔法で再びギンギンになった肉棒を取り出す。

突きつけられたグロテスクなブツに、ひっ……と息を呑む魔貴族美少女。

「や、やめいっ！　そのような醜悪で下品で悪臭を放つ汚物、わらわに近付けるでない！　ゆっ許さんぞ絶対にっ……きゃひぃっっ⁉」

べちぃぃん！　と肉の打ち合う音と、短い悲鳴。

アメリアの唾液にまだ濡れたチンポで、白い陶器のような頬をビンタしてやったのだ。

「ひどい言いぐさだな、これからその汚物をたっぷり味わってもらうっていうのに。口の悪い子にはチンポビンタの刑だ。ほーらほら、ぺちぺーち」

「ううっ、く、臭いぃぃ……！　こ、このような屈辱っ、必ずや永劫の生き地獄の中で後悔させてやるぞ魔隷術師っ……お、押しつけるなぁっ⁉」

「へえ、そりゃ怖い。じゃあその前に俺がイキ地獄を体験させてあげよう」

「あなたほんといい性格してるわよね、小田森くん」

絹のような手触りの銀髪をくしゃくしゃと撫でつつ、キッと俺をにらむ殺意に満ちた顔をぺちんぺちんとチンポで好き勝手に嬲る征服感。

キリカにジト目で見られながらってのがまた、余計興奮してしまうぞ。

「か、必ずやその肉体を寸刻みにして魔界の業火に……んぷぅぅぅっっっ‼⁉」

なおも生意気なセリフを吐こうとした口を、不意打ちのチンポ挿入で塞ぐ。

狭くてあったかくて、人間同様にいい感触だ。

「おおっ、これが魔貴族さまの口内粘膜かぁ……ああ噛み切ろうとしてもムダだぜ、ニーナの強化魔法で防御力上げておいたからな」

「よくそんな使い道次々と思いつきますね、マスターは……」

「んんぅぅっっ‼︎? はぷ、んぷぷぅぅぅっ‼︎? ん〜〜〜っっ‼︎」

ちょうどいい位置に突き出た、硬い二本の角を両手でがっしり掴む。

それをハンドルのように使って、ジュポジュポと魔貴族口マ◯コをオナホ扱いだ。

赤い瞳でにらまれつつ、小さな口に自分のチンポが出入りする光景は、最高に興奮する。

「なかなかいい使い心地だぜ、パルミューラ！ 待ってろ、服従術式の詰まったドロドロザーメン、お上品な喉にこってり流し込んでやるからな……っ！」

「っっ⁉︎ んっんんっっ‼︎? んぶっっ、んぷぅぅうう‼︎? ぷぁあああん‼︎?」

弱々しく首を振って逃れようとするも、その抵抗はあまりにも無力。

必死にチンポを食い千切ろうとしているようだが、せいぜい甘噛み状態で余計気持ちいい。

押し出そうと動くちっちゃなベロも、鈴口やカリ首にあちこち当たってランダムな快感をくれる。

「よおしニーナ、アメリアっ、顔寄せて舌を出せ！ ３Pキスで精液量さらにブーストだ」

「はぁい、ご主人様っ！ ……んっ、ちゅぷ、れろろっ……あは、魔貴族さんにすっごい見られてるぅ」

「あ、あたしにもあとでご褒美チンポ様くれよ？ ……れりゅっ、んちゅうぅぅ……ちゅぱぷっ！」

他の女たちを交えてのいやらしい舌遊びを見せつけられながら、射精便器のように自分の口を使われるのはよりいっそうの屈辱だろう。

涙目になりつつあるパルミューラの表情を見て、さんざん苦しめられただけに溜飲が下がるのを感じつつ、俺は角ハンドルを握りしめ激しく上下させた。

じゅぼっじゅぼぼっっ、じゅぶちゅぶぢゅっっ‼

ずっちゅぬっちゅぶっ‼

「っくぉおおっ、さあ出すぞッ、射精ぶちまけてやるぜパルミューラっ！　人間様の精子、全部呑み込め……よぉぉっっ‼」

「んっんうぅうっ……んぶっっ⁉　んぷぅ、うぷぁ……んぁぐぅぅぅぅうんっっ‼⁉」

どぷんっっ‼　びゅるるんっっ、どくどぷぅぅっっ‼

掴んだ硬い角を思いっきり引いて、ちっちゃな唇を俺のチンポ根元に密着させた状態での大噴射。

強制力はまだ働いてなくても、ほとんど直接喉に流し込まれる大量のネバネバ液を、パルミューラは飲み下すしかない。

「んっんくっっ……ご、くっ……こくんっっ、ごきゅぅうっ……ごきゅんっ、ごくんっ……！」

「くっ、うぅぅ……！　こ、この征服感やばいなっ……！」

高貴な魔貴族美少女の食道に、たっぷりと注がれ続けるすさまじい量。

白い喉がこくこく必死に動き、死にものぐるいでそれを飲み下し続けている。

ちらっとキリカの方を見ると、息を呑んでその光景を凝視してる。俺の視線に気付いて慌てて赤面し目をそらした。

その可愛い反応のおかげで、さらに精液がびゅるっとひと出し追加される。

「う、うぇぇ……げほっ！　き、貴様ぁぁ……！　こ、このわらわに、よくもこのようなぁぁ……けほっ！」

ずるんっと口からチンポを抜くと、さっそく涙目でにらんでくるパルミューラ。

その額、瞳のような魔紋の周囲を緑色の魔力が円環状に取り巻いた。

まだ完全にとはいかないが、精液を介した隷属術式がしだいに彼女を支配しつつある証拠だ。

「たった一発で何言ってるんだ、まだまだこれからだぞ？　次はいよいよ、魔貴族マ○コに直接注入タイムなんだからな」

「な、なぁっ……!?」

「さあ、俺の命令を聞けパルミューラ。尻を突き出して、ご主人様になる男にお前の一番恥ずかしい部分をさらすんだ」

「か、体が勝手にっ……!?　よ、よもやわらわの魔法抵抗がっ、抜かれつつあるなどと……いっ嫌じゃぁぁぁっっ、そっそんな格好はぁぁっ!!」

がくがくと全身が震え、パルミューラの中で抵抗と服従がせめぎあう。

だが、ゆっくりとその体が床に倒れ込み、黒いドレススカートに包まれた尻を俺に突き出すように差し上げていく。

地球でも見たことがないほど高級そうな、幾重にも折り重なった半透明のフリルがみずからの震える手で持ち上げられ、同じく黒のガーターベルトと精緻なレースの下着が露わになった。

「ようしいいぞ、効いてきてるな。じゃあマ○コを情けなく濡らしながら答えろ、お前が処女かどうかをはっきりと、な！」

「ひっ……な、なんじゃ体が熱く……!?　こ、答えなどするものか、そのような無礼極まるっ……

そ、そうじゃ処女じゃ、わらわはまだ性行為をいたしたことなどないっ……き、生娘じゃぁぁ……！」

「あら、意外」

「ははははっっ！　こりゃ傑作だな、パルミューラちゃんお前、したこともないくせに人間では味わえない快楽がどうとか偉そうに言ってたのか⁉」

「う、うううるさいうるさいぃぃいっっ‼　だっ黙れ殺す殺すぅぅうっっ‼」

必死に暴れて姿勢を変えようとするが、そのたびフィルムを逆回転するように、はしたなくケツを突き出した同じバック挿入待ち体勢に戻ってしまう。

俺は笑いながら、強化魔法がいらないほどガチガチになった肉棒を、黒い下着と柔らかい股間の肉の合間に押し当てた。

ぷにっと柔らかく閉じた純白の割れ目が、うっすらと透明の愛液に濡れて光っている。

「何百年大事にしてきたか知らないが、俺に奪われるために取っておいてくれたと思うと感無量だね。それじゃあいよいよ犯すぞ、覚悟はいいなパルミューラッ！」

「や、やめろ、やめるのじゃっ……そっそれだけはっ、お願いじゃ止めっ……ひっひぎぃぃいっっ‼⁉あぐぅぅぅぅうううぅぅうっっっ‼⁉」

細い腰を思いっきり両手で抱え、ぐぐぐっ……と硬めの抵抗を押しのけ、ぷちぷちと膜を破る感覚に到達。

子供のように狭い膣穴に、にゅるるぐんっ……！　と。

俺の怒り狂った肉棒が、中ほどまで一気に打ち込まれた。

「あぁぁぁっ……あ、あぁぁ……ひぃぃあぁぁぁぁっっっ〜〜〜〜!!?」

脳が焼けるような征服感、蹂躙感、達成感。

処女魔族マ◯コの吸い付くようなチンポざわり。

たまらない密着感に締め付けられながら、しばし陶酔していた俺に……！

「痛っ!?　なんだこれ……？」

ばちっと、静電気のはじけたような感覚が右手の甲に発生した。

見ると、そこにはややまがまがしい爪と牙、瞳のようなデザインを組み合わせた赤い紋章が浮かんでいる。

どことなく、パルミューラの額にあったものと似てるような？

「あ、ああっ……わ、わらわの〝契りの魔紋〟が、このような人間ごときにっ……！」

「契りの、魔紋？　おい、それはどういう……っぐうぅ!?　な、なんだこの感じはっ!?」

「ど、どうしたんだマスター!?」

とてつもない快感と共に、みっちりパルミューラにおさまったチンポからエネルギーが体に逆流するような感覚。

レベルアップの実感を数十倍にしたような、とてつもない何か。

そして俺の脳裏に、覚醒した新たなスキルの知識が降りてきた……一体何が起こったのかを、理解するための情報が。

ステータス

【魔隷術師トオル】……（レベルＵＰ！　新たなスキルに覚醒した）
ジョブ：魔隷術師ＬＶ７↓９
スキル：隷属魔法ＬＶ６↓７／魔の契約ＬＶ０↓１

【姫騎士キリカ】……（レベルＵＰ！）
ジョブ：姫騎士ＬＶ５↓７
スキル：聖騎剣技ＬＶ３↓５／魔法抵抗ＬＶ２

【女法術師ニーナ】……（レベルＵＰ！）
ジョブ：法術師ＬＶ５↓７
スキル：強化魔法ＬＶ２↓３／空間魔法ＬＶ２↓３／治療魔法ＬＶ１

【女戦士アメリア】……（レベルＵＰ！）
ジョブ：戦士ＬＶ６↓７
スキル：剣技ＬＶ３／盾技ＬＶ３↓４／料理ＬＶ１

8話：お仕置きと、新たな力

手の甲に刻まれた、まがまがしい〝契りの魔紋〟を眼前にかざす。

魔貴族パルミューラは俺にバックから挿入されたまま、絶望的な表情を浮かべてそれを振り返った。

「なんなんだマスター、そいつは？」

「これは上位魔族の額にある魔紋と対になっている。魔力の主導権を、これが刻まれた相手に委ねるという服従の証だ」

スキル獲得と共に頭へと流れ込んできた知識。ニーナがなるほどと相槌を打つ。

「あっ、魔法学校で習いましたそれ。だから魔界は、それを介した支配関係や姻戚関係が重要な社会なんですよね」

「ええ、そして魔界に勢力争いが絶えない理由のひとつでもあるわ」

だが通常、それはあくまで魔族同士でしか成立しない。

隷属契約の術式を応用し、人の身でありながら魔族と契りをなし上位に立つ。

それこそが魔隷術師の持つ、規格外のスキルのひとつだった。

「わかるぜ、パルミューラ。見えない魔力の流れが、俺とお前の間を繋いでいることがな」

「う、あうぅっ……！　よ、よもやこのような事態に陥ろうとは……っ！」

魔族は強大な力とほぼ永遠の寿命を持つ反面、魔力がなければ存在を維持できない種族だ。

つまりパルミューラは、生殺与奪権を俺に握られてしまったことになる。

乱暴にたとえるなら通帳とクレジットカードを押さえられてしまったようなもんだ。

「しかも魔族の膨大な魔力が、俺に流れ込んできたおかげで……隷属魔法のレベルも一気に上がったのを感じる。こりゃたっぷりお礼をしないと……なっ！」

「……んひっ⁉　きゅ、急に動っ……ひあぁぁぁっっ‼⁉」

感謝をこめて、黒い花弁のようなドレススカートに包まれたお尻に腰をぱぁん！　と打ち付ける俺。

初めて迎え入れたチンポで敏感な粘膜をえぐられ、パルミューラの嬌声が響く。

「どんな気分だっ、魔界第四位階の魔貴族さま⁉　見下していた人間に処女を奪われ生命を握られ、動物みたいに犯されて完全敗北するってのは！」

「ひっあひぃぃっ⁉　な、なぜわらわがこのようなぁ目にぃぃ……卑しい人間ふぜいにっ、玩具にすぎん下等生物などに支配されるなどっ、あ、あってはならんことじゃぁぁっ‼　ひゃうぅう‼」

パンッパンッとリズミカルにバックから攻め立ててやると、拳をキュッと握って屈辱と初めての感覚に叫ぶパルミューラ。

今や隷属術式も完成し、人形のような体はまるで無抵抗だ。

「くっ、それにしても……初めてにしちゃ濡れやすいし、いいウネり具合だなっ、魔貴族さまのマ○コは！　ひょっとしてお前、普段からオナニーしまくってたんじゃないか？」

「なぁっ⁉　ば、馬鹿にするのも大概にせよ、わっわらわがそのような……な……っ！」

ビクンとあからさまに動揺して、慌てて否定しようとした言葉が途切れる。

隷属の強制力は、質問への嘘を許さない。

「……は、はい、しておるっ、わらわ毎日オナニーしておるっ……や、ちっ違っ⁉　こ、これは違うのじゃっ、ああっ言わすなぁぁぁ‼」

「へぇぇ～、二日に一回ペースのわたしよりしてるんですねぇ、魔貴族さん」

「あの、ニーナ？　あなたまで言わなくても」

イヤイヤと角を振って、必死にじたばたもがくパルミューラ。

この魔貴族娘、なんだか無性にイジメたくなるな。

「くくっ、傑作だな。どうやっていつもオナってるのか、しっかりみんなに説明してやれパルミューラ！」

「あっあああっ……ゆ、指でっ、入り口すぐをくすぐったりっ……く、クリトリスをつまんでいじったりしておる、のじゃぁぁ……！　き、聞くなっ聞かないでくれぇぇっ‼」

興味津々と耳を傾ける人間たちに、もっとも恥ずかしい情報を告白する。

そのすさまじい羞恥と屈辱に、白いうなじや耳まで真っ赤になって、顔を両手で覆う魔貴族少女。

「へえ、魔貴族のお嬢様はクリが敏感なのか。よし、誰かいじってやれよ……ほらっ！」

「っっきゃうぅぅんっっ⁉」

細い両脚を抱えて軽い体を持ち上げ、姿勢を変える俺。

まるで幼児におしっこをさせるようなM字開脚ポーズで、パルミューラの恥ずかしい場所を真正面に広げてやる。

「う、うわぁ……！」

「やっ、いやじゃイヤじゃこんな格好ぉ!?　そっそれにこの角度っ、アレが奥まで深く入っ……ひぎっ、ひゃぁぁうっ!?」

「はーいっ、じゃあわたしやりますね、ご主人様っ！」

命令によってみずからスカートをつまんで持ち上げさせ、結合部を魔隷たちに向けさらさせる屈辱ポーズ。

ニーナが楽しそうに、ずっぽりハマったチンポのすぐ上の可愛い豆に舌を伸ばした。

「や、やめよ人間っ……んあっひぃぃ!?　舐めっ、そんなとこ舐めるっなぁぁっ、ふ、ふぁぁぁぁ……っ!?」

「どんな味だ、上位魔族のクリトリスは？」

「ん～、ミルクみたいな甘ぁい味しますよぉ……ふふっ、ぷっくり尖っちゃって、これ相当普段からイジってますね魔貴族さん？」

「だ、黙れ黙れやめんかぁぁ！　あっやっ、しっ舌ではじくなぁっ!?　ひっ……お、奥も一緒にえぐられっ……るぅぅぅっっ!?」

ニーナのおかげで、チンポへの締め付けがさらにキュウキュウとキツくなっていい感じだ。

俺は抱えた腰をゆっくりと上下に揺すり、狭い膣内を奥までねっとり味わい尽くす。

「アメリア、姫野さん！　せっかくだしみんなで一緒にこいつを可愛がってやろうぜ、先輩魔隷からのご挨拶だ」

「よしきた！　へへっ、あたしの盾をボロボロにしてくれたお礼はきっちりしてあげないとだな」

「シエラちゃんとナナちゃんのぶんもですね！」

「わ、私は別に……って、か、体が勝手に⁉　め、命令されてないのに！」

隷属魔法のレベルアップにより、俺は口に出さなくても簡単な命令なら直接体に飛ばせるようになっていた。

胸を覆う薄いレースが二人の手で引き下げられ、つつましい貧乳が空気にさらされる。

かすかに膨らんだ真っ白な肌で自己主張する薄桃色の突起ふたつに、左右からそれぞれ…………。

「ひっあひゃぁぁんっっ⁉　ちっ乳首一緒にぃぃぃいっっ‼︎⁉︎」

「んっ、れろろっ……おぉ、ほんとだ、なんか甘い味するぜ、赤ちゃんの肌みたいにきめ細かいし」

「ちゅっ……れりゅっ、わっ私までこんなことぉ……！　んふ、ちゅぷっ！」

ノリノリの赤髪女戦士と恥ずかしそうな黒髪姫騎士が、魔貴族のちっちゃな乳首を舌先でイジる、非現実的光景。

その間にも女法術師にクリをしごかれ、少しずつ強くなる俺のストロークに開通したばかりのマ○コをほじられているのだからひとたまりもない。

「ぜっぜんぶっいっぺんにぃっ‼　いっぺんにされたらあぁぁぁっ⁉　ひっあひっ⁉　おかしくっ、わらわおかしくなってしまうぅぅ～～～っっ‼︎⁉︎」

「ははっ、命令出すまでもなくイケそうだなパルミューラっ！　さあイッちまえ、見下してた人間にイカされて鳴けっ！　そらそらそらあぁぁっ!!」

真っ白なお腹に、チンポの形がうっすら浮き出るほどのラストスパートピストン。

魔貴族のキツい処女穴は、三人の美少女魔隷の舌攻めであふれた大量の愛液によって、それをしっかり快感として受け入れてしまっている。

そして、トドメの一撃がコリッとした奥の子宮口を、ずずんッ……と押し上げた！

「……あ!?　あ、あ、ああっ……んひぃぃあぁぁぁぁっっっ!!?　だっだめぇぇぇじゃぁぁぁっっっ～～～～～っっっ!!!」

どぷんっっ!!　勢いよく狭い最奥ではじける大量の白濁液。

人間の、俺の熱い精液が、本来近付くことすら不可能な魔貴族の胎内に、どきゅっどくんっと注がれていく。

生物として格上の存在を、無理矢理自分のモノにする強烈な征服感だ。

「うっ、くぅぅッ!!　しっかり子宮で覚えろよっ、これがお前と契約した、お前を支配した唯一絶対の主人のザーメンだっ!!」

「あ、あひっ、あうぅぅ………！　わ、わらわの中にぃぃ……熱いものがぁ、入ってくるぅぅ……!!」

「きゃっ!?　あは、魔貴族さんのが顔にかかってますっ」

ぷしゅっ、ぷしゃあっ……！

背筋をのけぞらせつつ絶頂の証拠、愛液のしぶきをニーナに放ってしまうパルミューラ。

がくがくと銀髪を、小柄な全身を震わせて初めての膣内射精に圧倒されている。

キリカとアメリアはうっすら上気した顔で、そのさまを見つめていた……。

※　※　※

それからパルミューラは、強化魔法でブーストされた合計4回の射精を膣内に叩き込まれ、幾度となく甘い泣き声をあげて絶頂を重ねた。

前から後ろから俺のチンポでほじくられ、三人の魔隷に幼い性感を開発され、ついに気を失ったのは、半壊した屋敷をすっかり夜闇が包む頃。

そしてエルフのシエラを囲んでいた虹色の次元断層もあとかたなく消失し、俺は彼女を魔隷として無事回収したのだった。

※　※　※

「しっかし派手に壊しやがって……こりゃ、ここはもう放棄した方がいいな。第二の拠点に使おうと思ってたんだが」

「今さらだけどあんなのによく勝てたわね、私たち」

「ああ、あの作戦が成功しなけりゃヤバかった。それにしても内容を伝えた時の姫野さんの表情ときたら……」

「わ、わざわざ思い出させないでよ、馬鹿っ！」

深夜、かろうじて無事だったギルドハウス一階の広間。

俺とキリカはソファーに腰を下ろし、戦いの余波でヒビの入った窓から月を眺めていた。

制服に似た白いアンダーウェア姿に、風呂あがりのつややかな黒髪が美しい。

シエラ、そしてアールマV7ことアーマーゴーレムのナナは、治癒魔法を心得たニーナが別室で看ている。

シエラは無傷で捕らえられていたし、魔法生物のナナには自己修復能力もあるので、二人（？）とも明日には動けるようになるだろう。

アメリアは食事の片付け後、疲労で寝入ってしまった……彼女には新しい盾を用意してやらないとな。

「さすがの姫騎士も、あんな大物との死闘は初めてだった？」

「ええ、第四位階以上にもし会ったら全力で逃げろ、それは恥ではない……って教えがあるくらいよ」

「よかったじゃん、結果的には勝てたしレベルアップしたし。その後の〝お仕置きバトル〟でも大活躍だ」

「だ、だからあれはあなたの命令でっ……！」

赤面してひとしきり俺をにらんだ後、ふとその表情が冷静になる。

黒く綺麗な瞳が、まっすぐ俺を見つめた。

警戒と、かすかな畏怖の視線。

「……あなたは今日、とてつもない戦力を手に入れたことになるわね」

第四位階の魔貴族すらも従わせる。それは人の身に余る大いなる力だろう。

魔隷術師というジョブが、伝説とまで言われるわけだ。

「いや……でもさすがに、あの力をそっくりそのままってわけじゃない。魔の契りにはデメリットもあってね、俺からパルミューラに供給される魔力は、俺のスキルレベルに制限されるんだ」

手の甲にうっすら光る魔紋を月にかざし、脳に刻まれた知識を口にする。

「それってつまり、あなたの魔隷になった彼女はさっきの戦いの時より弱体化してるっていうこと?」

「うん、少なくとも今はね。俺のスキルレベルが上がれば別だけど……今のパルミューラのポテンシャルは、だいたい第五位階の下の方と同等じゃないかな?」

「それでも魔騎士か、指揮官級魔族レベルじゃない……私と互角以上ね」

彼女の瞳が、無言で訴えている。

そんな力を得て、あなたは一体何をするつもりなのか、と。

俺はそれを無視して、逆にひとつの疑問を口にした。

「不思議に思っていたことがある。そんな伝説上の存在、魔隷術師の出現を、パルミューラはともかく君が察知していたのはなぜだ?」

この世界で再会したあの時、キリカは俺より先に魔隷術師の存在を口にした。

数件の行方不明事件と冒険者パーティひとつの失踪で、そこまで想像がおよぶとは思えない。

「……あなたに隠し事は無意味ね。その可能性を私に教えたのは、システィナ姫さまよ」

キリカの主君、システィナ・ランバディア第三王女が、一体なぜそれを？

「ランバディア王家の女性に、建国女王から代々受け継がれたスキルよ。一種の予言能力……曖昧にだけど、予知夢の形で未来を見ることがあるの。システィナ姫さまには、数世代ぶりにそのスキルが発現したのよ」

「へえ、すごいな。卑弥呼みたいだ」

「予言はみだりに人に教えてはならないとされてるけど、私は彼女の側近だったから聞かされていたわ。近く、この世界に伝説の魔隷術師が復活する……そして、世界に変化をもたらすと」

世界に変化、か。

俺もずいぶんと高く評価されたもんだ。

「それで、可能性のありそうな事件の調査には名乗りをあげるようにしてたのよ。まあ、まさかこんなに早く出現するとは思わなかったし、あなただったのはもっと予想外だったけど」

「ま、それはお互い様ってことで」

なら、調査から戻らない姫騎士の異変を、魔隷術師との遭遇だと姫が結論付けるのも時間の問題だろう。

これは本腰入れて、姫を手に入れる計画を考える必要があるな。

予言スキルってのも役に立つかもしれないし。

「……またろくでもないことを考えてる顔だわ」

「え、そう？」

ごまかしがてら、ソファーに座る位置を寄せて彼女に近付く。

乾きかけた黒髪のいい匂いが、ふんわり鼻孔をくすぐった。

「今はただ、姫野さんのその格好が可愛いなと考えてる」

「ちょっ……や、やめっ……あ、あんなにしたじゃない、パルミューラと！」

「いや、姫野さんもしたいのかなと思って。ずっと羨ましそうに見てたし」

「だっ誰がっ！」

慌てる様子が可愛くて、押し倒そうかなと思ったその時。

部屋の反対側で、小柄なゴスロリ姿がふらりと立ち上がった。

別のソファーに寝かされていたパルミューラが、いつの間にか目を覚ましていたのだ。

乱れた服や行為の汚れは、魔力の作用ですっかり綺麗になっている。便利だな、魔族。

「おっ、起きたか。どうだ、生まれ変わった気分は？」

「最悪じゃ。最悪に決まっておるわ。魔力も制限され、このような虜囚の辱めを受けようとは……う」

屈辱とあきらめの混じった色で、憮然と俺をにらむ赤い瞳。

……あ、ちょっと涙目になってる。

「それよりも、システィナ姫と言ったな。命令で聞き出されるのもシャクじゃから、先に伝えておくぞ」

「え？」

あるいは、俺にせめてもの仕返しの一撃を喰らわせてやるとばかりに。

パルミューラは、意外な言葉を口にした。

「予言の姫……その存在を狙って、動いている魔族がおる」

キリカが、息を呑む音が聞こえた。

ステータス

【魔隷術師トオル】……ジョブ：魔隷術師ＬＶ９
スキル：隷属魔法ＬＶ７／魔の契約ＬＶ１

【姫騎士キリカ】……ジョブ：姫騎士ＬＶ７
スキル：聖騎剣技ＬＶ５／魔法抵抗ＬＶ２

【女法術師ニーナ】……ジョブ：法術師ＬＶ７
スキル：強化魔法ＬＶ３／空間魔法ＬＶ３／治療魔法ＬＶ１

【女戦士アメリア】……ジョブ：戦士ＬＶ７
スキル：剣技ＬＶ３／盾技ＬＶ４／料理ＬＶ１

ステータス

【魔貴族パルミューラ】……ジョブ：魔貴族ＬＶ８（本来は少なくともＬＶ18以上）
スキル：魔界魔法ＬＶ６（本来は少なくともＬＶ10以上）
魔法抵抗ＬＶ２

9話：闇の陰謀と、エルフ娘

魔族の位階は、以下の七段階からなる。

第七位階、レッサーデーモンやヘルウォーリアといった魔界の尖兵たち。

第六位階、より上位のデーモンや、ランクアップしたエリート兵力。

第五位階、魔将軍ら魔軍の指揮官級、魔騎士などの最精鋭ユニット。

第四位階、魔貴族を名乗る魔界の支配階級たち。

第三位階、八冥家と称される魔界の名門八大貴族。

第二位階、三大公と讃えられる魔界三大実力者。

そして第一位階、魔界の支配者にして唯一絶対の強者……すなわち魔王。

だが魔王は数千年の昔、勇者なる異能の人間と相討ちとなり、姿を消したという。

以後、統率者を失った魔界は果てしなき勢力争いに明け暮れている……。

※　※　※

「八冥家《ノーヴル・エイト》イヴリース。ヤツは己の目的のため、予言の姫を狙っておる」

イヴリース。

それが、システィナ姫を我がものにしようとしている魔族。

「最悪だわ、よりによって第三位階のそんな大物が……！」

「ふん、名ばかりの成り上がりものじゃ。わらわの血筋は千年前まで八冥家に数えられておったというに、あやつの卑劣な追い落としによってその座を奪われ……ええい、思い出すだに虫酸が走る！」

没落貴族みたいなものだったのか、パルミューラ。

その仇敵イヴリースに対して、だいぶ思うところがあるらしい。

「他人のこと言えるのか、お前？　そいつへの対抗策の一環で俺を、魔隷術師を手駒にしようとしてたんじゃないだろうな」

「うっ……」

赤い目をそらすゴスロリ魔貴族。図星か。

「まあいいや、で、イヴリースはなんでシスティナ姫を狙うんだ？　予言の力で何を知ろうとしてる？」

「……そこまではわからぬ。予言の姫を狙っておること自体、ヤツの陰謀を常に探っていたわらわくらいしか掴んでおらぬはずじゃ」

まあどうあれ、人間にとってロクな目的じゃないのは間違いないだろうな。

「魔界の陰謀に、システィナ姫さまが巻き込まれようとしてるなんて……」

主君にして友でもある女性の危機に、蒼白になるキリカ。

じゃが、直接ヤツが来る可能性は低かろう……とパルミューラが首を振る。

「直接動けば、他の八冥家をはじめとするライバルに狙いを気取られる。それに高位の魔族ほど、魔界の魔力そのものと肉体が直結しておるから、人間界では弱体化を余儀なくされるのじゃ」

魔力を俺に依存してる今のパルミューラが弱体化してるのと似た理屈か。

なるほど、人間界にいるところを他の勢力に袋叩きにされるのは避けたいだろうしな。

「つまり、もっとまわりくどい方法で姫さまを手に入れようとしている？」

「おそらくはの。陰謀はヤツの十八番、ことによると人間を手駒に使うやも……」

人知れず王家に、姫に迫る危機。

魔族の暗躍を、いま俺たちだけが知ってしまった。

「ならランバディア王都に、そのことを知らせなくちゃ！」

「おいおい。魔族まで引き連れた魔隷術師や、その魔隷の言うことを誰が信じるんだ？　確か宮廷には、隷属魔術にかかってることを見破れる術師もいるって言ってたよな」

「それに、知らせたところで高位魔族に対抗できるとはあまり思えないな。なら、やることはひとつ……いや、今まで通りだ」

「そ、それは……」

システィナ姫を、俺のものにする。イヴリースとやらには渡さない。

それだけのことだ。

「その話を知る前から、俺は姫さまも自分の魔隷にするって決めてたんだ。八冥家だか知らないが、魔族なんぞに渡してやるかよ」

「で……でも、あなた怖くはないの？　魔界の大諸侯を敵に回すのよ」

恐ろしいか恐ろしくないかで言えば正直怖い。背筋がちりちりする。

だけど、それであきらめてちゃ、好きに生きることはできやしない。

「なんとかしてみせるさ。だいたい第四位階の魔貴族さまにだって本来は勝てそうになかったのに、やってみたらなんとかなっただろ？」

「くっ……か、返す返すも不覚であったわ」

「小田森くん……！」

複雑な表情で俺を見つめるキリカ。

今や魔隷術師が、姫を魔族から守る立場になったのだから無理もない。

「まあよい、ヤツに一泡ふかせられるなら願ったりよ。くふふ、いつかこの契約から逃れてみせるのは当然として、その計画にはわらわも乗ってやろう」

「なにが乗ってやろう、だ偉そうに。元々お前に拒否権なんかないだろ」

「ぐ、ぐぬぬ……」

悔しそうに口をへの字にするパルミューラ。

月明かりの下、あらためてキリカが俺に向き直った。

「小田森くん……半分だけ。半分だけありがとうと言っておくわ」

「姫野さんらしいね。ま、お姫さまは仲良く魔隷にしてやるから安心しててよ」

「だから半分だけなのよ、もう……！」

ともあれ、まずは情報をもっと集める必要がありそうだ。

そうして俺たちは、ひとまずの眠りについたのだった。

……もちろん、日課の〝隷属術式上書き〟をキリカに気持ちよく施した後で。

パルミューラに見せつけながらするのも、なかなか盛り上がるな、うん。

※　※　※

まどろみの中で、俺は奇妙な感覚に襲われていた。

腰から下がフワフワするような、何かくすぐったいような……？

「……はっ!?　う、うおっ!?」

朝の陽光がまぶたを照らし、意識が眠りから覚醒する。

横になって占有していたソファーの上で、俺の下半身にかかった毛布がもぞもぞと動き……長い耳がピコンと飛び出た。

「んっ……おはよう……主《あるじ》さま」

「シ、シエラ？」

緑色の、少し眠そうなタレ気味の瞳、あまり感情を面に出さない表情。

ニーナのより色素が薄くふんわりしたロングの金髪は、左耳側の前髪を一房だけ、三つ編みに結った特徴的なヘアスタイルだ（部族の伝統らしい）。

森に暮らす長命種族エルフの弓使いにして精霊術師、シエラ。

四人の冒険者パーティ、最後の一人である。

そんな彼女が、今……俺の朝立ちした息子に白い指を添え、細い舌を這わせていた。

「な、何してるんだお前っ、いや見ればわかるけど、その」

「………シエラは、主さまの命令、守れなかったから」

負けて、捕まって、ナナも守れなかった、とつぶやくシエラ。

抑揚の乏しい声だが、どうやら落ち込んでいるらしい。

「いや、さすがに相手が悪かったし気にすることは……って、う、うはっ⁉」

ぱくっ……と朝立ちの亀頭が、生温かいエルフの口腔に包まれた。

中で舌がにゅるにゅると踊り、敏感な輪郭をなぞるよう愛撫してくる。

「う、うお……お、お前、また上手くなってないか……？」

天性の才能なのか、シエラはフェラチオが異様に上手い。

仕込むそばから一を聞いて十を知るでどんどん上達するのだ。

「んっ……主さまに、シエラは喜んでもらいたいから……ちゅぶ、ずじゅぶぶ、ぶ」

「くっ⁉　す、吸われっ……お、おおおっ……！」

シエラは決して、舌や唇を慌てて激しく動かしたりはしない。

ゆっくりねっとり、スローペースでチンポをじわじわと追い詰めてくる。

おとなしそうな顔に似合わず、どこにも逃げ場がないようなしつこいフェラだ。

「ちゅ………んっ……気持ちいい、主さま……？」

さながら宝石のような翠の瞳でじっと見つめてくるのが、またチンポに悪い。

このまま朝一番をヌかれてしまうのも天国だろう。

だが、シエラにはもうひとつの〝得意技〟があった。

「う……ああ、お口もいいが、前みたいにあっちでしてくれないか、シエラ？」

無口なエルフ少女の動きがぴたっと止まった。

薄いワンピースの肩ひもを、無言でゆっくりと外す。

細身の体に似つかわしくない、真っ白な釣り鐘型の双球がたぷんっ……とこぼれた。

「相変わらず、シエラのはパーティで一番でかいな……」

「………………」

エルフは種族的に貧乳が多いらしいが、シエラは珍しく巨乳の持ち主だ。

アメリア以上なのはもちろん、キリカよりもやや大きいんじゃないか？

あっという間に、ソファーから垂直に跳ね上がったチンポをふたつのまろやかな膨らみが包む。

「おおっ、うっ……！　この、エルフのきめ細かな肌が吸い付くみたいなもちもち感……っ！」

フェラ唾液でテラテラ光るチンポ……樹液に濡れた熱い枝が、みっちり優しくコネ回される。

まるでどこにも接触せずに浮いているような錯覚すら覚える気持ちよさ。

「主さま……おっぱい好き？」

「ああ、どっちかというと大好きだ」

「新しく来た姫騎士にも…………おっぱいでさせてたって、アメリアが」

「う⁉　まあ、させたな、あーうん」

じーっと見つめられる。

にゅっぽ……にゅぽんっ……とスローペースにおっぱいズリされながら。

感情が読み取れないけど、もしかして嫉妬してるんだろうか？

「そう……でも、おっぱい担当は……シエラが先輩だから……」

じぃぃぃいっと静かな目力と同時に、挟む乳圧もぐぐっと強くなった。

よくわからないが、やる気を出しているらしい。

「わかってるってシエラ。お前は俺の大事なおっぱい魔隷だ」

「ん……嬉しい、主さま……もっとするね？」

少しずつスピードを増すエルフパイズリ。ヤバい、このままじゃ発射は時間の問題だ。

その時、机を挟んだ向こう側のソファーで、キリカの毛布が不自然にもぞっと動いた。

ははん、あいつ寝たふりしてるな……よし。


「……ひにゃっ⁉」

シエラが、それまでと違う高い声を漏らした。

水平よりやや下向きの角度で伸びた長いエルフ耳に、俺が手を伸ばして触れたのだ。

すべすべした表面をさわさわ、根元から先まで何度もなぞってやる。

「あ、主、さまっ……み、耳……よ、弱い……って……ひゃあ、あ……！」

「ああ知ってる。でも、シエラの可愛い声が久しぶりに聞きたくてさ」

目をつぶって小刻みに震えながら、性感帯をいじくられて鳴くシエラ。

声に驚いて毛布がもぞもぞ動き、こっちをチラチラ気にしてるのがわかるぞ。

「ほら、胸止めちゃダメだろ？　シエラはおっぱい魔隷なんだからな」

「う……主さま………いじわる……っ」

俺の耳攻めから逃れるように、巨乳のたぷたぷ動きを再開させるシエラ。

じりじりとせりあがってくる射精感をこらえつつ、俺は両手で左右の耳をもてあそぶ。

「さあお待ちかねの命令だ、シエラ……俺のミルクをエルフ乳で搾り取りながら、開発された耳いじりで軽くイッてしまえ」

「はっ……はうぅ……あ、主さまっ……し、シエラは………み、耳で、イかされちゃう、の……っ？」

「ああそうだ、エルフおっぱい魔隷にふさわしい、恥ずかしいイキ方させてやるよ。嬉しいか？」

「う、うん……嬉しっ………ひ、にゃあっ⁉　あっ、あっ………ああぁぁぁっっっ‼？」

爪でひっかくように裏側を、親指の腹で押し潰すようにコリコリした部分を。

紅く染まったエルフ耳にキュッとトドメを刺すと、シエラが細く叫んでのけぞった。

同時にエルフおっぱいに先端まですっぽり包まれたまま、俺のチンポがぶるるっと震え、朝一番の白濁をどくどくっと吐き出す。

「くうっっ……！　エルフ乳にっ、中出しっ……くはっ！」

耳イキしながらも巧みに、きゅむっきゅむっと乳圧で最後の一滴まで搾ってくるアフターケア、さすがのおっぱい魔隷だ。

「あ……熱、い……！　主さまの……いっぱい、しぼれたぁ………シエラのおっぱいの中、ぬちょぐちょ……」

耳をぴこぴこ嬉しそうに動かし、おっぱいをゆっくり開いてみせるシエラ。

ねちょぉぉおっ……と濃厚なザーメンが、そこで糸を引き湯気をたてていた。

「よく頑張ったな、シエラ。洞窟に戻ったら、久しぶりに抱いてやるからな」

「うん……嬉しい、主さま……シエラはずっと、主さまのもの……」

こっちが気になって仕方ないといったキリカの気配を感じながら、余韻に浸りつつ。

今度、二人のおっぱいをWで味わうのもいいなと、俺はぼんやり考えていた……。

※　※　※

干し肉のサンドイッチに春キャベツのサラダという簡素な朝食（アメリア製）を済ませた俺たちは、元いた洞窟に戻るため荷物をまとめていた。

ちなみにパルミューラは魔力が活動源のため、普通の食事はとらないそうだ。

その割には、和気あいあいと食べる俺らをどこか羨ましそうに見ていたが。

「ゴ主人、ナナノ機能ハスッカリ修復サレタ。イツデモ戦エル」

「ああ、頼りにしてるぜ、ナナ」

2mを超す赤銅色の全身鎧が、ガシャガシャ音を立てて嬉しそうに近付いてくる。

その頭部のスリットからのぞく魔力レンズが、パルミューラの姿をとらえた。

「オウ、新入リ。ボコラレタノハ水ニ流シテヤル、アリガタク思エ」

「誰が新入りじゃデク人形。もう一度ベコベコにしてやろうか？」

「ナンダト、ヤルノカ、弱クナッタ小ッチャイノ」

巨大なアーマーゴーレムに頭上からガンを飛ばされ、むきーっと両手を振り上げて怒るパルミューラ。

この魔貴族、最初の威厳はどこに行ったんだ。

「まあまあ、これからは仲良くしないといけませんよパルちゃんもナナちゃんも」

「だ、誰がパルちゃんじゃ！」

冒険者パーティの三人＋1体、キリカ、パルミューラ、そして俺。

気が付けば七人というなかなかの大所帯になったもんだ。

「あの…………」

「え？　あ……」

萌黄色の軽装レザーアーマーに弓と矢筒を背負ったシエラが、いつの間にかキリカのそばに立っていた。

「シエラは、キリカには負けないから……おっぱい魔隷として」

「ちょ、ええっ⁉」

突然、とんでもない単語を出され真っ赤になって狼狽するキリカ。

きっとその脳内では、さっき盗み見た光景がフラッシュバックされてるのだろう。

「なになにシエラちゃん、おっぱい……何って？」

「………ひみつ」

「なんだよー、教えろよなー」

「やれやれ……」

こうして色んな意味で賑やかになった6人の魔隷たちと俺は、半壊した屋敷を発って拠点の洞窟へと向かうのだった。

ステータス

【精霊弓士シエラ】……ジョブ：精霊弓士ＬＶ６
スキル：弓技ＬＶ２／精霊魔法ＬＶ２／隠密行動ＬＶ２

【魔法生物アールマＶ７（通称ナナ）】
ジョブ：アーマーゴーレムＬＶ６
スキル：格闘ＬＶ３／頑強ＬＶ２／自己修復ＬＶ１

10話：パーティの力と、男のロマン

「我が剣に宿りし聖光、其は魔なるものを切り裂く……てぇぇぇいッッ‼」

４ｍを超す巨体が、騎士剣の斬線に刻まれ、怒りと苦痛の咆吼をあげた。

凶暴無比な熊型モンスター、ルーンベア。

魔力によって変質したその体は、金属のような光沢を持つウロコ状の装甲に守られていたが、レベルアップしたキリカの聖騎剣技はものともしない。

「風よ……お願い、運んで……」

さらに淡い萌黄色の光に包まれた矢が、物理的にありえない楕円軌道を描いて、ルーンベアの死角からその背中にいくつも突き立った。

風の精霊魔法と弓術を組み合わせた、精霊弓士シエラの得意戦法だ。

「イイゾ、シエラ！　ナナモ、ゴ主人ニイイトコ見セル！　ヌォォォーッ‼」

その背中側では、もう一体のルーンベアとアーマーゴーレムのナナが、がっぷり四つに組み合ってギリギリと力比べの真っ最中。

体格では負けているのに、押しているのはナナの方で、ルーンベアの丸太みたいな豪腕がべきばきと痛そうな音を立てている。

「ナナちゃんやっるぅ！　そのまま押さえててね、とっておきのやつ詠唱するからっ」

「オウ、任セトケ、ニーナ！」

帰路の途中、林の中で俺たちは飢えたルーンベア二匹の襲撃に遭った。

このあたりでは最強クラスの要注意モンスター、少しは厄介な相手かと思ったのだが……。

「ゴッゴァァッ……ゴアァァァァッッ!!」

刃と矢で満身創痍、狂乱したルーンベアが泡を飛ばしながら、俺めがけ一直線に突進してきた。

殺意満載のトラックが突っ込んでくるようなもんだ。

普通なら死を覚悟する状況。だが、俺はまるで動じない……なぜなら。

「おおっとォ!!　あたしがいる限り、マスターには指一本触れさせないぜ！」

アメリアの構えた大盾が、壁くらいブチ抜きそうな衝撃をものともせず受け止めた。

盾自体はギルドハウスにあったスペアで店売り品だが、使い手の盾技レベルのなせるわざだ。

しかも、ただ止めただけではない。

「助かったよ、アメリア」

「へへっ、ついでにあたしの新しいスキルも見てくれよ！　攻性城壁《ランパート・ノック》!!」

バシンッ……と、一瞬すさまじい衝撃が盾とルーンベアの間ではじけた。

宙に浮くほどの勢いではじき飛ばされた巨体が、もんどりうって地面に倒れる。

まさに攻防一体、得意の戦い方に磨きがかかってるな。

「詠唱完成っ！　発動、グラビティフィールドっ！」

「グ……？　グォッ、ゴォオオオオッッ!!?」

向こうではニーナ覚えたての空間魔法によって発生した局地的な疑似高重力が、ナナに押し返されたもう一体を地面にめり込ませた。

すかさず、狙い澄まされたシエラの一矢が額の急所を貫き、とどめをさす。

そして、よろよろと起き上がった残り一体めがけ、キリカが駆ける。

地を蹴った白銀の甲冑姿、その足下に蒼い円状の輝きが出現した。

「天翔輝円《サークル・エアリアル》ッ！　はぁぁッ‼」

小さな皿ほどの輝きを足場にして、姫騎士がマントと黒髪をなびかせ天を舞う。

ルーンベアの頭上を飛び越え、首筋から背中にかけての一閃。

優雅にキリカが着地したのと同時に、その巨体は倒れ……今度は二度と立ち上がらなかった。

「お疲れ様。いやはや、しかしすごいな、みんな……」

「ん…………がんばった」

三分とかからず複数の巨体モンスターを撃退したパーティの実力と連携の冴えに、素直に感嘆を漏らす俺。

一体でもベテランパーティを苦戦させる強敵と聞いていたが、まるで子供扱いだ。

「……ふう。私の聖騎剣技も、順当にレベルアップしてるみたいね」

「わたしの魔法もです！　それに、詠唱時間も魔力の消耗も、思ったより軽減されてるような……？」

「ナナモ、イツモヨリ体ガ軽イ気ガシタ」

「ああ、それはきっと俺が、魔隷術師として新たに覚えたスキルの恩恵だな」

近くにいる魔隷に、主人から魔力を供給するスキル。

それにより基礎スペックを引き上げたり、消耗を抑えることが可能だ。

パルミューラとの契約で大きな内在魔力を得た俺には、うってつけの能力といえる。

「そいつはすごいなマスター！　さすがあたしたちのご主人サマだぜ」

「へえ……そんな力まであるのね、魔隷術師って」

「主さまと繋がってる………嬉しい」

魔隷たちの驚きと尊敬の視線が、俺に集まる。少しくすぐったい。

「ふむ、着々と魔隷術師としての格を上げておるようじゃの……くふふ、さすがはわらわが見込んだ人間じゃ」

「何偉そうにかっこつけてんだ、お前サボってただろ。後でお仕置きな」

「な、なにゆえっ⁉」

ともあれ、今のパーティの実力（一人除く）を確認できて、結果オーライといえる遭遇だった。

こんなに強い美少女たちを従えているという充実感も、実に悪くない。

この戦力をどう活かし、いかにシスティナ姫を手に入れるか……それは、俺の采配にかかっている。

※　※　※

そんなこんなで、洞窟に戻ってきた俺と六人の魔隷たち。

ここを離れていたのはほんの一日程度なのに、ずいぶんと久々な気がする。

ちなみにパルミューラは「こんなみすぼらしい穴ぐらにわらわが……！」と失礼な嘆き方をしたので、お仕置きポイントさらに＋1だ。

さて、今後やるべきことは、大きく分けてふたつある。

情報の収集と、戦力の充実だ。

まずはとにもかくにも、システィナ姫周辺の内情を探ることだ。

キリカからの聞き取りと併行して、やはり王都に誰かを向かわせて直接探りを入れた方がいいだろう。

隠密行動スキル持ちで、失敗を取り返したがってるシエラが適任かな。

同行者は、もちろんキリカやパルミューラを除くメンツから選出しよう。

戦力の充実に関しては、ちょうどギルドハウスから回収した諸々が役に立つ。

レベルアップしたニーナは、魔力の器となるアーティファクトに魔法を充填付与《エンチャント》できるようになった。

指輪などの装身具に強化魔法を付与すれば戦術の幅も広がるし、魔法生物のナナは体そのものを付与対象にできるから相性抜群だ。

ただし、その儀式には時間がかかるからニーナは調査には向かわせられないけど。

イヴリースの暗躍は気になるが、今さら慌てても仕方がない。

いつ、何とやり合うことがあっても最大限に力を発揮できるよう準備を整えておくことが肝心。

そしてそれには……〝みんなで英気を養う〟という要素も含まれる。

うん、とても重要なことだ。

具体的には、そう……。

※　※　※

「さ、最低！　ほんっっっっと最低だわ、あなたって‼」

「主さまのこと………悪く言っちゃダメ………」

「ああ～、久しぶりだしドキドキするぜ。あ、あたしが一番だといいなぁ……」

「ダメですよアメリア、それを選ぶのはご主人様なんですから」

「し、信じられぬ……！　ただ辱められるばかりか、こ、このような扱いっ……！」

お尻、お尻、お尻、お尻、お尻。

清楚な白いスカートから突き出された、適度にむっちりした姫騎士シリ。

萌黄色のミニからのぞく、きゅっと持ち上がったエルフ尻。

腰にレザーベルトの巻かれた、日焼けした健康的な安産型。

術師のローブをぺろんとまくりあげた、真っ白な丸いお尻。

ドレススカートの下でぷるぷる震える、生意気なちっちゃいケツ。

五つの魅惑的なお尻が、俺の目の前にずらり並んでいる。

どれをどの順番でどうするも、俺の自由。

その全部が、俺のもの……俺だけのものだ。

「いや～、絶景だね。せっかく女魔隷が五人、こうやって一同に会したんだ」

やらいでか、男のロマン。

さあ、全員並べてオマ○コ比べといこうじゃないか。

ステータス

【魔隷術師トオル】…………（スキルレベルUP！）
ジョブ：魔隷術師ＬＶ９
スキル：隷属魔法ＬＶ７／魔の契約ＬＶ１／魔隷強化ＬＶ０↓１

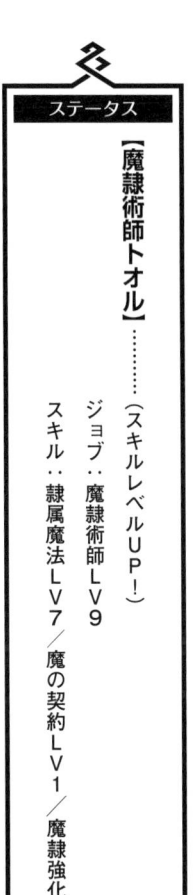

11話：五人の魔隷と、俺との宴

俺の目の前にずらり、並んでお尻を突き出した五人の魔隷たち。

立ったまま寝室の壁に手をつかせ、計10個ものぷりっとした膨らみが並んでいるのは絶景だ。

これぞ男の夢、男のロマン！

「わかってたつもりだけど、あなたってほんと最低っっ！　しかもなんで全員、服とか鎧のままなのよ!?」

「そこがこだわりポイントだよ。着衣だと普段のみんなを、パーティの仲間を犯してるって感じがして余計燃えるだろ？」

「り、理解できぬ……！　こ、こやつ下衆すぎる……！」

騎士鎧のキリカとゴスロリ姿のパルミューラだけは、隷属命令で立ちバック待ちポーズ強制だ。

残りの三人はすでに、お尻を振ったり足を小刻みに震わせたりして、今か今かと俺のチンポに選ばれるのを待ちわびている。

「さ〜て、最初はだ・れ・に・し・よ・う・か・なっ……と」

「あっ、熱っ……!?」

「ん………う………」

「んあんっ、マスターのたくましいおチンポ様が当たってるぜ！」

「ひゃぁ……い、いつ入れられちゃうかわからなくてドキドキしますっ」

ギンギンにフル勃起したチンポを並んだケツにグッと押し当て、そのままゆっくり横に移動。

左から順に、キリカ、シエラ、アメリア、ニーナ、パルミューラの並びだ。

スライドしたチンポ先が、少しずつ触感の違う柔らかい凹凸の上を、先走り汁の跡を引いて一人ずつ通過していく。

「あ………」

「そうだシエラ、久しぶりに抱いてやるって約束してたな。最初にハメてほしいか？」

きゅっと締まった無駄な脂肪のないエルフ尻の割れ目を、ゆっくりと亀頭でなぞると、嬉しそうにぶるぶるっと細い腰がわななないた。

「で……も、シエラはみんなに迷惑、かけちゃったから………そんなの悪っ……ひゃ⁉　ひにゃぁぁぁぁぁあんっっ‼?」

ぬぢゅんっ……ぬるぐぐんっ……‼

不意打ちで腰を押し進めると、遠慮と裏腹にじゅくじゅくに濡れそぼった狭いエルフマ○コは、嬉しそうに俺のチンポを呑み込んでいく。

「責任感強いのはシエラのいいとこだけど、こういう時は素直に受け取れよっ……と！」

「そうそう、誰も気になんかしないぜ……あぁっ、でもうらやましいなぁ……！」

「よかったねー、シエラちゃんっ」

二人の冒険者仲間に横目で見守られつつ、俺に貫かれる喜びに長耳をぱたぱた上下させるシエラ。

キツキツの柔壁を掘り進んでかきわける痛いほどの快感が、チンポにみっちり返ってくる。

この狭い穴を自分のカタチにする征服感が、エルフマ○コの醍醐味だ。

「あ、主さまっ……！　い、いきなりいっぱいっ、奥までいっぱいにっ……あーっ、んあぁ――っっ!!?」

「えっ、うそ……あ、あんなすごい声出すんだ、あの子っ……！」

服の上からでもわかる巨乳をゆさゆさ揺らして、普段の静かなトーンとまるで違う声で鳴くエルフ娘のギャップに、面食らう姫騎士。

「ああ、キリカは聞くの初めてだったな。ハメられてるシエラ、普段と全然違うだろ？」

人間よりも細身のエルフは、男女ともに性器のサイズも小さめらしい。

個人差はあるが、人間のオスとのセックスは、気持ちいいスポットを同族とは比べものにならないほど奥まで激しくグリグリ刺激されてたまらないそうだ。

この世界でハーフエルフが生まれがちな理由のひとつだとか……エルフの男性には同情するなぁ。

「な、なんたる浅ましい嬌声じゃ。誇り高き森の民とは思えぬ恥知らずな……！」

「へえ、人のこと言えるのか魔貴族さま？　自分はあんな声出さないって？」

「あ、当たり前じゃ！　人間の粗末なモノをねじ込まれた程度で、このわらわが獣のようによがるなど……っはぉぉおうみゅぅぅぅうっっっ!!?」

びくびくぅぅっ！　と突然、黒薔薇のようなフリルに彩られた魔貴族の背筋が反り返った。

スカートからのぞく細い内股を、とろぉぉっ……と見る間に愛液が伝う。

「おいおい、ほんと口先だけだなお前？　発情期の猫か何かみたいな声出しちゃってまあ……」

「えっえっ？　急にどうしちゃったのパルちゃん？」

「な、なんじゃこれっ、はっ……!?　いっ、入れられてなぞないの、にっ……ま、まるで体の芯がっ、太いモノに貫かれておるようなぁっ……ひぐぅぅぅっっ!?」

困惑するのも無理はない。いぜん俺のチンポはシエラのエルフ膣におさまっていて、手などで触れてもいないのだから。

だが、パルミューラが今感じているのは間違いなく俺のチンポに犯される感触なのだ。

「昼間に使った魔隷強化スキル、あれには応用法があってね。俺から魔隷に魔力を供給するネットワークを応用すれば、こうやって魔隷同士の感覚を同調させることができるんだ」

「な、なん……じゃとっ……ひっ、ひぃあひぃぃぃっっ!?　わ、わらわの膣内がっ……ひ、ひとりでにウネって何かをねだっておるぅぅっっ!?　んぁぁひあ!!」

１００％そのまま共有するわけではないが、俺に貫かれる喜びでとろとろになったシエラとほぼ同じ状態に、しかも不意打ちで落とされたパルミューラのマ○コは、熱いしぶきをあげてあっという間に陥落した。

「す、すごいな……な、なあ、あたしにもそれやってくれよ、マスターっ」

「いや、お前には直接こっちの方がいいだろ、アメリア？」

俺は名残惜しそうなチンポを、シエラから一旦にゅるっと引き抜き。

右隣のアメリアがさっきから物欲しそうに振っている日焼けした安産型のお尻、その中心を一気にミチミチと割り開いた。

「あぁぁっ、んぁぁぁぁあぁあっっっ!! きっ来たぁぁ！ マスターのおチンポ様きたよぉぉっ！ うっ嬉しいっ、あたしハメられて嬉しひ、よぉぅぅっっ!!」

シエラに比べたっぷり肉厚で、愛液も多いジューシィな女戦士マ○コが、鍛えられたしなやかな筋肉でギュウギュウ締め上げてくる。

これもまた、たまらない。

「普段は男勝りなのに、こう攻めてやるとすぐ可愛くなっちゃうよなー、アメリアはっ……ほらほらっ！ バックからハメられるのそんなに好きかっ!?」

「はっはいぃぃ!! あたし男なんかっ、自分より弱いってずっと馬鹿にしてたんだぁっ！ でもでもぉっ、マスターに負けておチンポ様のすばらしさ教えられちゃったぁぁ!! 今はっバックでしつけられるの、大しゅきぃぃっ!!」

内に秘めた願望を、快楽のあえぎに乗せて吐き出すアメリア。

シエラとパルミューラもまた、俺の動きに合わせて高い泣き声をあげている……感覚同調によって彼女の快感を、二人とも共有しているのだ。

そして左端ではキリカが、エルフに続いて女戦士の豹変にも驚きつつ赤面している。

「よぉし、順番に次はニーナだ！ しっかり尻を上げてハメ乞いしてみろっ！」

「は、はいご主人様！ に……ニーナの待ちきれない欲しがりおま○こに……友達二人のエッチな声聞いて、もうぐしょぐしょになっちゃってるご主人様専用の穴にっ！ ど、どうかいっぱいお仕置きしてくださぁい……っ！」

すっかり発情した可愛いエロおねだり。

上出来だとばかりに、アメリアからニーナへ、女戦士と対照的にどこまでもまったり柔らかい法術師のお尻の中心、ピンク色の割れ目へとチンポの標的を移す。

吸い付くようなまったりした挿入感に迎えられ、一緒に長い快感の声を漏らす俺たち二人。

「はぁぁ、ぁあっ……！　幸せですっ、ご主人さまぁぁ……わたしの中っ、ご主人さまのおちんちんのカタチすっかり覚えちゃいましたぁぁ……！」

「ああ、俺もニーナのあったかいやわやわオマ○コ、しっくりきて好きだぜっ……！」

一転ゆっくりまったり、味わい尽くすようにしっとりした内壁をこね回す。

もちろん今度も感覚同調が連鎖しているので、仲良し冒険者仲間三人のあえぎ声が重なって絶妙なハーモニーを奏で、部屋の空気をピンクに染めていく。

「主さまっ……主さまぁぁ!!　シエラ、シエラの中ずっと主さまのでいっぱいで幸せっなのぉぉ……!!」

「ああっマスター、マスター大好きぃぃっ！　あたしも幸せだよぉ、おチンポ様に屈服させられて本当によかったよぉぉ!!」

「とっ溶けるぅぅ……おちんちんでとろとろに溶かされちゃいますぅ、ニーナのおま○こ奥までぇ……あ、あ、んああっ！」

彼女たちの快感は、あくまで全部俺のチンポによるもの。この独占感がたまらない。

ちらりとキリカの様子を見ると、みんなのエッチな雰囲気にあてられて頬は上気し、カチャカチャと鎧をかすかに鳴らして自由にならない体を揺すっている。

俺はある意図でまだ、彼女だけには感覚を共有させていない……そろそろ頃合いだな。

「ねえ姫野さん、気付いた？　実はさっきから君にも三人の同調感覚を少しずつ送ってるんだ」

「え……そ、そういえば変な感じがっ……こ、これはあなたがやったのね……！」

内股をすり合わせつつキッとにらんでくる姫騎士の黒い瞳に潜む、せつない微快感の色を見つけ、俺は内心の笑いをこらえて大真面目に頷いた。

「姫野さん、君のオマ○コはみんなの快感を部分的には同調で感じられる……でも、決してそれだけでイクことはできない。もどかしい生殺しがずっと続くのさ」

「そ……そんなの、別に、イキたくなんかっ……う、ぁうっ……！」

「ああそう？　じゃあそのまま適当に楽しんでてよ。イヤなら今回は無理にとは言わない。俺は最後にパルミューラに入れて終わりにするからさ」

「あ………」

答えを待たず、ニーナからにゅるんっとチンポを引き抜き、右端の魔族尻の前に移動する。

一番早くから感覚同調の挿入感にさらされ続けてきたパルミューラは、あらためて生チンポをシエラ並みに狭いマ○コにずぶずぶ沈めてやると、息も絶え絶えに細い悲鳴をあげた。

「くっ、相変わらず子供マ○コだなっ……そういやお仕置きしてやるって言ったよな、お前には……よし、こうだっ!!」

「っっんひぃぃいいっっ!!? き、貴様っ、し、尻をぉぉっっ!?」

ぱちぃぃいんっ!! と部屋に響く、乾いた音。

ゴスロリスカートをまくりあげ、魔族娘の白いお尻を俺が平手で叩いた音だ。

「ほらほらっ、お尻叩きしながらチンポハメの刑だ! ムダにプライドの高いお前には効くだろ!?」

「んぉぉ、んぁぁあ、ひっ……ま、待てっ、わらわにかような無礼っ、許されるとでも……あっひぃぃぃぃいっっっ!!?」

涙目の抗議にかまわず、ばちん、ばちんとちっちゃなケツにスパンキングを繰り返す。

叩くたびにキュンキュンと、ただでさえ狭い魔貴族マ○コがお上品に収縮して、俺のチンポを食い千切らんばかりだ。

「くっ! 叩くとめちゃくちゃ締まるぞ、お前のマ○コ……ひょっとしてマゾなのか? 人間にお尻イジめられて気持ちよくなっちゃうのか、魔貴族お嬢様? とんだマゾ貴族だな!」

「そっそんなぁあっ、そんなわけ……んひゃぁあっ! わ、わらわが尻をぉぉ、いたぶられて悦ぶなどと……そ、そのような浅ましい姿をさらすはずがっ、ひぃぃっゆっ許してくれぇぇっ!!」

俺の手形でうっすら赤くなった魔貴族の尻は、明らかに痛みと屈辱を快感に変換して何度も小刻みにイッていた。

薄々思ってたが、マゾの素質あるなこいつ……少しずつ開発してやるとしよう。

「う……ぁう、み、みんなすごいことになってるっ……! はぁっ、あぁっ……ど、どうしてこんなにせつないのっ……私のカラダ、スキルで変にっ……されちゃって、る……っ！」

そんな四人の狂宴の脇で、俺の目論見通り……たった一人。

凛とした白銀の姫騎士装束の内側で、中途半端にしか満たされない快感を持てあましたキリカが、もどかしそうに内股を自分からすり合わせて震えていた。

「あれれ、どうしたの姫野さん？　カラダがどうしたって？」

「……えっ、あっ⁉」

さっきパルミューラからチンポを抜いた俺が（もちろんトドメの尻叩きと同時にだ）、自分のお尻のすぐ後ろに移動していることにやっと気付いたようだ。

隷属魔法による、お尻を突き出したポーズを維持しろとの命令がもしなければ、こっそりオナニーでも始めていたんじゃないかという勢いだ。

「ずいぶんとせつなそうだけど？　やっぱり、仲間外れはイヤなんじゃないの？」

「そ……そんな、こと……！」

否定の言葉がいつもより弱々しい。

おあずけと周囲で延々続くセックスの熱にあてられ、じっとりと汗ばんだ元クラスメートの体は、全身から若いメスの匂いをうっすら放っているかのようだ。

「が、ガマンは体に毒ですよぉ、キリカちゃん？」

「あはぁっ……意地張らずにマスターにハメてもらえよぉ、キリカもさ」

「みんな……っ、一緒が、いい……！」

荒い息をつきつつ、うっとりした顔で誘惑する冒険者娘三人組。

それでも、真面目なキリカは自分で踏ん切りをつけることはできない。

俺への複雑な感情が、そしてセックスに溺れることをタブーだと遠ざける古風な倫理観が、カラダのうずきに正直になることを邪魔している。

姫野桐華は、そういう女の子なのだ。

だから、きっかけは俺が用意してやる……少なくとも、まだ今は。

「……ああダメだ、焦らそうと思ったけど可愛いお尻見て俺の方がガマンできなくなっちゃったよ、姫野さん。チンポ入れるけど、いいかな？」

「えっ……う……そ、それはっ……か、勝手にすれば、いいじゃない……！　ど、どうせ私は逆らえないんだから、小田森くんには……っ！」

一瞬、ほんの一瞬。

目をそらして長いまつげを震わせる姫騎士の顔に、せつないマ○コにチンポを入れてもらえることへの期待と安堵が、確かに見えた。

まだ本人はそれを自覚していないだろうが、これは大きな一歩だ……彼女の心と体を、俺が真に陥落させるための。

「ありがとう、じゃあ遠慮なく……あ、そうそう。ひとつ言っておくことがあった」

清楚な白いスカートの下で言葉と裏腹に、もうトロトロに透明の蜜をあふれさせた割れ目にちゅくりと亀頭を押し当てつつ……俺はその〝仕込み〟を口にした。

「ごめんごめん、さっきは俺が術式をミスってたみたいだ。『姫野さんだけは、まだみんなと感覚が同調してなかったよ』」

「え……？　あ……っ⁉　そ、それってっ……う、うそ、まさかっ⁉」

「うん、だからもし姫野さんのオマ○コが今濡れまくってたら、それは姫野さんが自分でエロく濡らしたってことになるけど……まさかそんなことはないよね？」

「あっ、えっえぇっ⁉　ちょ、ちょっと待って小田森くんっ、待っ……」

にゅぐぐっ……ずにゅるるるるんんっっっ‼

「……あっあぁあっっあっ⁉　……んあぁぁぁぁぁひぁぁぁぁぁあああ‼⁉」

心にできた隙ごと、まっぷたつに切り開くようなチンポ挿入。

驚くほどスムーズに、素直に、無数のヒダがフル勃起チンポを奥へ奥へと、せかして招き入れるように呑み込んでいく。

姫騎士甲冑のまま俺とバックで繋がったキリカは、言い訳のしようもないエクスタシーに全身を貫かれて絶叫した。

「うお、すごいなっ、五人の中で一番ぬちょぐちょに濡れてるよっ、姫野さんのマジメな姫騎士マ○コがっ！　そんなにチンポ欲しかったんだ、待ってたんだ⁉」

「ひゃぐぅっ、ちっ違っ、そんなことぉぉぉっ⁉　まっ、待ってなんかぁぁっ……そ、そんなのわからないよぉぉっ‼」

解答強制で引き出した彼女の真意は、まだ自分の欲望がはっきり自覚できてないことを示していた。

なら、少しずつわからせていくまでだ。俺のチンポで。

むっちりしたお尻をスカートごしに掴み、じゅくじゅくマ〇コを容赦なくグリグリ攻め立ててやる。

「あふっ、ひゃひうぅぅっっ!?　まっ前と全然違っ……んぉあっ、あひぃぃい!!?」

「入り口すぐとっ、真ん中あたりと奥っ……三箇所で段階的に締め付けてくるよっ、姫野さんのオマ〇コはっ……チンポ喜ばせるのが上手なっ、優等生マ〇コだっ！」

「やっやだぁっ、そんなの解説しないでぇっ、ほっ褒められても困るわよぉぉっ!!」

「いいじゃないか、素直に気持ちよくなっちゃってる姫野さんを、みんなに見せてやればさ……ほら、今度こそ感覚同調だっ!!」

キリカの感じている快楽を、他の魔隷たちにも伝わるようリンクさせる。

すると即座に、四人の背筋や腰が悲鳴じみた声と共に跳ね上がった。

「ひゃああっ!?　こ、これ凄っ……キリカちゃんからの感覚っ、奥までびりびり響いてっ！」

「い、今までで一番派手なのが流れ込んでくるぜっ……よ、よっぽど感じちゃってるんだなっ！」

「キリカは…………っ、素直じゃないっ……！　気持ちいい時はいいって言えばいいのに…………」

あひゃうっ！」

「ううぅ、あぐうぅぅ!?　た、頼むうぅ……わ、わらわの情けない尻を、もっとぶってくれぇぇ……！」

この場の全員に、自分が浅ましくチンポ快感をむさぼってしまっていることがバレている事実を突きつけられ、黒髪を振り乱してイヤイヤとむせび泣くキリカ。

約一名、別方向にできあがってる弱キャラがいるが、今はお仕置き放置プレイしとこう。

「ひぁぁ嘘ウソぉっ、やだやだぁぁっ、みっみんな見ないでっ、感じないでぇぇ‼」

「盛大にイクところ、見せつけながらお裾分けしてやれよ姫野さんっ！」

「んぁぁひあっっ、イッたりなんか、わたしこんなのでイッたりなんかあああぁぁぁっっ‼？　んあぁあ〜〜〜〜っっ⁉」

言葉に反して、激しい柔肉の収縮が大きな絶頂の近さを示す。

五つのマ◯コを味比べハシゴした俺のチンポも、さすがにそろそろ限界だ。

左手で腰を、右手で甲冑の肩口から伸びる青いマントをひっつかみ、姫騎士の体を丸ごと前後させて最奥までチンポでえぐりあげる。

「さあキリカっ、これは命令じゃないぞっ‼　自分の心で、自分のカラダで、俺のチンポで気持ちよくさせられてイッてしまえぇぇぇっ‼　くぅっぅっっ‼」

「だっダメっダメだめだめッッ……あ、ああっ、あっ……んぉぉあひぃぁぁぁああああんぁぁ〜〜〜〜〜〜っっっ‼？」

びくびくぅっ……どびゅるるるぅぅぅっっ‼　どぶっ、びゅくんどくんっっ‼

コツンと当たった子宮ごと、心をえぐる勢いで打ち込んだとどめのピストン。

弱点にゼロ距離から精液をぶちまけられたキリカは、全身を巨大な波に押し流されるよう波打たせて、これまでにないオルガスムスの叫びをほとばしらせた。

その本気イキのエクスタシーは、当然同調した他の魔隷たちにも伝播していく。

「あ――っ、んあぁ――――っっ⁉　あ、主さまのがっ……すっ、すごい……！」

「ひぐっ、んはぉぉぉ……‼　ははっ、こ、こっちまでイッちまったぁ……！」

「ふあぁ⁉　あ、あはぁぁ……ご主人様のおちんちんで、みんなまとめて……っ！」

サービス精神にあふれた俺は、精液を搾りきると同時に、キリカの丸いお尻をひとつ、ぱちんと叩いた。

「いぎっ、ひぃぃぃぃっ⁉　し、尻っ……尻で達して、わらわ叩かれてまたイッてしまううぅ⁉」

みんなの可愛い声を楽しみながら、心より先にデレてしまった姫騎士マ○コの奥にじんわりと精子を浸透させていく、征服感と幸福感。

精子の発射量も段違いで、でもキリカはそれをしっかり受け止め残らず飲み干してくれる。

「さ、最高だったよ、姫野さん……！　あれ……どうして顔必死に隠してるのかな」

「う、うるひゃいっ……うるひゃぃぃ……ばかぁぁ……！」

髪とマントで今の顔を必死に見せまいとする、姫騎士クラス委員長。

もっとも、そのイキたてオマ○コは挿入されたままのチンポを嬉しそうに、もぐもぐと甘噛みしているのだが。

「キリカ、うらやましい……こ、今度はシエラの中で……だめ？」

「あ、あたしもそれは譲れないぜ、マスターにたくさん可愛がってもらいたいんだ」

「心配しなくても、一人一発といわず何度も注ぎ込んでやるって、みんな」

「ふふっ、精力と体力の強化エンチャントは準備万端ですもんねぇ」

「そ、そんな、まだやるの……さ、さっきみたいなのを、何度もっ……？　そんなのされたらっ、私っ……うあ、あうぅ……！」

「た、頼むぅ……わらわの尻を、もっと、もっとぉぉ……！」

そう、楽しい宴はまだまだ始まったばかりだ。

こうして、俺と魔隷たちの夜は賑やかに更けていく……。

※　※　※

「マッタク、皆ハ何故アノヨウナ遊ビガ楽シイノカ……ナナニハ意味不明ダ」

眠る必要のない体で自主的に外の見張りをしつつ、ぼやくアーマーゴーレム。

ため息をつく機能がもしあれば、嘆息していたに違いない。

「ソレトモ……コノ体ガ皆ト同ジナラ、理解デキルノダロウカ……？」

地球と違い大小ふたつ並んだ月を見上げ、全身鎧の魔法生物はそうつぶやいた。

12話：ふたつの食事と、ひとつの知らせ

次の日さっそくシエラとアメリア、そしてナナというメンバーが、ランバディア王都近辺まで情報を探りに出発した。

俺は緊急連絡手段として、ギルドハウスに保管されていたアーティファクトのひとつ、伝書巻物《メーラースクロール》を調査パーティに持たせた。

これは二枚一組で、送信側に書かれた文字が距離に関係なく受信側にも浮き出る魔法のＦＡＸみたいなものだ。

ただし一回きりの使い捨てで、地球の科学の方が魔法より進んでる部分もあるんだなと妙な感慨を抱かせてくれる。なくなってわかるネットやスマホのありがたみ。

洞窟の拠点に残ったメンツは、キリカとパルミューラ、ニーナ、そして俺。

先の二人は色々と目立つ上に俺が同行しないと隷属術式の更新もできないし、ニーナはエンチャントの準備があるため自然とこの分け方におさまった。

さて、調査組がどんな情報を持ち帰るやら……まあどうあれ、八冥家イヴリースを出し抜いてシスティナ姫をものにするって目標は、変わらないけどな。

※　※　※

「あれ……こんなとこで何してんの、姫野さん」

かすかに漂ういい匂いに誘われて台所部屋をのぞくと、火にかかった調理鍋を前に手を動かすキリカがいた。

白のブラウスに似たアンダーウェアと短めのスカート姿に、落ち着いた黒のエプロンがよく似合っている。

「見ればわかるでしょう、料理よ。アメリアさんに、出発前にシチューのレシピ教えてもらったの」

「へええ、というか、料理できたんだ」

「失礼ね……そりゃアメリアさんほど上手くないし、こっちの世界に来てからは初めてだけど、学校じゃお弁当とか一応自分で作ってたのよ？」

なるほど優等生らしい生き様だ。

俺は木の椅子に腰を下ろし、すらりとした後ろ姿を眺めることにした。

あのエプロンの下に、たっぷりしたEカップが隠れてるんだよな……。

「ふむふむ、それで本妻として対抗心を燃やして俺のために作ってくれてる、と」

「何をどうすればそんな都合のいい発想に至れるのか不思議だわ……単に手持ちぶさただし、邪悪な変態魔術師に捕まってるって気の重い現実感を紛らわせてるだけよ」

「うーん、言い返そうと思ったけど特に反論の余地がないな……」

「だってほんとのことしか言ってないもの」

椅子を船こぎながら、しばらく鍋の煮える音に耳を傾ける俺。

こうして彼女の背中を座って見ていると、授業中黒板に向かっていた同じシルエットを、最前列の席からぼんやり眺めていた頃を思い出す。

本来俺なんかじゃまともに話す機会もなかった高嶺の花、クラス委員の美少女。

それが何の因果か、今じゃ異世界でご主人様と魔隷、男と女の関係だ。

「……姫野さんはさ、元の世界に戻りたいとか思うことある？」

何気なくそんな言葉をかけると、鍋をかき混ぜる手が一瞬止まった。

「そうね……不可能なことを今さら考えても仕方ないけれど。そんなこと、思ってもみなかったわね、そういえば」

「へえ、そうなんだ？　意外かも」

あっちに何の充実感もなかった俺と違い、クラスの人気者で教師からの信頼も厚い姫野桐華は、それらを失って来たこの異世界より地球に未練があるとばかり。

だけど今、元の世界について語る彼女は本当に興味すらなさそうで、それが俺に違和感を抱かせた。

「それに……どっちでも、同じようなものかもしれないし」

ぽつりと小声でつぶやかれた、奇妙な言葉。

どっちでも同じ……とは、どういう意味だろう？

さすがにクラス委員と姫騎士、そして魔隷には大きな隔たりがあるように思えるが。

「実は優等生の裏の顔は、人知れず悪と戦う美少女戦士だったとか？　あ、それとも変態教師に弱みを握られ夜な夜な奴隷調教されて……」

「よくもまあ次から次へとろくでもない発想ができるわね……一周して感心しちゃうわ」

呆れるキリカをからかいながら、ふと思い出す。

初めて俺の前に現れた姫騎士キリカの振る舞いは、堂に入ったものだった。

自分がそうなので忘れていたが、ほんの一ヶ月であぁも新しい環境に順応できる彼女も、ある種の特異な人間といえるだろう。

今だって、魔隷というめちゃくちゃな立場や、他の魔隷たちとの関係性に、なんだかんだで適応しつつあるように見える……俺の願望も入ってるかもしれないが。

頼れるクラス委員の優等生。

王女付きの精鋭姫騎士。

そして俺の魔隷。

もちろん環境もやることも違うが、並べてみると共通する点がなくもない。

組織や個人、誰かに奉仕し、求められた役割を果たす……従順な〝良い子〟。

彼女にはどこまでも、そういった立ち位置が付きまとっている。

そして彼女は、それを受け入れ続けている。

姫騎士キリカは、姫野桐華は……そんな自分をどう思っているんだろうか？

『どっちでも同じ』。

先の言葉がそういう意味なら、この世界で転機を迎えた俺と違って、彼女には本当の意味で〝変化〟は訪れていないのかもしれない。

「そろそろかしら……これで、一応はいいはずだけど」

「お、味見タイム？　俺にもちょうだいよ」

エプロン姿の隣に並んで、一緒に不透明なシチューの海を見つめる。

「少なくとも匂いと見た目は美味しそうだ」

「……味は保証できないわよ。成功してるかどうか」

「そうだな、じっくり味わってみるまでわからないよね、何事も……というわけで、えいや」

「あっ、ちょ、ちょっと⁉　腕が勝手にっ……！」

ひとりでにシチューをすくったキリカが、あーんと開いた俺の口にそれを近付けた。

脳内で命令を出し、彼女の体を部分的に操ったのだ。

「ぱくっ……あ、熱うっ⁉　うわ味どころじゃねえわこれッ、みっ水水水っっ！」

「冷まさないで急に入れるから当たり前よ、馬鹿ね……ふふっ、罰が当たったんだわ」

くすくす笑うキリカに、俺はさっきまでの神妙な考えを頭からすっ飛ばし。

この女、絶対エプロン姿でひぃひぃ言わせてやる、と心に固く誓うのだった……。

※　※　※

「まったく、エプロンの隙間からちょっと乳を揉んだだけで怒らなくてもいいのに……問答無用で命令すりゃよかったかな」

あの後、キリカのエプロン姿にムラムラ来てちょっかいを出した俺は、料理の邪魔だからと追い出されてしまった。

まったく、ご主人様相手に失敬な魔隷もいたもんだ。

ぼやきながら自室まで戻ってくると、中には先客が待ち構えていた。

ベッドの前にたたずむ漆黒のゴスロリドレス姿、うつむいた銀髪が震えている。

「どうしたパルミューラ、何か用か？」

「き……貴様、ぬけぬけと……わ、わかっておるくせに……っ！」

上目遣いの赤い瞳が、八の字になった眉の下でうるんでいる。

俺はちょうどいいムラムラのはけ口がやってきたことに、内心でにやりと笑い、扉を後ろ手に閉めた。

※　※　※

「くくっ、魔の契りを結んだ魔族は、食事のかわりに俺からの魔力供給が必要……でもまさか、こんな形で与えられることにドハマリするなんてなぁ？」

「い、言うなぁっ……わ、わらわはこの身を保つためやむを得ずっ……はぷ、ぢゅるっっ、ちゅるるぅぅっ……！」

椅子に腰かけた俺の股間で、いきり立ったチンポ先を一心不乱に舐め回す魔貴族少女。

床に座り、両手はひざのスカート上にちょこんとそろえ、発情した顔を突き出すようにして吸い付いてくる。

「そうだ……手は使うなよ、言いつけ通り口と舌でチンポを追っかけて、下品なくらいにおしゃぶりするんだ」

「あ、あふあああっ……わらわがこんな品のない、はしたないマネをして男根を求めるなどおっ……んちゅぅぅ、れろりゅろろっ！」

「はは、よだれ出まくってるぞ、お前」

今までと違い、契約によって最低限の魔力しか供給されなくなってしまったパルミューラは、いつも腹を空かせ渇いているのと同じ。

そんな魔貴族にとって、精液という生体魔力のたっぷり詰まった俺のチンポは何ものにも代えがたいごちそうというわけだ。

「んうーっ、んぷふぅぅぅ……！　後生じゃっ、ここから早く濃いドロドロ魔力をたらふく注いでくれぇ……つぷっ……！」

「うおっ……尿道口を舌先でっ、くうぅっ！　ずいぶんと従順に人間チンポに奉仕するようになったなぁ、魔界第四位階の高貴な魔貴族さまっ⁉」

羞恥と屈辱にもだえながら、人形のように完璧な美貌を持つ高位魔族の美少女が俺のチンポにかぶりつくさまは、男冥利につきる眺めだ。

あふれた先走り汁で小さな顔があちこちぬるぬるになってるが、魔力欲しさに我を忘れたパルミューラは意に介さない。

「い、言わんでくれぇ……！　そなたの、ち、チンポがわらわを夜な夜な狂わせるからじゃ、このオス臭い匂いや熱さの中毒にさせたからじゃ……っあひぃぃっ⁉」

雄牛のようなクリーム色の角を爪の先でごりごりっと強めにひっかいてやると、快感の悲鳴があ

がった。

エルフの耳同様、魔族の角は性感帯らしい。

「そうやって素直にチンポにしゃぶりついてると可愛いぞ、パルミューラ……待ってろ、すぐ濃いのを直に飲ませてっ、やるから……なっ……！」

「あうぅ、た、頼むぅ……！」

と、その時。

扉をノックの音が叩いて、ビクッ！　と亀頭にかぶさった唇が驚き震え上がった。

「小田森くん、いる？　夕食の用意できたから、食べに来てちょうだい」

「ああ、わかった……今すぐ、イクから……っ！」

二本の角を十本の爪でこすって、必死で声を漏らすまいとする魔貴族美少女をイジめながら、何も知らないキリカの声を聞きながら。

俺は唾液とカウパーでぬちゅぐちゅの口内に、思いっきり精液を解き放った。

「……ぅぷぅっ⁉　んぅ、んぉぉっぷ……んくっ、ごくんっ……こくんっ……！」

「わかったわ。あっそうだ、パルミューラ知らない？　食べないだろうけど一応、声かけとこうと思って」

「っっっ‼⁉」

「いや、知らないなっ……まあ、勝手に来るんじゃないかっ……？」

それもそうねと言って、ドアの前から去っていく気配。

俺は最後の一滴までちゅーちゅー吸い上げる貪欲なロリフェラリップから、チンポをゆっくりと引き抜いた。

「よぉし……注いでもらった後は、どうご挨拶しろって教えたっけ？」

「ぷぁ、はぁぅ……！　はひぃぃ……あ、ありがとうごひゃいまひたぁぁ……！」

リスみたいにほおばった大量の精液をすべて呑み込み、チンポの匂いに染まった舌をおずおずと伸ばしつつ、両手でピースサインを作るパルミューラ。

俺が教えた服従ポーズで、魔貴族は魔力に満たされる快感にぷるぷると小さな体を波打たせていた。

※　※　※

「ん、正直かなり美味しいです！　あ、でも鶏肉の下ごしらえはもう少し丁寧に時間をかけた方が、もっとよくなると思いますよ」

「ありがとう。なるほど、その一手間がポイントなのね」

「ニーナお前、意外と的確なアドバイスだな……」

「ふふふ、アメリアの料理スキルもわたしの舌が鍛えたんですよ」

その日、夕食の卓はキリカの作ったシチューの品評会となった。

最近エンチャント作業で部屋にこもりがちなニーナは、ここぞとばかりに舌鼓を打っている。

「ふむ……わらわの舌にはちと粗野な味付けではあるが、香草で臭みを消すアイデアは悪くない」

「お前、人間みたいな食事はとらないんじゃなかったのか？」

「味わうことはできるぞ。これも娯楽のうちじゃ」

「さっきあんなに味わったじゃないか、濃い栄養を……」

「な、なななにを言っておるかぁっ⁉」

「え？　え？」

そんな和気あいあい（？）とした食卓が、一段落ついた頃。

卓上に置かれた伝書巻物が淡く輝き、表面に文字が浮き出し始めた。

「来たっ……緊急連絡だ！」

シエラたちが発って数日。そろそろ何かを掴んでもおかしくない頃合いだ。

「なになに……『パーティは健在、現状危険なし。ただ調査の結果システィナ姫は……』」

パルミューラ戦の時みたいな窮地には陥ってないことにホッとしつつ、俺は続けて浮き出た文字に目を走らせる。

「『姫は王都に不在。入れ違いで〝天啓の塔〟に向かった』……天啓の塔、だって？」

その聞き慣れない単語に、キリカがえっと声をあげて反応した。

「代々の〝予言の姫〟が、重要な予言のビジョンをより正確に見極めるために瞑想する施設だわ……！」

「その塔、場所はどこにある？」

「確か、シビュラ渓谷を抜けた先……ヴァリス平原の西端よ」

「え、じゃあここから約一日ちょっとの距離ですよ、王都よりも近くです！」

予言はこの際、二の次だ。
重要点は、姫が王都を離れ、おそらくは少人数で僻地に向かっていること。
これがチャンスでなくて何だろう。
その身を人知れず狙う者たち……そう、俺とイヴリース双方にとって。

ステータス

【姫騎士キリカ】……………
ジョブ：姫騎士ＬＶ７
スキル：聖騎剣技ＬＶ５／魔法抵抗ＬＶ２
料理ＬＶ０（まだ上がらない模様）

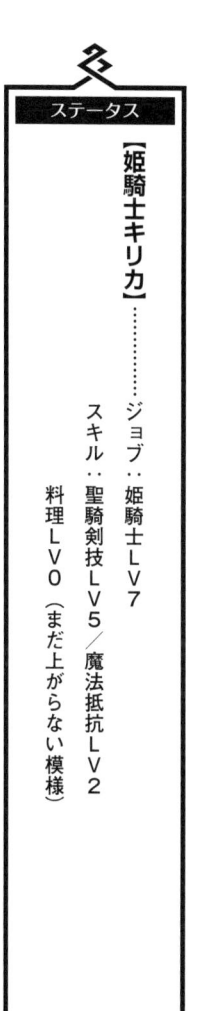

13話：強襲作戦と、切り結ぶ剣

正午過ぎの日差しが、広大な赤茶色の荒れ地に照りつける。

切り立った崖から見下ろすと、ギザギザに蛇行した狭い渓谷はまるで干上がった深い河のようだ。

元の世界で言うなら、映画とかで見る北アメリカの荒野に似た光景かもしれない。

「渓谷の入り口にヒヅメや車輪の跡はありませんでした、ご主人様」

「なんとか、姫より先回りできたみたいだな」

あれから俺たち四人は、調達したばかりの二頭立て小型馬車を駆って、ここシビュラ渓谷へと急行してきた。

この先にある〝天啓の塔〟に入られてしまっては面倒だ。先手を打つには、シエラたちの合流を待っていては間に合わない可能性が大きかった。

幸いこの渓谷は待ち伏せにうってつけの地形。

システィナ姫一行がここを抜ける前に、現在の戦力だけで勝負を決めるのだ。

「よしニーナ、グラビティフィールドで出口側にでかい岩をいくつか転がしてきてくれ。遠くからバレないよう、曲がった地形の先にな」

「わかりました、足止め用ですね」

「遠見の片眼鏡は姫野さんに渡しておく。それらしい馬車が近付いてきたらすぐ知らせてくれ、王家に仕えてた君ならわかるだろ」

「了解よ……ねえ、小田森くん。イヴリースもここを狙ってくると思う？」

「それはわからないな。ただ、気になることがある」

移動中、俺は〝天啓の塔〟についての詳しい話をキリカから教わった。

その施設は百年以上もの間、ずっと使われてないという。

システィナ姫ほどの高い予言スキル持ちが不在だったのもあるが、よほど重大な、それこそ国の命運を左右する予言でもないと軽々しく用いるべからずと禁じられていたらしい。

「それがなぜ今になって？　魔隷術師が出現して世界に変化をもたらす……あの予言がそんなに重要と判断されたか、それとも他にも予言があったのか？」

「私が知る限り、他の予言の話は聞いてないけど……でも、姫さまはとても聡明な方だわ。理由なしに禁を破るようなことはなさらないはずよ」

理由……理由か。

そこが少し、俺の頭に引っかかっていた。

「もし、万が一にだ。天啓の塔行きを姫に勧めた者がいたとしたら……？　姫の確保と正確な予言、一挙両得を狙う奴が、だ」

はっとキリカの表情が鋭くなる。

「あ……！　それってまさか、すでにイヴリースの息のかかった奴が王宮まで入り込んでるってこと!?」

「あくまで仮説のひとつだけどね。ただ結果的に今、最精鋭の姫騎士はシスティナ姫のガードを離れている。仕掛けるにはチャンスだ」

「じゃあ私の行動が、この状況を……」

可愛い顔をうつむかせる姫騎士。おっと、責任感が強いのも考えものだな。

「なあに、ものは考えようだよ。その結果巡り巡って、イヴリースの陰謀を俺たちは察知できたじゃないか」

「そう、ね……確かにそうだわ。姫を、魔族の手からは絶対に守らないと」

「うんうん、その意気だ」

軽く頷き、いつもより真剣な顔で渓谷入り口側へと向かうキリカ。

その足がふと、ピタリと止まった。

「ねえ……小田森くん。システィナ姫さまも……魔隷にするつもりなのよね」

「ああ、何度も言ったろ？　まさか、今さらやめてくれなんて頼む気じゃないよな」

強制隷属の立場にいるキリカから、俺に提示できる交換条件はひとつもない。

はなから交渉にならないことくらい、彼女もわかってるはずだが。

「……いいえ。ただ、ひとつだけ言っておくわ」

渓谷の強い横風が、長い黒髪と青いマントをばさりとはためかせた。

以前も見た、凛とした決意の表情。

「姫さまは私の恩人よ。もしあの方の心が、あなたの手で絶望に突き落とされることになれば……

あなたを決して許さない理由が、増えることになるわ」

驚くべきことに、彼女はまだ逆転の希望を、反抗の意志を捨てていない。

ぞくりと背筋が震える。恐怖じゃなく、歓喜に。

そう、これだ……これだから俺は彼女を、キリカをそばに置くのが楽しいんだ。

「ああ。覚えておくよ、姫野さん」

「ええ、ありがとう。話はそれだけよ」

よどみない足取りで配置に向かう彼女を見送る。

少し離れた場所で宙に脚を組み浮いていたパルミューラが、音もなく近付いてきた。

「よほどシスティナ姫とやらが大事らしいの、姫騎士どのは」

「それもあるだろうけど……マジメなんだよね、あの子はさ。根っからの委員長体質」

「おぬしの言葉は時々、よくわからぬ」

責任感。それが姫野桐華という女の子を突き動かす重要キーワードだ。

ま、だからこそからかいがいもあるし、誘導もしやすいんだけど。

「それはそうと、お前も今回はちゃんと働いてもらうぜ」

「ふん、わかっておるわ。ムダ飯食らいと思われるのも、ちとシャクじゃからのう」

「……自覚、あったのか」

作戦は練るだけ練った。さあて、果たしてこのプランが首尾よくいくかどうか。

いずれにせよ、大きく盤面は動く……そのはずだ。

※　※　※

「来たわ……間違いなく、ランバディア王家の馬車よ」

日が傾きかけた頃、渓谷へと入ってくる二頭立ての大きな白い馬車。

その前後左右には馬上の護衛兵が計四騎、守りを固めて併走している。

「よし、手はず通りに仕掛ける。ミッションスタートだ、みんな」

崖の上に伏せつつ、俺は固唾を呑んで状況を見守った。

狙い通り、蛇行した渓谷内で行く手を塞ぐような、不自然な落石の出現に急停止する馬車一行。

さすがは姫の近衛兵、鋭い号令をあげて二騎が弓を、もう二騎が手槍を抜き放ちつつ四方を警戒し、同時に馬車を急速反転させる。

そう、まさにこの瞬間が勝負だ。

「今だ、送るぞパルミューラッ！」

ふわりと、大きな落石の上に降り立つ黒い魔貴族。

魔力の同調によって、俺の手と彼女の額に刻まれた対の魔紋が同時に輝いた。

そしてドッと俺を襲う、全力で１００ｍ以上泳いだ後のような全身の疲労感。

「くっ、思ったより、きついなこれっ！」

「くふふ……感じるぞ、契約を通して流れ込むそなたの心地よい魔力を！」

弱体化した今のパルミューラでは手に余る高レベル魔界魔法を半ば無理矢理行使するため、危険を承知で最大限に魔力を供給したのだ。

護衛たちが彼女の存在に気付くが、もう遅い。

「さあ、穴ぐら暮らしで溜まった鬱憤を晴らさせてもらおうか！　囲みて燻れよ煉獄の檻……紫炎《ブレイジング・》監獄《ケイジ》‼」

馬車を円状に取り囲むように噴き上がる紫色の炎、魔界の業火。

驚き、色めき立つ護衛たちから悲鳴があがった。

あの炎は肉体ではなく、精神を灼くという。

急激な虚脱感とショック症状に襲われ、円内に閉じ込められる形になった護衛や御者たち、馬までが、一人また一人と倒れていく。

姫も車内で気を失っているはずだ。シエラを捕らえる際に使ったというこの術は、今回の作戦にうってつけだった。

「案ずるな、命に別状はない……これでわらわの仕事は終了じゃな、うむ」

「よくやった、あとで尻にご褒美くれてやるぞ」

「そっ、そんなものはいらぬわっ⁉」

最近実力を忘れがちだったが、さすが第四位階の魔貴族は伊達じゃないな。

もっとも、今回は停止位置が先読みできた待ち伏せだからこそ最大限に活かせたのもあるが。

俺は眼下に軽口を飛ばしつつ、向かいの斜面に立つキリカに合図を送る。

「よし、行ってくれ。お姫様を回収するのは、君の役目だ！」

「言われなくても……はぁッッ‼」

キリカが斜面を蹴って、いまだ燃えさかる檻の内側めがけ飛び込んだ。

落下途中で天翔輝円《サークル・エアリアル》を起動、輝く足場を蹴って衝撃を軽減し、動く者のいなくなった馬車の前へと優雅に降り立つ。

魔法抵抗スキル持ちの姫騎士は、くすぶる魔炎の影響をものともしない。

「まさか、こんな形で姫さまと再会することになるなんて……！」

複雑そうな表情をしているだろうことは、見えなくてもわかる。

なにせ魔族から守るためとはいえ、かつての同僚たちを蹴散らす側となって、主君をその手で誘拐するのだから。

だが、俺から下された命令に逆らうことはできない。

姫騎士の手がゆっくりと、静まりかえった馬車の扉へと伸びる。

「なんとか計算通りに運んだな、これでミッションコンプリー……」

その刹那。

扉が内側から蹴破られ、光る刃を構えた人影が猛然とキリカめがけ突進した！

「なっ……⁉」

がきぃんッッ‼

鳴り響く金属音は、かろうじてキリカが騎士剣で受け止めたことを示していた……そっくりなデザインの騎士剣による斬撃を。

「かかったな狼藉者ッ！　あいにくだが、私は囮《おとり》だ！　姫さまはここには——」

若く鋭い女の声。

それが目の前の相手を認識したことで、驚愕のトーンを帯びた。

「な、き……キリカだと!?」

「あなたなのね……セレスタ！」

炎の檻の中、キリカと刃を競り合わせ対峙したその人物は。

もう一人の、女騎士だった。

14話：女騎士と、その言葉

「キリカ……なぜだ！　なぜ、お前がここにいてこのようなことをしているッ⁉」

「セレスタ、私は……くっ！」

姫騎士と騎士剣同士で切り結ぶ、馬車から現れた女騎士。

周囲を包む炎を反射してにぶく輝く、キリカによく似た白銀の甲冑。

ただキリカの青と対照的に、胸元のリボンやスカートなどのあちこちを彩るラインは赤く、ひるがえるマントもまた真紅だ。

年齢は大差なさそうだが、すらりとした長身はキリカよりやや上背があり、長い亜麻色の髪をポニーテールにしてまとめている。

そしてプライドの高そうな切れ長の瞳は、驚愕から敵意の色に変わりつつあった。

「答えろッ！　姫騎士の称号を冠したお前がランバディアに、いやシスティナ姫に弓引くというのか⁉」

「そ、それはっ……！」

「答えられぬのならば、お前は私の敵だッ！　おとなしく我が剣にかかるがいい！」

怒声と共に打ち込まれる高速の剣撃が、キリカを二歩、三歩と後退させた。

まずい、あれはかなり強い。さすがにキリカほどではないだろうが、その当人は知り合いらしい相手と戦うことを明らかに躊躇している。

相手は逆に、命を奪わんばかりの勢いで斬りかかってきているというのにだ。

「何をやっておるのだ、姫騎士は……手加減して戦える相手ではなかろうに」

パルミューラの舌打ちももっともだ。

魔炎の檻を受けても動けているところから見て、装備かスキルかはわからないが魔法抵抗持ち。

つまりニーナやガス欠状態のパルミューラでは有効な援護手段がほぼない。

それにあまり時間をかけていては、護衛兵たちが意識を回復してしまう。

早急にカタを付けてもらうしかないのだ、キリカ一人の手で。

「やむを得ないか……姫騎士キリカ！　主人たるこの俺が術式をもって命ずる！」

「小田森くん⁉　ま、待っ……！」

「いいや待てない。眼前の敵を、全力で無力化しろっ！」

俺から飛んだ、隷属術式による逆らえない命令が、姫騎士の体を支配した。

とたんに防戦一方、炎の円の際まで追い詰められつつあったキリカの動きが変わる。

セレスタの騎士剣が空を切り、地を這うような姿勢で瞬時にその脇を抜けたキリカが、すれちがいざま背中に強烈な蹴りを食らわせた。

「なにッ⁉　速っ……ぐあぁッ⁉」

バランスを崩しよろめく女騎士。ポニーテールが大きく揺れる。

そして元同僚めがけ、距離をとった姫騎士の剣がゆらりと構えられた。

「くっ……ううっ！　わ、我が気高き剣に来たれ、破邪の霊光……！」

「なっ、し、しまッ……!?」

「ブ……聖光爆濤破《ブリリアント・バースト》ッ！」

キリカの奥義、聖なる剣光の奔流が、女騎士を呑み込む。

ぶわッ、と衝撃の余波が渓谷に吹き荒れ、魔炎の檻すらまるでロウソクの炎のように吹き消された。やはりとんでもない威力だな、あの剣技は。

「し、死んじゃったんじゃないですか、あれっ!?」

土煙に包まれた渓谷内を見下ろし、慌てるニーナの声。

「いや、大丈夫だ……ほら」

視界が晴れると、そこには気を失い倒れたセレスタの姿があった。マントはあちこちボロボロだが目立った外傷はない。

そのすぐ隣では、赤茶色の地面が小さなクレーターめいてえぐれている。

キリカは先の一撃を直接ではなく、女騎士の足下の地面に撃ち込むことで、致命傷を与えることなく無力化に成功したのだ。

「なるほどの。全力で無力化しろとは命じたが、殺せとは命じておらぬというわけか。くふふ、姫騎士もじゃが、魔隷術師もなかなかどうして甘いのう？」

「……元同僚を手にかけさせたら、それこそ俺への憎悪で以降の作戦に支障をきたすかもしれないからね。それだけさ」

「ふん、そういうことにしておくかの」

「いいから、すぐ撤収の準備だ……こうなった以上、ぐずぐずしちゃいられない」

馬車の中に姫はいなかった。自分は囮だと、あの女騎士は言った。

予測されていたのだ、姫を狙う者の襲撃が……だが、誰によって？

「俺の予想が正しければ……システィナ姫の身が、危ない！」

※　※　※

女騎士セレスタにとって、姫騎士キリカは生涯で初めて現れた〝気に入らない相手〟だった。

「なぜ、システィナ姫さまはあのような得体の知れない出自の者を重用されるのだ……！」

お忍びで城の外に出た姫を、モンスターから救い出した不思議な少女。

行くところがないという彼女に、姫はあれよという間に自分の側近としての立場を、近衛騎士の座を与えてしまった。

異例の抜擢だったが、強さと心の気高さを備えた者にしか発現しない姫騎士のジョブに選ばれていたことが、そして何より姫の命を救い、その全幅の信頼を得ていたことが周囲を納得させた。

だが、セレスタは納得がいかなかった。

姫を護るという大役は、自分のような貴族の子女が幼少から文武を鍛え作法を修め、やっと勝ち取れる役目のはずだ。

年端もいかない子供の頃、父に連れられシスティナ姫さまに初めて拝謁を許され、そのまばゆい美しさを前に憧れと共に誓った。このお方を命に代えても守り抜こうと。

だからこそ、それは自分の役目のはずなのだ。

「姫さま、今日という今日は大事なお話がありますッ！」

「あら、セレスタ。ちょうど美味しいお茶が入ったところなの。一緒にいかが？」

「は……では、それをいただいてからお話します！」

「ええ、どうぞ」

「では失礼して……む……これはとても美味、ですね」

「うふふ、それはよかった。お菓子もありますわよ」

「は、いただきます。む……ぅ、これも実に美味ですね！」

「よかった、まだまだありますわよ」

何度か姫に直談判しても、いつもの天真爛漫な笑顔で諭《さと》され、いつの間にか姫と一緒にお茶やお菓子をご馳走になって、気が付くとうやむやにされていた。

これではいかん、とセレスタは決意した。

そして、キリカに手合わせを挑んだ。自分が納得するだけの実力を示さなければ姫のそばにいる資格はない、荷物をまとめて出ていくがいい、と。

勝負はあっさりと決した。

「なぜだ……なぜ勝てん！」

「あの、セレスタ……さん？　そう落ち込まないで、ほら、勝負は時の運だし」

「うるさい、情けの言葉などッ！　も、もう一戦だ！」

余計にセレスタを複雑な思いにさせたのは、キリカが自分の立場や実力を鼻にかけるようなところが微塵もなく、人に気を遣える優しい子だということだった。

他の女騎士からメイドに至るまで、どんどん彼女は周囲の信頼と人気を得ていった。

手合わせを重ね、共に任務に就くうちに、彼女が裏表のない好人物だと思い知ってしまった。

セレスタの煩悶は続いた。だが、そこに転機がやってきた。

「キリカが消息を絶った……だと⁉」

辺境で起きたある事件の調査に赴いた後、連絡も足取りも途絶えたのだ。

心配する姫を慰めながら、セレスタはまたもや悩み、戸惑った。

気に入らない相手が消えて喜ぶべきなのに、なぜかそう思えない自分に。

「まさか、私があいつの心配をしている、などと……ば、馬鹿なっ！」

姫がお心を痛めているから、自分も喜ぶような気にはなれないのだと、あるいは剣で決着をつけられなかった未練がそうさせるのだと、セレスタは自分を納得させた。

だが、女騎士の胸のモヤモヤは消えてくれない。

そこに再びの、決定的な転機が訪れる。

それは、姫の身に降りかかろうとしている危険を密かに報せる、〝信頼できる筋からの情報〟だった……。

※　※　※

セレスタが意識を取り戻した時、どうやらそこは揺れる幌馬車の荷台の中らしかった。

反射的に立ち上がろうとして、手足が拘束されていることに気付く。

顔を上げると薄暗がりの中、地味な色のローブをまとった男とおぼしき姿が、自分を見下ろしていることがわかった。

他の者の、キリカの姿はない……御者台だろうか、それとも。

拘束は厳重だ。部下たちはあの異様な術で無力化され、もしかしたら皆殺しにされ、自分だけがこうしてどこかに運ばれている。

なぜ生かされたのか……これからこいつは自分をどうするつもりなのか。

あらゆる可能性を考え、そして覚悟を決めた。

誇り高き女騎士として、貴族の家に生まれた女として、システィナ姫に剣を捧げた者として、この状況で言うべきことはひとつしかなかった。

セレスタは、ぎりっ……と歯ぎしりをし、長いポニーテールの頭を持ち上げて眼前の男をキッとにらみ付け。

その言葉を、言い放った。

「くっ……殺せッ!!」

15話：砕かれる誇りと、その名

「この女騎士は、まだ魔隷化しない。少なくとも今はね」

ニーナに運転を任せた馬車を〝天啓の塔〟へと向かわせながら、荷台で気絶したセレスタを前に俺がそう言うと、キリカとパルミューラは意外そうな顔をした。

ちなみに他の護衛兵たちに関しては、武器を奪った上で馬のあぶみと馬車の車輪を破壊してきた。気が付いても、まともに追いついてはこられないだろう。

「む？　なぜじゃ、予言の姫の居場所や、なにゆえ襲撃を予測していたかという情報を一刻も早く聞き出す必要があるのではないのか？」

「姫なら今、〝天啓の塔〟に別ルートから向かっていることはまず間違いない。だからこうして塔に急いで、近くで待ち伏せればいいさ」

「どうしてそう断言できるの？　姫さまが王都に残ってる可能性も……」

女騎士を見下ろしながら、俺は静かに首を振った。

「いや、多分それはない。なぜなら……セレスタを囮にするって計画自体、おそらくイヴリースの息がかかった誰かが彼女に吹き込んだものだからだ」

「なんじゃと、ヤツの⁉」

「考えてもみろよ。姫野さんがいない今、現状最強の近衛騎士をシスティナ姫から引き離し、俺たちとぶつけて双方を足止め、あわよくば潰し合わせる……その隙に、本命の姫を安全確実に確保しつつ塔で予言をさせる。イヴリースにとって最高の筋書きじゃないか」

「た、確かにそうだわ……！」

「囮作戦って言えば聞こえはいいけど、実際は単に護衛の戦力を分散させる愚を犯しただけだ。まんまとハメられたんだよ、セレスタも、そして俺たちも」

イヴリースがどこまで俺たちのことを把握しているかはわからない。もしかしたら『襲撃者がいる』という情報はハッタリで、セレスタを引き離し護衛を手薄にできればよかっただけかもしれない。

だがどう転んでも悪くない手だ。パルミューラの言う通り、周到な陰謀家だな。

「なるほどのぉ、ヤツらしい策よ。じゃが、ならなおさら魔隷化して、その黒幕の名を聞き出しつつ、戦力に加えた方が得策に思えるがのう」

「もちろん情報は聞き出すよ。でも、できれば魔隷化抜きで済ませたい理由があってね」

それは他でもない、魔隷の〝枠〟問題だ。

今の俺の隷属術式スキルレベルは7、すなわち魔隷は最大七人。そのうち六人までの枠がすでに埋まってしまっている。

最後の枠は、もちろんシスティナ姫用であると同時に、いざという時の保険でもある。敵を無力化し、俺の身を守る奥の手だからだ。

そして隷属術式の解除には時間がかかる。加えて今回、ただでさえ乏しい戦力をこれ以上減らすわけにはいかない……セレスタは弱くないとはいえ、現状キリカの下位互換に近いだろうしな。

「だから、まだ隷属させずに尋問で情報を引き出す。ま、どうしてもダメだった時は魔隷化も検討するけどね」

「で、でも！　セレスタはその実力と気高さから〝深紅の薔薇《クリムゾンローズ》〟とまで呼ばれた近衛騎士筆頭よ。そう簡単に喋るとは思えないわ」

「ぷっ、なんだそのふたつ名……ま、確かに普通の方法ならそうかもね」

にやりと口の端を歪めてみせる俺。

さっきキリカから聞いた、セレスタの経歴と性格。俺の予想が正しければ、攻略法はだいたい想定できた。

「ただ、それには姫野さんの協力が必要だ。システィナ姫を魔族から守るため……手伝ってくれるよね？」

「え、私？　な、なんだか猛烈にイヤな予感がするんだけど……？」

馬車が天啓の塔に到着するまでが勝負。

さあ、なかなか面白いゲームになりそうだ。

※　※　※

「くっ……殺せッ!!」

第一声がよりによってそれかよ、と俺は思わず噴き出しそうになった。

まあ、王家をはじめランバディア貴族の多くが信仰しているという光と法の神ルメインの教義では、自殺は禁じられてるらしいからおかしくはないのだが。

でもなんというか、テンプレな女騎士もいたもんだ。まあ、これなら余計に読みやすい。

「ずいぶんとあきらめのいいことだな、女騎士セレスタ？」

「ふん……何者か知らんが、私を見くびるな。姫のことを聞き出すつもりだろうが、あいにく私は取引も命乞いもしない。屈辱の忍従より誇り高き死を選ぶ！」

気丈そうな吊り目と切れ長の眉が、俺を見上げにらみ付けた。氷でできた剣を思わせる、鋭くもどこか気品のある美貌の持ち主だ。さすが貴族令嬢出身。

ちなみに俺は今、ギルドハウスから持ってきた、顔の上半分を覆う金属の仮面をつけている。正体隠しというより、素顔で若さがバレると凄みに欠けるからだ。

「なるほど……では死ぬ前に知りたくはないか、姫騎士キリカのことを？」

「キリカ、だと!?」

女騎士の顔色が変わった。元同僚がなぜ敵に回ったのか、それとも最初から騙すつもりで姫に近付いたのか、さまざまな可能性を浮かべ悩んでいる、そんな顔だ。

「やはり気になるようだな。消息を絶った姫騎士は、我が手に落ち秘術にかかり、俺の忠実な下僕となっていたのだ」

「なんだと……貴様、でたらめを！」

まあ、これは実際本当のことなんだけどな。

「くっくっく、冥土の土産に見せてやろう……こっちに来い、キリカ！」

だんだん楽しくなってきた俺は、芝居がかった動作で手を叩いた。

荷台隅の暗がりから、うつむいたキリカが進み出る。

「キリカ、やはりお前っ……な⁉　なんだその姿はっ⁉」

目を見開いて硬直し、絶句するセレスタ。まあ無理もない。

キリカの甲冑姿にはあるべき部分がなかった。

胸と股間、大事な部分を隠す装甲と布地だけが部分的に取り外され、たゆんと豊かなEカップが馬車の振動に合わせて揺れている。

そして両手で恥ずかしそうに持ち上げられた清楚な白スカートから、隠すものひとつない恥ずかしい部分までが丸見えになっていた。

「な、な、なっ……なんと破廉恥なッ⁉　そ、それが騎士の姿かキリカッ！」

「ああ……見ないで、セレスタ……！　わたし、このお方に身も心も調教されて、誇りも何もかも奪われ踏みにじられてしまったのぉ……っ！」

「な、なにを言っている⁉」

姫騎士の唇から出た、どこか陶酔した声にセレスタが面食らっている。

そのままキリカは俺にしなだれかかるように、むにゅうっ……と巨乳を腕に押しつけ、むっちりした生足を腰に絡めた。

「くくくっ、わかったろう？　これぞ我が隷属魔術……ご覧のとおり姫騎士は我が下僕だ」

「なっ……そ、それでは姫さまが夢で見たという魔隷術師、それが貴様の正体なのか！」

くっくっくっその通り、と仰々しく頷いてみせる俺。

キリカはその間も妖しく体をくねらせ、俺の指先にうやうやしく舌を這わせた。

「あはぁ、ご主人様ぁ……私、ご命令通りセレスタたちを倒しましたぁ……ごほうびを、くださぁい……っ！」

「何が欲しいんだ？　ちゃんと言ってみろ、元同僚にも聞こえるようにな」

「はっはい……ち、チンポですっ、ご主人様のたくましい、おチンポ様ですぅ……！」

「や、やめろ……！　キリカ、どうしてしまったんだ！　お、お前はそんな声音で男に媚びるような情けない女ではなかったはずだぞ⁉」

今までに知る彼女からは想像もつかないメスのしぐさに、愕然とするセレスタ。

もちろんこの豹変には、カラクリがある。

（そうよ、なんてセリフ言わせるのよっ！　い、いくらなんでもありえないわよこれ⁉）

と言わんばかりの抗議の視線が痛いが、俺は構わず隷属術式によるコントロールを続けた。

操られたキリカは俺の股間に鼻先を押し当て、すんすんとオスの匂いを吸い込んで熱い息を吐く。

「も、もう我慢ができないんですぅ……お願いです、キリカの淫乱姫騎士おま○こにおちんぽブチ込んでくださぁい……っ」

「しょうがないメス犬姫騎士だな。だが……ほうびを授けてやるワケには、いかんなぁ！」

「つっ、ああっ⁉」

俺に黒髪を掴まれ、床板に押しつけられたキリカが細い悲鳴をあげた。

突然のことに、セレスタは何が起きたかわからない様子だ。

「貴様、さっきこの女騎士との戦いで剣を向けることをためらったな？　手心を加えたな？　俺の目はごまかせんぞ。この俺の命に背くとはやってくれたな！」

「お、お許しを、お慈悲を、ご主人様っ……！」

「いいや許さん。俺は忠実な下僕しかいらんのだ！　お前はもう廃棄処分のオモチャだ……最後の餞別に、肉の剣ではなくこれをくれてやろう！」

キリカの腰から抜いた騎士剣を、これ見よがしにペロリと舐める俺。

「よ、よせ！　何をするつもりだ⁉」

「クックック知れたことよぉ、この女のあそこにこれを突っ込んでかき回し、元同僚の見守る前でもだえ死にさせてやるのだぁ！　最高のショーだと思わんかね⁉」

「き、貴様っ！　こ、この外道がッ……！」

俺のテンプレ非道悪役演技に歯を食いしばり、俺をにらみ付けるセレスタ。

おいおい、そうじゃないだろ……と思いつつ、俺は刃をゆっくり、震える白い尻に近付けていく……ふりをする。馬車が揺れて危ないんだから早く気付いてくれよ。

「……ま、待てっ！　わ、私がその騎士の身代わりになる！　なんでもする、だからキリカは助けてやってくれッ！」

よし、上出来だ。さすが気高い女騎士、自己犠牲精神も完璧だ。

俺はわざとらしく、寸前で剣先をピタリと止めてみせる。

「ほほう？　お前が具体的に何をするというのだ、んん？」

「そ、それは……き、貴様は女を支配したいのだろう、ならばっ……彼女の代わりに、わっ私の体を好きにするがいい、この騎士セレスタをっ！　〝深紅の薔薇〟が相手では不服か⁉」

よしよし、完全に俺の読み通り、想定通りのセリフを引き出してやった。

セレスタが心に秘めるキリカへの嫉妬、芽生え始めた友情、そして無自覚な憧れ。

キリカを守り、自分が身を挺することで得られるライバル騎士としての、そして女としての優越感。

キリカの前でそれをすることの背徳的な快感。

突然のショッキングな情報と行動で、正確な判断力を奪われた女騎士の心は、そういった深層心理を刺激する俺の誘導に、面白いほどに引っかかった。

「ほう、いいだろう……だが俺の機嫌を損ねたら、あるいは俺を出し抜こうとしたら、姫騎士は我が術によってみずから惨たらしい死を選ぶぞ。下手なことは考えるなよ」

「わ、わかった……私は抵抗など、しない……ッ！」

言葉は気丈だが、声は震えている。まあ処女だろうし、無理もないかな。

俺は抵抗の失せたセレスタを床板に座らせ、さっきからキリカの痴態でギンギンになっているチンポをその眼前にぼろんと突きつけた。

「ひっ……な、なんだそれはっ、そのおぞましいモノはッ⁉」

「ははっ、女騎士どのは勃起チンポも知らないのか。ウブにもほどがあるぞ」

「ぼ、ぼっきちん……ぽ……？　うぁ、ち、近付けるな⁉　そ、そのような汚らわしいもの、見たくもっ……！」

（ちょっ、そこまでする必要があるの⁉　こ、この女の敵！）

床板に転がったキリカの視線抗議をよそに、俺は先走り液を垂らす先端を、ぐいぐいと女騎士のなめらかな白い頬に押しつける。

「ほら、逃げるなよ？　騎士の訓練じゃ身に付かないお勉強をさせてやろう……キリカの命を助けたくば、まずはこれをしゃぶってもらおうか、さっき姫騎士が指にしていたように、な」

「こ、こんな臭くて病気になりそうなモノを、口に入れるなどとッ……い、いや、わかった、やる、やればいいのだろう⁉　ううっ……うあ、変な味、がっ……！」

キリカの命を盾にした俺に逆らえず、セレスタは目をぎゅっとつぶりながら震える舌先を亀頭におそるおそる這わせた。

ぴとっ……と触れた瞬間、びくっと舌が驚くしぐさが興奮をそそる。

「よし、次は唇を先端にかぶせながら、舌を回すように動かすんだ……お上品な貴族の食事じゃないんだぞ、下品に音を立てるくらい派手に動かせ」

「な、なあッ……ちゅるっ、れろっ……んじゅる、じゅるるっ……んちゅぱっ、れろろぉっ……こ、これでいいのか⁉」

「くくく、なかなか筋がいいぞ。そう、キリカの最初より上手なくらいだ。剣よりチンポの扱いの方に才能があるようだな？」

「ぐ、愚弄するなッ⁉　私はこのようなことっ、したくも……ちゅぷっ、じゅるぶぶッ！」

顔から火の出るような羞恥と屈辱をごまかすように、必死なセレスタの動きが派手になる。

だが、その稚拙なテクはもちろん俺をイカせるほどじゃない。

「努力は認めるが、それではいつまでたっても終わらないぞ……手伝ってやろう、そらっ！」

「……んっ⁉　あぷっ、んぶぅぅぅぅっっっ‼⁉」

ポニーテールの根元を掴み、グッと喉の奥までチンポを突き込んでのイラマチオ。

女騎士は涙を浮かべながら陵辱に耐え、俺にされるがまま口マ〇コを使われる。

「くっ、奥の粘膜のフィット感がなかなかっ……よぉし、そろそろ一発目をブチまけてやるぞ！

姫騎士にもしっかり見てもらえ、お前が騎士として汚されるさまをなあ！」

「んぶっ、あうぐぅぅぅっ⁉　ぷぁ、ぶはっげほっ……や、やめろ何をッ……うああっ⁉」

勢いよく女騎士の口より引き抜かれたチンポから、暴れ回るような勢いの精液をびゅるっどびゅるるっっ！　と解き放つ。

それは頭を掴まれ体を拘束されたセレスタの身を包む、深紅に彩られた白銀の鎧のあちこちに乱れ飛び、ねばつく粘液とむわっとするオスの匂いで汚染した。

「か、家伝の鎧がっ……き、きさま騎士の誇りになんという侮辱をぉっ……あううっ！」

「ふふふっ、よぉく似合ってるぞ〝深紅の薔薇〟、まさにメス騎士奴隷にふさわしい化粧だなぁ？

なにせこれから……その純潔を俺に散らされるのだからな！」

「な、そ、そんなッ……そ、それだけはっ、うああっ⁉」

俺は両足が縛られたままのセレスタを四つん這いに転がし、赤いラインの入った純白のスカートをめくりあげた。

キリカが命令の制御下でじたばた意識を暴れさせているが、やめるつもりはない。

これは尋問の上で必要なことだ。自分は犠牲にしても、他人の名を喋らせるには、この強情で誇り高い女騎士の心を折ってやる必要がある。

「く、くうぅッ……だ、だが体をいかように嬲られようと、心までは決して屈しないぞっ！　私は、誇りあるランバディアの騎士だからだ……ッ！」

そして何より、セレスタはいい女だ。キリカにライバル心を抱きつつ、その命を救うためにプライドを曲げるあたり、真の騎士魂の持ち主といえるだろう。

だからこそ、オスとしての支配欲がうずく。この女を、俺のものにしたいと。

「そうかそうか、それは楽しみだ……どれ、これが女騎士の初物マ◯コか」

「っひうあっ⁉　んはぁぁっ、や、なっ舐め……そ、そのようなところをぉぉぉっっ⁉」

清楚だが色気に欠けた白い下着を引き下ろし、ぴったり閉じた割れ目に舌を伸ばす。かすかに汗の味がするが、健康的ないい匂いが悪くない。

弱々しく逃げようとする腰を掴んで、そのまま舌を差し込みかき回すと、セレスタは火傷した子供みたいな甲高い困惑の叫びをあげた。

「ひゃっ、ひやぁぁっ⁉　まっ待て、へっ変だ、変な感覚がっ襲ってッ……んひぃぃっ、はうぅぅあ⁉」

思ったより感度がいいな、こいつ。想定してたより楽にことを運べそうだ。

俺はまろやかなヒップラインをさすりながら、肉唇の内や外、ふるふるとひかえめに自己主張するクリトリスまでも、次々と舌先で、指で、未知の快感を教え込む。

「どうだ、異様な未知の感覚が体を貫いて揺さぶってるだろ？　それは俺の術によるものだ……ほぉら、どんどん強くなるぞ？　キリカもそれをやられてすぐに堕ちた、お前もそうなる！」

「そっそんなッ……え、得体の知れない邪術に私の体がっ、感覚がぁ……ほ、ほんとに強くなってっ、ひぃぃっんはぁぁっ⁉」

簡単な暗示に過ぎないが、異常な緊張状態で未知の触感を叩き込まれたセレスタは面白いようにそれを自己増幅させ、自分から快楽のループにはまっていく。

「なんだ、あっという間にトロトロじゃないか……見ろ、お前の濡らしたいやらしい汁がこんなに糸を引いてるぞ？」

「え⁉　そ、そんなウソだッ、あ、あああ……！」

ネチョネチョになった指先を眼前に突きつけてやると、いやいやとポニーテールを振り乱して、自分の肉体に訪れたイヤらしい変化を必死に拒むセレスタ。

これだけ濡れてれば大丈夫だろう……俺はあらかじめニーナにかけてもらった精力エンチャントのおかげでまだビキバキの勃起を、後ろから狭い濡れ穴に押し当てた。

「さあ、姫騎士キリカと同じくお前の処女も俺が奪ってやる……この魔隷術師トオルがな！　自分を女にした男の名を痛みと共に刻み込まれろ、女騎士セレスタ‼」

「あッ……がっ、ひぎぃッ……!?　あ、うぁぁぁぁっ……あっひぁぁぁぁぁぁぁぁッッ!!?」

ぬぶっ、にゅぶぶぶッ……ぷち、ぷちぷちぃっ……！

マントの切れ端とポニーテールを掴み、犬のようなバックスタイルでのバージン強奪挿入。

処女な上、足がまとめて縛られているせいで余計に締まるキツキツの女騎士マ○コを、俺のいきりたったチンポがぎゅちにゅちと開墾していく。

「あぁぁぁあうぅぅッツ、んぁぁぁぁあぁぁ〜〜〜ッッッ!!?　ひっぎ、ひゃぁぁっやめっ、やだやだやだ抜いてくれぇぇぇッッ!?」

「今さら、もう遅いぞっ！　ほら、キリカもお前が女になったところをよぉく見てくれているぞ、自分を貫いたのと同じチンポでなあ！」

（わ、わかってたけどやっぱり最低最悪っ、節操なしの強姦魔っっっ!!）

俺への抗議とセレスタへの同情を交互に宿して、床から俺たちの生ハメロストバージンを涙目で見つめさせられるキリカ。

その視線に反応するように、女騎士の膣内がキュキュッと収縮した。

「あ、ああっ……見るな、見ないでくれっキリカッ……こんな私の姿をっ、無惨に散らされた情けない私をぉぉ……ひっひゃぁんッ!?」

「口ではイヤがっていても体はずいぶん正直だなあ、セレスタ？」

「う、ウソだぁぁッ!?　人質を取るような卑劣な男にいいようにされてっ、この私が屈するなどっ、そんなことあるわけがッ……ひぐぅぅぅぅ――――ッッ!!?」

今回の俺はとことんテンプレなゲス野郎のセリフばかりだが、ここまでくると逆に楽しくなってきたから仕方がない。

ポイントは、セレスタもこれ見よがしに嬲られることでマ○コを濡らしキュウキュウとわななかせ、激しく反応してるってことだ。

それはマゾというより、今まで守ってきたものを叩き潰される破滅的快楽、一種の解放感のなせるわざだろう。

女騎士としての義務感、姫への責任感、キリカへの劣等感、さまざまなものに縛られ抑圧された少女は、ある意味で今初めて精神的な解放の時を迎えているのだ。

ここまでくれば……あと一押し。

「どんな気分だセレスタっ、姫騎士同様に敗北し女の尊厳も守れず、好きでもない男に屈服するというのは⁉　お前がなぜこんな目に遭っていると思うっ⁉」

「そ、そんなものッ、きっ貴様のせいに決まっているぅうッ……！」

「いいや違う！　お前はハメられたのだ、騙されたんだよ！　お前を姫から引き離し、囮作戦などというバカな名目で俺に差し出した内通者にな！」

「なッ……⁉　なん、だとっ……き、貴様何をっ、うあうぅぅうっ、ひぃぃぃぃんっ‼⁉」

思考を落ち着かせないために、俺はパンッズパンッと腰を打ち付けてセレスタの未開発な少女騎士マ○コに荒削りな快感電流を送り込む。

馬車の揺れが小刻みに俺たちの体を揺さぶり、思いもよらない形で混じるランダムな刺激が、セックスに不慣れなセレスタをいじめ抜いてはしたない声をあげさせる。

「思い出してもみろ！　〝そいつ〟の言葉はどこか不自然じゃなかったか⁉　お前はそいつを信用していたがために、姫のためという甘言に覆い隠された真意を見抜けなかったんだ！　その結果がこのザマだっ！」

「ばっ馬鹿な、そんなことあるわけが……ッひゃうぅぅう⁉　おっ奥っ、おおっ奥を叩くのやめッ……あはうあああぁあっっっ‼」

どちゅ、どぬちゅっ、ぶちゅんっ……と、どんどんチンポに慣れていく半熟マ〇コをこねくり回す。

同じくらいの身長のアメリアの弱い部分、奥の上側の壁を亀頭でこすってやると、同じように弱点にヒットしたみたいでなおさら泣き声が大きくなった。

「そうだっ！　お前には心当たりがあるはずだ、そいつの名に！　そいつこそランバディアの獅子身中の虫、システィナ姫を狙う敵なんだ……よっ‼」

食い千切らんばかりに締め付けてくる処女穴にいよいよ限界を感じながら、俺はとどめの一言を、根元からこみあげる精液と共に叩き付けた！

「馬鹿な馬鹿な馬鹿なぁあぁあぁあっ⁉⁉　そ、それでは私は何のためにっ、こんなことまでされてッ……ひ、姫ぇぇぇえっっ⁉　姫さまのッ身をッ、あの方が……あの……ッ⁉⁉」

どびゅるるるっっ‼　ぶびゅるるるぅぅ、びゅぶばぁぁっっ‼

「ッッッ⁉⁉　あッ熱ぅぅッッ……あ、あぁぁぁぁぁぁんぉぉおあぁぁぁ～～～～ッッッ⁉⁉」

亜麻色のポニーテールを振り乱し、背筋を弓のように反らせて、生まれて初めてのチンポ絶頂に叫ぶ女騎士セレスタ。

下半身が溶けそうな快感と共に、どくんどくんと送り込まれる俺の精液が、開通したばかりの敏感マ○コを、子宮を、脳を焼き焦がしていく。

「くっ……ううっ！　確かに、聞かせて、もらったぞ……っ！」

「う……あうぅ……そ、そんなぁぁ……ッ！」

膣内射精そのものもだが、自分が〝それ〟を口走ってしまったことに、そしてかすかな疑念が俺の言葉によって現実味を帯びたことに、女騎士は打ちのめされていた。

その汗に濡れたしなやかな太股に、純潔の血と混じってうっすら桃色になった大量の白濁液が、ぷるるっと震えて垂れ落ち、馬車に揺られてゆっくり流れていく。

キリカの大きな瞳もまた、驚愕に見開かれていた。

最後の瞬間、セレスタの口から漏れた、その名を聞いて。

※　※　※

「セレスタは……危ない目には遭っていないでしょうか？」

透き通るようなプラチナブロンドを宝冠の下で揺らし、空と海を閉じ込めたような深い蒼の瞳を憂いに曇らせて、馬車の中システィナ姫は隣席にそう呼びかけた。

遠くからその笑みをひと目見るだけで、何十、何百もの騎士や兵士が彼女のために命を捧げると誓ってやまない、ランバディアの至宝と呼ばれた第三王女。

「ははは……確かに囮のようなものとは申しましたが、くせ者の噂はおそらく杞憂でしょう。〝天啓の塔〟ですぐ無事に合流できましょうぞ、そうご心配めされるな」

柔和な顔でにこやかに応えたのは、白い簡素な法衣に身を包んだ、やせた老人。

その胸に吊られた、法と光の神ルメインのシンボルがにぶく輝いている。

「ええ……ならよいのですけれど。グルーム大神官にまでこうして同行していただくことになるなんて、なんだかどんどん大事になってしまっているみたいで、少し不安ですわ」

「元大神官、でございますよ。今は隠居の身、こうして姫のご成長を見守るのがこの年寄り唯一の楽しみで……お気に召されますな、ははは」

ところで、城からずっと携えておられるその包みはなんでございますかな……とグルームが聞くと、姫はぱっと恥ずかしそうに頬を赤らめた。

「その、わたくし……枕が変わると、眠れないんですの。〝天啓の塔〟では正確な予言が降りてくるまで何日もかかるかもしれないと聞いて……」

「ははは、姫はしっかりしておられるように見えて、まだまだかわいいところのあるお方だ」

「もう、からかわないでくださいませ、グルーム様」

いつしか降り始めた雨がぱらつく中、塔というより細い台形のような形をした灰色の建造物が、馬車の窓から行く手の曇り空に現れ始めた。

「見えてきましたぞ、あれが天啓の塔にございます」

「あそこでなら、わたくしの見た予言の真実も……はっきりとするのですね」

ええ、その通り……と、元大神官グルームはおごそかに頷いた。

「そしてそれは、我らが偉大なる主も望むところでございますれば……！」

16話：予言の姫と、虹の刃

「元大神官グルーム……まさかあの人が⁉　先王の代からずっと王家の神事を取り仕切ったり、ご意見番を務めたりしてる立派な人なのよ」

セレスタの口から出たその名前こそ、八冥家イヴリースの息がかかった黒幕。

俺たちが驚くべき事実を知った時、馬車は開けた荒野にそびえ立つ〝天啓の塔〟へとまさに到達しようとしていた。

「ふん、魔族の寿命を考えてもみよ。百年規模の気長な陰謀などザラじゃわい。予言の姫の発見・監視役として長年息を潜めておったのじゃろ」

「なんてこと……！」

雨に濡れ灰色に染まる塔の周辺には、人影ひとつ見えない。

入り口付近に、セレスタが乗っていたのとよく似た馬車が無人で停まっている。

「一歩遅かったか！　こうなったら仕方ない、現在の戦力で突入するぞ、みんな」

「わかったわ、姫さまをお救いしないと！」

予言を終えた姫を、魔族がどうするかわかったもんじゃないしな。

俺は降りる準備をしつつ、荷台に気絶して横たわっているセレスタに視線をやった。

「打てる手は……すべて打っておくか」

※　※　※

「システィナ姫さま！　その男から離れてください！」

はるか上まで吹き抜けになった、塔内部の広い空間。

内壁沿いにぐるりと上に向かう螺旋階段へと足をかけようとしていた真っ白なドレスの女性と、地球のカソックに似た法衣姿の老人を、姫騎士の声が止めた。

あれがシスティナ姫とグルームか……と、俺はキリカの後方、入り口の陰から姿を現さずに様子をうかがう。

「まあ、キリカ!?　よかった……無事だったのですわね！」

何かの包みを抱えたまま、再会した友に駆け寄ろうとする姫を、グルームが手で制した。

従う兵士二人が音もなく、姫たちとキリカの間に割って入る。

「おやおや……誰かと思えば行方不明の姫騎士殿。なぜ唐突にこの場に？」

「とぼけないで！　あなたが魔族イヴリースの操り人形であること、姫さまを予言の道具として利用しようとここに連れてきたこと、すべてわかってるのよ！」

グルームの笑顔が、笑顔のまま能面のように凍り付いた。

「魔族、ですって？　一体どういうことですの!?」

「耳を貸されますな。姫騎士殿はご乱心めされたようだ……やれ」

明らかに人間ではない野獣じみた前傾姿勢で、兵士たちが飛びかかる。

だが、キリカの反応は速かった。足にローラーでもついているかのような動きで連中の周囲を8

の字に旋回し、騎士剣が閃いたかと思うと、兵士たちが同時に倒れ伏す。

そしてそのままの勢いで、立ち尽くすグルームめがけ刃を振りかぶり……！

「……あぐぅっっ!!?」

「き、キリカっ!?」

姫の悲鳴。宙を飛ばされたキリカが、なんとかひざをついて受け身をとる。

グルームの右腕が、遠近法の狂った作画ミスみたいに、何倍にも太く長く膨れあがっている。あれでキリカを殴り飛ばしたのか。

「ぐぐぅ……！　予言の間に姫を入れてしまえば後は楽だったものをォ……面倒な邪魔をしてくれおってェ……！」

「グルーム、ではあなたはやはり……！」

返事代わりにみちみちッと異音が響き、小柄な老人の体が変貌していく。

骨の鎧めいた灰色の外骨格に覆われた、３ｍはありそうな逆三角体型の巨体へと。馬の骸骨にも似た頭部では、黒い眼窩の中で蒼い鬼火が燃えている。

離れていてもビリビリ響く、とてつもない威圧感と危険信号……こいつはヤバい！

「いかん、よりによって魔騎士級か！　気を付けよ姫騎士っ、そやつ白兵戦能力だけなら第四位階魔族にも引けを取らんぞ！」

俺の指示で飛び出したパルミューラが、浮遊しつつ紫の魔力弾を次々と投射するが、グルームをわずかにひるませただけだ。

「ちっ、まだ回復しきっておらぬ魔力で使える術では牽制がせいぜいか」

「その魔紋、魔貴族……だとォ？　なぜ人間とォ、つるんでいるのだァ？」

「黙れ、第五位階ふぜいが！　こちらにも色々と事情があるのじゃ！」

うるさそうに巨大な手をかざし、降り注ぐ魔力弾を打ち払う魔騎士グルーム。

注意がそれた隙を逃さず、キリカがその足を狙って低姿勢から騎士剣を振り抜く……が。

「くぅぅっ⁉　刃が、通らないっ……⁉」

にぶい金属音を立て、聖騎剣技スキルを帯びて攻撃力を増しているはずの騎士剣がはじかれた。

バカな、いくら魔騎士級だからって対魔族に特化した剣技が通用しないだと⁉

「ワシはイヴリースさまから特別なカラダを与えられているゥ……！　予言の姫を確実に手中とすべくゥ、あらゆる障害を圧倒できるようになァ……！」

「ちぃッ、よもや次元断層魔甲《ディスローケートアーマー》か！　厄介なものを持ち出しおって、今の姫騎士のスキルレベルでは並の武器でアレは破れぬぞ！」

見れば、グルームを覆う外骨格は時たま虹色にうっすら輝いている。あれはシエラを捕らえていた結界と同じ色……つまり次元の障壁そのものをバリアにしてるようなもんか、なんてチートな。

どうする……あの様子じゃ聖光爆濤破でも致命傷は与えられない可能性が高い。次元断層と同じ原理なら、俺の隷属魔術もまず通用しないだろう。

「やむを得ない、作戦をプランBに変更だニーナ。ここは姫を確保して撤退する！」

「はっはい！　ご主人様にミラーイメージをかければいいんですねっ」

実際の位置を2mほど誤認させる魔法を付与された俺は、壁沿いに必死でダッシュして、奥で動けなくなっている姫のところを目指す。

シエラやアメリア、ナナたちがいればこんな危ない橋は渡らずに済むんだが、やむを得ない。

俺の存在に気付いたグルームが、キリカやパルミューラと打ち合いながら飛ばしてきた床の破片が、虚像の俺を貫いてかき消し、壁にビシビシと食い込んだ。

(当たったら骨折くらいじゃ済まないな……くそっ、生きた心地がしない！)

それでもなんとか、豪奢だが品のあるドレスに身を包んだ、プラチナブロンドに碧眼の美少女のそばまでたどり着く。

近くで見ると、本当に信じられないくらい綺麗なお姫様だ。パルミューラも人形みたいだが、こっちはそこにいるだけで太陽の明るさを放つような、輝く美貌。

それに、ほっそり清楚なたたずまいの中で一部分、高級レースに彩られた胸のボリュームだけかなり自己主張が激しい。へたり込んでいる姫を見下ろすと、お腹が見えないくらいだ。下手するとシエラ級じゃないかこれ……ってそんなこと考えてる場合じゃない。

「あ、あなたは一体どなたなのです……？」

そういえば仮面をつけたままだったが、今は外してる余裕もないな。

「キリカの仲間ですよ。彼女があのバケモノを食い止めてる間にここを脱出しましょう、姫！」

抱き起こそうとした俺のローブのすそを、レースの長手袋に包まれたたおやかな指が掴んだ。意外なくらいに、しっかりと。

「お待ちになってください。グルーム……いいえ、あのバケモノからそう簡単に逃げ切れるとも思えません。今戦っている者たちは無事では済まないでしょう」

てっきり現状に怯え、わけもわからずパニックになっていると思いきや、その一言は俺が驚くほどにしっかりした冷静な響きだった。

確かにキリカもパルミューラも、ほぼ無敵なのをいいことに暴れ回るグルームの猛攻をしのぐのに精一杯で、深い傷を負うのは時間の問題だ。

「ですが、現に姫騎士の剣技も通じない。ヤツを倒す手段が我々にはないんですよ」

「手段なら……あるかもしれませんわ」

まっすぐ見上げてくる蒼い瞳。

俺は耳を疑った。何を言っているんだ、このお姫様は？

「これを、なんとか渡してあげられないでしょうか。姫騎士キリカに」

姫が後生大事に抱えていた包みを解くと、中から出てきたのは……大きな枕？

いや枕投げであいつを倒そうとか何だそのジョーク、と面食らっている俺をよそに、姫はさらにその中から取り出し始めた。

枕にずっと隠していた〝細長いそれ〟を。

「っ⁉　それは……！」

※　※　※

「くすぐったいぞォ！　効かぬとォ……言っておろうがァ！」

「っく……ああっ⁉」

飛翔して首の外骨格の隙間を狙った一撃も効果がなく、逆に丸太のような豪腕による猛反撃を、すんでのところで受け止めるキリカ。

ついにキリカの騎士剣が、衝撃に耐えられず半ばから折れて飛んだ。

「こうなった以上お前にはァ、姫に言うことを聞かせる材料になってもらおうか姫騎士ィ……！　目の前ではらわたをかき回しィ、ゆっくり嬲り殺すさまを見せつければァ、おとなしく予言の間に入るだろうよォ……！」

「誰がっ、お前なんかに負けるもんですか！　システィナ姫さまにもそんなこと、させはしないっ！」

折れた剣でなお、迫る魔騎士の巨体に一歩も退かず構えをとるキリカ。

絶体絶命の姫騎士めがけ……俺は意を決し、駆け出した。

「こいつを受け取れぇっ、キリカぁっ！」

叫び、投げる。手にしたそれを。

接近に気付いたグルームが腕を振り抜き、ぶわッと床を薙いだ衝撃波が、俺を後方へ吹き飛ばす……体がバラバラになりそうな激痛！

「お、小田森くんっ⁉」

俺の無謀な行動に目を丸くしながら、キリカが反射的に掴み取った。

まるでガラスのような半透明の刀身を持つ、その長剣を。

「え……!?　ウソ、これってまさか……王家の煌剣《こうけん》アルカンシェル!?」

煌剣アルカンシェル。

ランバディア王家に伝わる、かつて伝説的な姫騎士が魔族との戦いに用いたという秘宝。

ふさわしい使い手がおらず死蔵されていたそれを、姫は王族しか立ち入れない宝物庫から密かに持ち出してきていた。

自分を狙う者の存在を想定して、姫騎士との再会を信じて、キリカに託すために……とんでもない行動をするお姫様だ。

『なぜキリカと再会できると思ったか……ですって？　なぜならば、わたくしの窮地にはきっとキリカが助けに現れてくれると信じていたからですわ』

確信に満ちた声でにっこりと笑った天真爛漫な顔に、俺は正直舌を巻いた。

このお姫様、綺麗なだけじゃない。

ならば、俺も信じよう。俺の魔隷を、姫騎士キリカを。

そのためなら俺も命を危険にさらすくらい上等だ、むしろ面白いじゃないか。

俺は激痛に歪む顔で、驚くキリカに無理矢理ニヤリと笑ってみせた。

「小田森くん、あなた……！」

「得物を変えたところでェ！　なにができるとォ!!」

一本一本が手槍ほどもあるカギ爪の右手を振りかぶり、キリカを襲うグルーム。

鮮血が飛び散り……魔騎士のヒジから先が、どしゃりと床に落ちた。

「グゲゲェエエエェッ!?　なぜなぜなぜ次元断層魔甲を貫けるゥゥゥ!!?」

美しい軌跡を描き、まるでバターでも切るようにグルームの豪腕を斬り飛ばした刀身。

それは虹の七色にグラデーションし、オーロラめいて美しくきらめいていた。

「あれが煌剣アルカンシェル……聖騎剣技スキルに呼応して、その刀身は空間そのものを斬断する攻性の疑似次元断層と化す。高位魔族との決戦を想定した伝説の対空間アーティファクト、現存しておったのか……！」

パルミューラの声がかすかに震えている。

俺は床に転がりながら、歯を食いしばり声を振り絞った。勝機は今しかない！

「……やれッ、姫野さんっ！　俺の残った魔力を全部送ってやるッ!!」

「ええ、わかったわっ！　任せて！」

魔隷強化の同調リンクを全開。最後の一撃を繰り出す力を、姫騎士に注ぎ込む。

想定外の事態に狂乱するグルームめがけ、キリカが黒髪とマントをなびかせ、天翔輝円《サークル・エアリアル》を足場に飛んだ。

振りかぶられた虹色の刀身が、数ｍほどもあるオーロラの刃となって伸びる。

「いま聖なる輝きにて、邪《よこしま》なる魔空を断つ！　極光聖彩刃《ボレアリス・アルカンシェル》ッッ!!」

「い……イヴリースさまァァァァッッッ!!」

そして振り下ろされた輝き、次元を断つ聖刃による断罪の一撃が……次元断層魔甲もろとも、魔騎士グルームを真っ向両断した。

※　※　※

グルームの巨体は兵士のそれと共に、悪臭を放つ黒い泡と化して消滅しつつあった。

俺はなんとか上半身を起こそうとして、痛みにうめいた。全身が打撲と疲労感でバラバラになりそうだが、ニーナの治癒魔法があれば死にはしないだろう。

「なんとか、勝てたかっ……！　それにしてもあいつは、どんな予言を聞き出すつもりだったんだ？」

ともあれ、これから大事な仕上げが、本来の目的が残っている。システィナ姫を……魔隷にするのだ。だが、今のこの体じゃ近付くことも……！

「だ、だいじょうぶ小田森くん⁉」

「ご主人様っ！」

「まったく、無茶をしおって……！」

キリカが、魔隷たちが口々に走り寄ってくる。

だが……その到着より先に、俺にそっと近付いた純白の姿があった。

「システィナ姫……っ？」

俺を心配そうに見下ろす憂い顔。さっきの衝撃で壊れた仮面が外れ、現れた俺の素顔を見て……

そのつぶらな瞳が、驚きに見開かれた。

「ああ……そんな！　あなたはまさかトオル、さま……⁉」

え？　なんで俺の名を姫が？　と考えるヒマもなく。

ぼふにゅんっ……といい匂いのする柔らかな感触が、俺の顔を包んだ。

「……んぷっっ⁉」

頭をシスティナ姫に、そのふくよかな胸に抱きしめられているのだ、と数瞬遅れて理解する。俺を窒息させんばかりに包むふたつのマシュマロクッション……い、いかん、マジで意識が。

この行為にキリカたちも絶句し固まっているのが、ぼんやりとわかった。

「ずっと、ずっとお会いしたかった！　魔隷術師、トオル様。わたくしは……あなた様のものです！」

ステータス

【姫騎士キリカ】…………（レベルＵＰ！）

ジョブ：姫騎士ＬＶ７↓８

スキル：聖騎剣技ＬＶ５↓６／魔法抵抗ＬＶ２

特殊装備：煌剣アルカンシェル（ＮＥＷ！）

【魔隷術師トオル】…………（レベルＵＰ！）

ジョブ：魔隷術師ＬＶ９↓10

スキル：隷属魔法ＬＶ７／魔の契約ＬＶ１／魔隷強化ＬＶ１↓２

17話：姫の決意と、柔らかな天国

「すると……俺のことは予言の夢の中で見て知っていた、と」

床に座り込んでニーナの治癒魔法処置を受けながら、俺たちはあらためてシスティナ姫から話を聞いていた。

とりあえず隷属術式をかけるのは、少し様子見だ。

「ええ、伝説の魔隷術師の予言夢を見るたび、しだいにトオル様の姿がはっきりと……そのお名前を知ったのは、キリカが消息を絶った後に見た夢でのことでしたが」

俺の正面にお行儀よく正座し、わずかに頬を赤らめ顔を伏せる美姫。

とっさに俺に抱きついてしまった自分の行動を、恥ずかしがっているようでもある。

「で、でも姫さま。なんでご自分のことをコイツのものだなんて⁉　ご存じの通り、魔隷術師は人を無理矢理……ど、奴隷にする非人道的ジョブなんですよ？」

キリカが慌てつつ、言葉を選んでいるのがわかる。

自分がどんな状態にあるか、何をされたか……主君であり友人でもある、この汚れなきお姫様にどこまでどう伝えるべきか迷ってるんだろう。

「確かに、その力は危険で人倫や法を超えたものでしょうね。ですが……わたくしは、見たのです。魔隷術師トオル様が、その唯一無二の力をもって〝世界を救う〟という予言のビジョンを」

「え⁉」

世界を救う、だって？　この俺が？　こんな俺が？

予想外の言葉に、俺もキリカも開いた口が塞がらない。

だいたい、何から救うっていうんだ？　魔族は人間にとって脅威だけど、全力で滅ぼしにきてるとかじゃないはずだし。

「もちろん、まだ曖昧なビジョンですが……だからこそ、真実を確かめるためにもわたくしはここに来ました。それを利用しようとするグルームの陰謀を見抜けなかったのは、大きなあやまちでしたけれど……」

なるほど……俺に世界を救うなんて気はさらさらないが、少なくとも姫がそう思い込んでいるなら好都合だ。

さっき魔族から救い出す形になったことも、信頼に繋がっているんだろう。俺を見る姫の瞳は、まるで勇者かなにかと勘違いしてるかのようだ。

魔隷の枠を使わなくても俺に従ってくれるなら、願ったり叶ったりじゃないか。

「じゃああなたは予言の姫としての力を、その身ごと俺に捧げてくれるというわけか。俺が世界を救う手助けとして」

「……はい。魔族がわたくしを狙っているというなら、なおのことですわ。わたくしを、トオル様のおそばに置かせてはくださいませんか」

「し、システィナ姫さまっ⁉」

美姫がはっきりと紡いだとんでもない言葉に、さすがに絶句する一同。

「それが……どういうことかわかってるんですか？　二度と姫としての暮らしに戻れないかもしれないんですよ」

「覚悟の、上です」

俺をまっすぐ見つめる蒼玉の瞳が、決意と緊張に揺れていた。そこに嘘は見えない。

もちろんそんな突拍子もない独断を、父王をはじめとする王家の面々が許すはずもない。だからこそ計画を胸に秘め、少数で王城を離れここに来たのだろう。

家族と別れ、王女としての何不自由ない生活を捨てることさえ覚悟で……やっぱりとんでもない決断力と行動力を秘めたお姫様だ。

「し、システィナ姫さま……！」

「ごめんなさいね、キリカ。あなたに相談もなくこんな重大な決断をしてしまって」

「いいえ、姫さまがご決断されたことなら、私は……で、でも……」

予想外の展開に戸惑い、姫と俺を交互に見るキリカ。

姫が魔隷にされずに済むかもしれないが、それはそれとして俺との同行を自主的に望んでいるという流れを、喜ぶべきか悩むべきか混乱している様子だ。

「ふむ、これはなんとも妙な雲行きになってきたのう」

「あの……ところでそちらの方は？　お角が、生えてますが」

腕を組み浮遊する黒ゴスロリ少女を、不思議そうに見つめるシスティナ姫。

「ああ、こいつは俺が従えてる魔貴族のパルミューラだ。最近はもっぱら支援役とか解説役として忠実に仕事してるから、安心していい」

「な、なんじゃその失礼極まる紹介はっ⁉」

「まあ！　よくわかりませんが、トオル様は魔族さえも仲間にしてしまわれるほどなのですね……やはり世界を救うお方に違いありませんわ！」

「ひ、姫さま？　あの、やっぱりちょっとお話が……むぐっ⁉」

余計なことを言う前に、キリカの口を隷属命令で物理的に塞いでおく。

「治療ありがとなニーナ、外のセレスタも回収して介抱してやってくれ。俺は、奥で姫ともうちょっと〝積もる話〟をしてくる。誰も邪魔しに入ってこないように」

「はーい、ご主人様」

「よかった……セレスタともすぐ会えるのですね」

俺の笑顔に隠れた狼の視線に気付かず、ぱっと美貌を輝かせる巨乳姫。

聡明で思慮深いところもあるけど、基本はちょっと天然マイペースな性格らしい。

白い手を胸の前で握り合わせた拍子に、ゆさっ……と重そうなバストが揺れた。

「んーっ⁉　んーんー─んー──っっ⁉⁉」

「どうしましたのキリカ、お腹でも痛いのですか？」

「ああ、姫との再会に感極まってるんでしょう。そっとしといてやりましょう」

「⁇　トオル様がそうおっしゃるなら……」

そのケダモノについていってはダメですと、キリカの瞳が必死に訴えかけているが、命令の支配は絶対だ。

俺は姫の手を取って、塔の一階に備え付けられた居住用区画……つまり寝室のある場所へ、まんまと連れ込むのだった。

※　※　※

魔法による処置だろうか、毎日掃除されているかのように清潔なダブルサイズのベッドへと、並んで腰かける俺とシスティナ姫。

家族以外で彼女とこんな場所で二人っきりになった男は、俺が初めてだろう。

「あの、トオル様。話とは……きゃっ!?」

宝石を転がすような美声が、驚きのトーンを帯びた。

俺の指が、高級レースに彩られた巨大な膨らみの双球、その片方をだしぬけに掴んだのだ。むんにゅりと五指が深く沈み込む、このボリュームと柔らかさ……！

「と、トオル様っ、いきなり何をっ……ふぁぁん!?」

「姫……あなたは俺のものになると、そう言った。女が男に身を捧げるという意味が、本当にわかってるのか？」

これは俺の欲望を満たすためでもあるが、姫を試す行為でもある。

本当に、心から俺に従うつもりなのか。

その覚悟が、口先だけのものではないか。

もしや、俺を利用し騙すつもりではないのか。

それを確かめなくては、魔隷化しなくても大丈夫だという確証を得られない。

「んぁっ、わ、わたくしは……っ！」

初めて男に、豊かな胸を無遠慮にまさぐられる衝撃が箱入りお姫様を襲う。

軽くウェーブがかったプラチナブロンド、その頂点にいくつも宝石のはまった銀のティアラを頂く黄金の流れが、小刻みに揺れ……そして止まった。

空の色をした瞳が、海のようにうるんで俺を見つめてくる。

「わたくしは、わかっているつもりです……！　なぜならずっと……トオル様にならこうされてもいいと感じていたから、ですわ」

かすかに熱を帯びた告白。逆に俺がどきりとする。

「はしたないことなのですが……夢の中でトオル様に会うたびに、そのお姿、そのお声に、わたくしは不思議な胸の高まりを覚えるようになりました。トオル様はわたくしにとって、初めての特別な……たった一人の男性だったのです」

いつしかスティナ姫は体の力を抜いて、俺に体重をあずけてきた。

羽のように軽い、最高級の衣類とそれよりもなめらかな貴人の肌が触れる感触。ふんわりと鼻をくすぐる、香木みたいないい匂い。

「姫……身も心も俺のものに、なってくれますか」

「……はい。は、恥ずかしいですけれど、トオル様がそう望むのでしたら、システィナはすべてを捧げます……っ！」

完璧な曲線を描くあごに指をやって、やや上を向かせる。

さすがに何をされるかわかった姫がそっと目をつむった。絹のようにきめ細かな桜色の唇に、俺のそれがゆっくりと重なった。

「ん……ぁ……ふぁ……！」

一国の姫、それもランバディアの至宝とまで言われた美姫が、誰にも許したことのないキスを、それだけで国が大騒ぎになるような行為を俺の望むがまま捧げている。

ドレスごしに肩を抱き、ロイヤル巨乳がむにゅにゅと変形するほど密着しつつ、真珠のような歯列を舌先でノックすると、驚きつつも姫はその侵入を受け入れた。

「ぷぁ、んっ……ぁっふ……！　んっちゅ、れっろ……ぉ！」

最初はおずおずと、しだいに俺の真似をするように舌を絡め合う。

たっぷりと至上の甘露を味わってから口を離すと、唇同士の間に銀糸の橋がかかって落ちた。

「はぅ、はぁぁ……っ！　トオル様に、口付けを……されてしまいました、わ」

とろんとうるみを増した蒼い瞳が至近距離から見つめてくる。

それは紛れもなく恋する視線だった。夢の中への俺に対する、男に免疫のないお姫様の恋に恋する幼い憧れ……だが、これから本物に変えていけばいいことだ、行為を通して。

「トオルさ……あぁっ!?　む、胸っ……は、恥ずかしい、ですわっ……！」

俺は姫の背後に回り、背中から抱きかかえるように密着した。

後ろからだと細い胴体の左右にはみ出るほどの美巨乳、それを繊細なレース細工に彩られたドレスのカップから、まとめて取り出した。

「うお、これは……予想以上に大きな胸をお持ちだ、姫は」

「そ、そんなこと言わないでくださいまし……！　最近どんどんその、膨らんでいって、何度もドレスを新調しなくてはならなかったほどで……」

これでまだ成長途中とは恐ろしい。

雪のような純白の乳肉は、わずかに重力に引かれながらも若々しいハリでぷるんとロケット状にその大ボリュームを保ち、なめらかな双曲線を描いている。

そして唇と同じ桜色の頂点部分は、うっすら膨らみつつも乳輪の中心に溝ができていて、乳頭が隠れてしまっていた……いわゆる陥没乳首だ。

「人見知りですね、姫の恥ずかしい突起は。揉めば出てくるかな？」

「え、こ、これは普通ではないのですかっ……あ、ひぁぁぁんっ⁉　ふぁ、はふぅあぁぁ……と、トオル様のゆびっ、がぁ……んんんぅっ！」

背後から巨乳、いや爆乳をわしづかみ、思う存分もにゅんぐにゅんとこね回す。

男の固い指に敏感な胸をいじり倒される初体験に、プラチナブロンドを揺らしてあえぐ姫。

決して千切れない巨大マシュマロを揉みしだき、寄せ、引っ張り、押し潰し、好き勝手にもてあそぶ。

「飽きないな、いくらでもいじってられそうだ……でも、出てきませんね先っぽ。じゃあ直接っと」

「んぅっ、えっ、それはどういうっ……はぅぁ、はひゃんっっ!!?」

左側の柔球をすくい上げ、姫の肩ごしに頭を下げてその先端へとかぶりつく俺。

「やっ、あひぃんっ……と、トオル様ったら、そっそんな赤ちゃんみたいですわ……っひぁぁやぁん!?」

高級フレーバーティを思わせるかすかな香気を吸い込みながら、口触りのいい乳輪を舌先で吸い転がすと、ぴくんぴくんと震える小さな乳頭がおそるおそる顔を出してきた。

「ぷはっ……ほら、引っ込み思案な箱入り乳首が出てきましたよ、姫？」

「こ、これがっ……い、意地悪ですわトオル様、わたくしをこんな恥ずかしい目に……あぅぅ」

「まだまだこれからですよ？　もう片方は、姫自身に引っぱり出してもらうんだから」

「えっ!?　そ、それはまさか……お、同じようにしろ、ということですの……!?」

ドキッとして、俺の唾液に濡れたぽっちり左乳首と、まだ隠れたままの右乳首を交互に見やる姫。

俺は左乳首を指先二本で優しくつまみ、少しずつ力を入れながら耳元でささやいた。

「さあ、自分でそのたっぷりした乳を持ち上げて、先っぽを唇に含んで吸い出すんだ……姫のおっぱいのデカさならできるはずだ」

「そっそんなこと!?　あ、あのどうしてもっ、やらなくてはっ……あっはうぅ！　さ、先をいじめないでくださいましっ、わっわかりましたわ、おっしゃる通りにいたしますぅ……っ！」

普段外に出ない敏感な乳首を俺にやや乱暴に愛撫され、強引にいやらしい命令をされた姫の息が、しだいに荒くなってきている。

純白の長手袋に包まれた十指が、みずからボリューミィな乳をゆっさりと持ち上げ、んちゅっ……と桜色の柔肌同士が接触した。

「よぉしいい子だ、システィナ姫……俺が左を舌でほじくる動きを真似て、もう一方のシャイな先っぽを引っぱり出してみろ、自分でな」

「ん、んぅんっ……！　んちゅぅぅっ、はぷぁ……んれぉぉぉ……！　ちゅ……っぱ……あ、ああっ、で、出てきましたわ、引っぱり出してしまいました、わ……っ！」

「上出来です。ここをイジるのは気持ちいいでしょう、姫？」

「あ……は、はいぃ……！」

乳首を自分でほじくり出すという恥ずかしい行為と未体験の快感刺激に、純白の乳肌はうっすら桃色を帯び、出そろった乳頭はふるふると湯気をたてて震えた。

そんな美味しそうな光景を見せられては、俺もガマンがきかなくなる。

「と、トオル様っ、それでこれからどうすれば……きゃっ⁉」

ベッドに腰かけた姫の正面側に回り、俺はさっきからガチガチに勃起しているチンポを狭い中から解放した。

姫が目を丸くして硬直する……無垢なお姫様の目の前に見たこともないグロテスクなオスのモノを突きつける、これだけで征服感がヤバい。

「どうしました、まさか男にこういうものがついてるとご存じなかった？」

「い、いえさすがに存じては……で、ですがこんなカタチで、こんなにも大きいだなんて考えてもみなくて……す、すごい熱気を放っていますわ」

「手で触れてみてください、ほら遠慮はいりません」

「は、はい……あっ⁉ 熱くて、こんなに張り詰めて……い、痛くはないのですか？」

なめらかなシルク生地に包まれた細い指が、おずおずと俺の亀頭や幹、血管の上をフェザータッチで這い回る。

システィナ姫にそうされているという実感も含め、うめき声が漏れるほどチンポにビリビリくるぞ、これ。

「う、くっ……！ 痛いというか苦しいですね、男は魅力的な女を目の前にするとこうなるんですよ。姫、あなたのせいで俺はこうなってるんです」

「そ、そうなのですか⁉ み、魅力的だなんて……で、でもトオル様がお苦しいなら、わたくしはどうして差し上げればよろしいのでしょう？」

ミチミチとフル勃起して、赤黒い先端からよだれじみた先走りを垂らす俺の醜いモノごしに、姫の心配そうな美貌が見上げてくるというビジュアルがやばすぎる。

これで欲望のままに突っ走らない男がいたら教えてほしい。

「まず、これを……俺のチンポにたっぷり百回はキスを捧げて、姫の唾液とこの先から漏れてる汁でぬちゅぐちゅに濡らしてもらおうか」

「はっはい……トオル様のチンポ様に、わたくしが唇を捧げてとろとろにすればよろしいのですわね？ で、では失礼して……ん、んちゅぅぅぅぅうっ……！」

天然でとんでもなくエロいセリフを言いながら、桜色のリップが、十本の指をそっと添えられ固定されたチンポ先に、ためらいがちに密着キスをした。

生まれてこのかた、最高級の食事や香油、ハンカチに至るまで、庶民の手の届かない贅沢品にしか触れてこなかったであろう王族の唇が……俺なんかの男根に、射精穴に口付けているのだ！

「よ、よぉし……その割れ目から出てくる液を、舌ですくって口の中でツバと混ぜろ、それをチンポのあらゆる部分にキスしながら塗り伸ばすんだ！」

「は、はひっ……ちゅむっ、れろろぉ……！　ちゅぱ、ちゅっぱ……んちゅぷぁ、ちゅばばっ……！　ぷぁ、はむっ……んりゅんっ！」

亀頭の外周、カリ首、段差、浮き出た血管、ウラスジ、根元……あらゆるイヤらしい形に沿って、ロイヤル処女リップが唾液の筋を引きながら、淫らなキスを繰り返す。形のいい鼻から漏れる息も、チンポをくすぐるスパイスだ。

俺はふんわりした黄金の髪をゆっくり撫でながら、油断すると暴発してしまいそうな快感と支配感にゾクゾク背筋を震わせた。

「ぷぁ、んっふぁ、んちゅっく……れろ、にゅっぷぁ……ぷちゅううぅっ、んちゅぅぅ……ぷは！　ひゃ、百回口付けできましたわぁ、トオル様ぁ……っ！」

嬉しそうに俺を見上げる、ぽおっと上気した蒼い瞳。唇の端から少し泡立った半透明の液が、チンポとの間をまだ繋いでいる。

律儀に数えてたのかと噴き出しそうになりつつ、愛しい気持ちとさらなる欲望がこみあげてきた。

「よくできましたね、偉いですよ姫。じゃあこのチンポを、こうやって……と！」

「えっ、あっ熱ぅ⁉　わ、わたくしのお胸に、チンポ様がはさまってしまいましたわぁ……っ！」

初めて見た時から、これを夢見ずにはいられなかった。

圧倒的サイズのプリンセス爆乳に、すっぽりとガチ勃起チンポを挟み込むロイヤルパイズリだ。

柔らかな肉の檻は余裕で俺のものを包み込み、わずかに先端が見え隠れするばかり。

「ほら、自分で胸に両手を添えて……俺がその上から手のひらをかぶせて動かすから、〝やり方〟をしっかり覚えてくださいね、システィナ姫」

「や、やり方とはどういう……ふぁあ⁉　お、お胸が滑って動いて、これっ……んあぁぁ、チンポ様をこね回すように、してますのねっ……⁉」

唾液と先走りで滑りのよくなった硬い肉杭が、同じ人間の肌とは思えないほど柔軟できめ細かなマシュマロに押し潰され、こすられ、やわやわと乳肉プールを泳ぐ。

とろける夢心地、ある意味セックス以上に癒される天国がそこにあった。

「たまらないですよ、姫のおっぱいの中っ！　こんな気持ちいいパイズリができる爆乳は、なかなかありません」

「ぱ、ぱいずり……わたくしのおっぱい、大きすぎて醜いのではと思っていたのですがっ……こうしてトオル様に喜んでいただけるのなら、嬉しいです……っ！」

姫は表情をほころばせ、しだいに自分から乳を掴む手を大きく動かして、俺の肉竿により多くの乳奉仕を捧げようと頑張る。

俺も腰を前後に動かし、束ねられた乳谷間を水平に突く姿勢……いわゆる縦パイズリの形でにゅぷにゅぽとチンポを沈めていった。

「すごいな、この角度でも完全に根元までおっぱい肉が俺のを包んで……っく、もっと中央に寄せて圧迫感を高めるんだ、姫っ！」

「こ、こうでしょうか？　ふあぁっ、熱くてとてもたくましい、です……まるで炎の剣に、わたくしのお乳が貫かれているようですわっ！」

もはや乳マ○コと呼べる、柔らかさとキツさを併せ持つ極上の肉洞に、俺の張り詰めたチンポはずぶずぶに溺れ、高まっていく。

腰の奥からこみあげるドロドロしたオスの衝動が、おっぱいホールに激しく腰を打ち付ける動きをより加速させる。

「く、姫っ、そろそろ俺は限界だっ！　もうすぐチンポから精液っ……子種がたっぷり詰まった男の濃いエキスが、この先から噴き出すっ！」

「え、そ、そんなものが……ど、どうすればいいんですの⁉」

「俺に身を捧げる儀式として、まずは俺がブチまけるそれを、姫のそのお上品な顔面で受け止めろ！　それが男に従う女のするべき当然のことだっ！」

「かっ……お顔で、ですか⁉　は、はい……わかりましたわ、それがトオル様に身を捧げる証になるのなら、わたくしはどんな場所でもお捧げいたします……！」

欲望まみれのウソ八百だが、そっち方面に純真な姫は面白いように俺の言うことを鵜呑みにした。

その従順さに嗜虐心を刺激され、いよいよ弾けそうなチンポの内圧を限界まで乳マ〇コの中で高めた後、にゅるんッ……と勢いよく姫の眼前までスライドさせた。

「くぅっ‼　両手で受け皿を作ってあごの下にそろえろ、口を開けて舌を出せっ！」

「はっはい！　んぁっ……こ、これれ、いひのへひょうはぁ……？」

あーんと口を開き、そっと目を閉じてドキドキと鼓動を高鳴らせつつ、はしたない顔射待ちポーズを無防備に捧げるお姫様。

王をはじめ彼女の一族や国民が見たら、卒倒しそうなその光景めがけ、俺は爆発寸前のチンポをゴシュゴシュとしごきあげ……荒れ狂う欲望のすべてを解き放った！

「イクぞ姫っ、システィナぁっ‼　俺の精液を浴びろっ、俺のモノだとマーキングされろぉっっ‼」

「はっ、はひっ……んぷぁぁっ⁉︎」

どびゅううっっ、びゅばぶばっっ、どびゅるるるぅうッッッ‼　びゅくんっっっ‼

びちゃぁあっ、びゅちゃっっべちゃぁあっ‼　ねちゃぁぁぁ……っっ‼

「きゃふっ、んぅぅあっっ⁉︎　はぷぁっ、あっ熱ぅぅ⁉︎　こ、こんなにっ……っ、次から次へとっ……ぷぁぁ、あはぁぁぁ……ぁあっ！」

精一杯伸ばされた清楚な舌先に、通った鼻筋に、形のいい黄金の眉に、桃色の唇に縁取られた温かそうな口の中に。

パイズリで熟成された粘度たっぷりの白濁液が、汚れなき太陽の美貌を、俺の思うがままに汚し尽くしマーキングしていく。

顔を叩くその洗礼に、最初の一瞬ビクンと驚くも、けなげに逃げようともせずすべてを受けきってくれるシスティナ姫。

「う、うおぉっ、くぅぅぅっっ‼　ま、まだ出るっ……くはっ！」

美しいものを汚す快感に、自分でも驚くほど大量にほとばしった濃厚精液は、可愛く毛先をウェーブさせたプラチナブロンドや、その上に載った銀のティアラにまで飛び散り、むわっとするオスの匂いと熱で、このメスは自分のものだと主張した。

「め、目が開けられませんわぁぁ……と、トオル様の匂いで、わたくしの顔がいっぱいにっ……み、満たされております、わぁ……っ！」

俺の子種の匂いに満ちた空気ではぁはぁと呼吸しながら、システィナ姫は薄目を開いてこってりとザーメンの乗った顔でかすかに微笑んだ。

たまらない征服感、圧倒的な蹂躙感。だが、本番はこんなもんじゃない。

「まだまだ覚えてもらうことは山積みですよ、姫。さしあたって次は、お掃除フェラと精液ごっくんをみっちり教え込んであげましょう」

「は、はいっ……わたくしに、システィナにいっぱい教えてくださいませ、トオル様……何なりと、あなた様のために尽くしますわぁぁ……！」

俺の排泄したネトつく液体に、清楚な美貌をがっつりと汚染されたまま。

ランバディアの至宝はまるで魔隷のように、その誓いを口にした。

「ん……？」

広間でヒマを持てあましていたパルミューラは、床にこびりついた異臭放つ黒い液体……魔騎士グルームと配下のヘルウォーリアたちの死骸の痕跡に、ふと怪訝そうな視線を向けた。

グルームのそれが、あの体格に比べて妙に少ないような気がしたのだ。

「気のせい、か？」

近付いて調べようとしたその時、入り口から血相を変えたニーナが走ってきた。

「た、大変ですっ！　大変なんです、パルちゃんっ！」

「その呼び方はやめろと言うておろうが。で、どうした？」

慣れない全力疾走にぜーはーと息をつきながら、女法術師はひと息に言葉を継いだ。

「馬車にいるはずのセレスタさんの姿が……ど、どこにも見当たらないんですっ！」

※　※　※

18話：三人のメイドと、入り交じる思い

寝室の扉をすさまじい衝撃が半壊させたのは、システィナ姫にお掃除フェラをねっとり教え込み、その途中でまた盛り上がってきたのですべすべ長手袋コキでもう一発気持ちよく射精して全部飲ませ、さあいよいよ処女を美味しくいただこう……という時のことだった。

「緊急事態よ、小田森くん！」

それにしたって聖光爆濤破を（フルパワーじゃないとはいえ）ブチかます奴がいるかと怒りたいのは山々だったが、決して近付くなという命令が効いてる以上仕方なかったと言われれば反論しづらい。

あとキリカの目が据わってたのが気になるが……こいつただ撃ちたかっただけじゃないか？　まあ、いいや。

「で、セレスタの姿がどこかに消えてしまった……と」

「はっはい、馬も一頭いなくなってました」

「あの女騎士、一人で逃げおったのか？」

「それは彼女の性格からしてまずありえない。不自然だ」

あの忠誠心の固まりのような女騎士が、システィナ姫の馬車も停まっている天啓の塔に、踏み込んで来もせず逃げ戻るとは考え難い。

しかもニーナの強化魔法がかかったロープによる縛めは、一人じゃ脱出不可能な強度のはず。それは降りる時も確認した。

「姫、セレスタの他に護衛の別働隊がいたりは？」

「いいえ、そのような話は聞いておりませんが……」

「いよいよ妙だな。ともあれ、こうなると念のため打っておいた手が役に立つか」

俺は王国の地図を広げ、取り出した一円玉大の薄い金属片を上に置いた。

ひとりでにそれは地図の上をゆっくり滑っていく。

「あ！　それって、追跡紋章《トレースエンブレム》ですね」

「万一、セレスタを回収する余裕なしに逃げるハメになった時を想定して、鎧の気付きにくい場所に貼り付けておいた」

ギルドハウスから持ってきたアーティファクトのひとつ。

ＧＰＳのように、ペアになった発信側のおおまかな現在位置を示す機能を持つ。

「大事な家伝の鎧だって言ってたからな。今後も鎧の位置＝セレスタの居場所と考えてまず間違いないだろう」

「ほんと、とっさによくそんな頭が回るわね……」

金属片は街道沿いに、王都方面へと最短距離を移動している。

「まずいな。どんな状況かわからないが、もしセレスタがそのつもりなら、このままだと王都に報告されてしまうぞ」

今からじゃ追いつくことは難しい。シエラたちに知らせようにも手段がないし。

最悪の場合、彼女の報を受けた王都が大兵力をこの塔に派遣してもおかしくないということになる……こうなるとあの時の悪役演技はまずったかな。

「どうするの、小田森くん？」

「……三日、いや二日間だけ、俺たちはここで粘る。おそらくそれが安全な時間的猶予の限界だ」

さすがにイヴリースが新手を送り込んでくるにも、まだ時間はかかるだろう。

その間に、ギリギリまでチャレンジしておくべきことがある。

「姫。すまないがすぐ予言の間とやらに入ってはもらえませんか」

「なるほどの。天啓が二日以内に下るかどうかは賭けじゃが、今はそれしかないか」

「……わかりましたわ。トオル様のお役に立ってみせます」

ま、予言の詳細は確かに気になるけど、ダメだった時はその時だ。姫の確保は成功したんだし、一定以上の危険は冒せない。

セレスタも追跡紋章を手掛かりに、またあらためて俺のモノにしてやるさ。

それよりも残念なことは……おかげで姫の処女をいただくのが、少しの間おあずけになってしまったってことだなぁ。

ええい、この股間のたぎりをどうしてくれるんだ……って、そりゃ決まってるな。

「な、なによその視線。なんだか凄く悪い予感がするんだけど……!?」

※　※　※

雨空と夜の暗さが、天啓の塔を包む頃。

さっきのベッドに全裸で大の字になった俺に、三人の美少女が群がっていた。

「な、なんでこんな格好させるのよっ、というかなんでこんなものがあるの⁉」

「あ～きっと、予言の姫が長期滞在する時のお世話用に、用意されてたんでしょうねぇ」

「なにゆえわらわまで、かような下女の扮装を……く、屈辱じゃ」

モノトーンの可愛いらしいメイド服。それを今、三人は俺の命令で身に着けていた。

黒のブラウスと白いエプロンに、ガーターベルトつき白タイツ、どちらかというとファミレスの可愛い系制服を思わせる、フリルとリボンにあちこち彩られた可憐なデザインだ。いい趣味してるな、王家の人も。

なお周囲を取り巻くエプロンでグッと強調された胸部分は、キリカの場合たっぷりゆっさり（しかもノーブラ）だが、パルミューラはぺたんと悲しいことになっている。これが格差社会か。

「いやあ苦しゅうないぞ、みんな。さあさあ、俺にしっかりご奉仕してくれ」

「ううっ……し、しかもこんなとこ舐めさせるとか……意味わかんなひっ、れろっ、んちゅぅぅ！」

「ま、まったくじゃ、わらわを誰だと思って……んっぷぁ、れにょろぉおっ……！」

髪にヘッドドレスをつけた姫騎士と魔貴族に、左右の乳首をそれぞれ舐めさせ、女法術師には股間を優しく手コキフェラしてもらうトリプルプレイ。

胸担当の即席メイド二人が、ジト目の上目遣いで俺をにらみながらも舌先をチロチロレロレロ動かすこの光景、正直たまらない。

「っく、くはっ……思わず声出る気持ちよさだな、これ。王様気分で悪くないぞ」

「ふふっ、いつもよりカタくなってますよぉ、ご主人様のおちんちん……ちゅぶっ、じゅぶっんぷっ……じゅるぷぷっ！」

ニーナのツボを心得たねっちょりフェラはサービス精神抜群で、玉の袋をさすさす絶妙なタッチでくすぐってくれるのもまた心地いい。

「ほらほら、けなげなニーナと違って駄メイドだな、お前たちは。ご主人様からお仕置きのイタズラだ」

「やっ、んあぁん⁉　ちょ、むっ胸ぇっ、こ、このおっぱい馬鹿っ……ふぁあ⁉」

「っっひゃぁんっ⁉　ど、どこに指を入れておるっ……ひっはひぃぃんっ⁉」

左手で姫騎士メイドの柔らか乳をふにむにと揉みしだく。さすがにシスティナ姫のボリュームには負けるが、適度に弾力ある揉み心地は実に飽きない。

そして濡らした右の中指を、魔貴族メイドの後ろの穴にぬぷっと侵入させてみた。魔族は排泄とかしないらしいので、ここは少しずつ快楽専用穴に開発してやるつもりだ。

「あ～、いいなぁ二人とも……そろそろこのメイドにも熱いごほうびを、いただけませんかぁ……？」

「よしよし、じゃあ背中を向けて、俺のチンポに自分からまたがるといい」

「はっはい！　それではぁ、失礼してっ……あ、んんっあぁぁぁ……！　ご、ご主人様のおっきいのが入ってきますぅぅ……っ！」

「うお……っく、いい出迎えだニーナっ、優秀なおマ○コメイドだなっ！」

大胆に開いたメイド服の背中を向けて、可愛らしいフリルエプロンつきミニスカートが俺のものをずぶずぶと呑み込んでいく。

俺は腰をぐりぐり突き上げてニーナのまったりオマ○コを楽しみながら、パルミューラの角を軽く掴んで顔を寄せた。

「お前は後で目隠しして、ケツいじりしつけしながら大好きなワンワンスタイルで思いっきりハメ泣かせてやるからな、マゾメイドぉ……覚悟しとけよ？」

「ひっ、そ、そのような狼藉、わらわが好きなわけがっ……あ、おぉあっ……！」

狭いすぼまりをゆっくりこね回しつつ、わざと低い声で耳元にささやくと、ドM調教されつつある魔貴族駄メイドの銀髪がぶるぶるっと震え、キュッと穴が締まった。

「あ、委員長メイドさんは次どんな体位でハメられたいか自己申告してね。ちなみに言わない場合、死ぬほど恥ずかしいポーズでさせるからそのつもりで」

「えええっ!?　なっ何それ、いきなりそんなこと、言われても……っ!?」

俺に胸をもてあそばれ、命令のまま胸板に舌を這わせながら、真っ赤になって目を白黒させる姫騎士メイド。

ややあって、半泣きで消え入りそうな小声を漏らす。

「ふ……ふつうの、やつ……」

「ふつうのって何？　ああ、正常位？　なるほど元クラス委員の姫野桐華さんは正常位ラブラブセックスが好きなのか、そうかそうか覚えとこう」

「い、言ってないそんなこと！　ラブラブとか一言もっ！」

慌てた可愛い反応をスパイスに、いよいよ高まる放出欲をニーナの柔らかい下半身へばちゅんばちゅんと叩き付ける俺。

金髪セミロングを振り乱し、女法術師メイドは高い鳴き声を響かせる。

「あぁーっ、ひあっんんぁぁぁっっ!?　ごっごめんなひゃいっっ、ごしゅじんっ、さまぁぁんっ!!　ニーナも駄目なメイドれすぅぅっ、ごひゅじんさまよりっ、先にぃぃぃ!!」

「イクのかっ、俺の上で腰を振ってイクんだな、ニーナ!?　いいぞっ、自分の魔法で強化エンチャントした大量精液っ、全部搾り取って受け止めろっ……くううっ!!」

ぶびゅっどびゅるるっ!!　どぷっどくんっどくどくぅぅっっ!!

「ひゃぁあっ熱ぅぅっっ、ひゃぁああっんはぁぁぁぁんっっっ!!　きっ来てますぅぅっ、イッてるおなかの中ぁっ、ご主人様のせーえきでビチャバチャ優しく叩かれてまひゅぅぅぅっっ!!」

小動物めいた顔に似合わず欲張りなマ◯コに、どくんどくん搾り取られる甘美な膣内放出感が俺の背筋を駆け抜け、脳を甘くしびれさせる。

しかも、絶頂の叫びで部屋を満たしたのはニーナだけではない。

「んっんあぁぁっ!?　む、胸がっ……服の上から乳首ぃっ、触られてるだけなのにっ、これぇっ……あ、うっウソ、ああっひぁぁぁっ!!?」

「はぉっ、はひぃぃやぁぁぁっっ!?　わ、わらわの尻穴から熱がぁ、体中に広がってぇぇ……あ、頭が溶けるぅぅ、馬鹿になってしまうのじゃぁぁ……っ！」

レベルアップした魔隷強化スキルの影響で、俺はより自由自在に魔隷たちの感覚を同調させられるようになっている。

二人はそれぞれ尻と乳から、ニーナ譲りの小刻みな絶頂感覚を送り込まれ、共鳴増幅され……ビクンビクンとメイド服に包まれた体をわななかせた。

限界まで勃起したノーブラ乳首のコリコリ感と、食い千切らんばかりに締め付けてくる魔貴族アナル、ふたつの違った触感がそれぞれ指先に楽しい。

「さーて、パルミューラはしばらく目隠しで放置しつつ……だんだんこなれてきた姫野さんのメイドオマ〇コ、申告通りの正常位でほぐしまくってあげるからね？」

「やっ……あぁっ……い、今だめっ、少し休ませっ……んひぃぃぃあぁぁぁうっっ⁉」

姫騎士メイドをころんと押し倒し、むっちり適度に柔らかい太股のガーターベルトと、ロング白タイツに飾られた下半身に、ずぶぬぬぬっ……と強化勃起チンポの奇襲攻撃。

言葉と裏腹に、きゅんきゅん嬉しそうに迎え入れるイキたてマ〇コの感触を味わいながら、俺は姫に注ぎ込むはずだった精液をキリカにブチ込む暗い快感の予感に、ゾクゾクと背筋を震わせるのだった……。

※　※　※

すっかり雨もあがった翌朝。

外の井戸で顔を洗っていた俺に気付き、キリカが近付いてきた。

ここでの普段着代わりにしたのか、メイド服のブラウスとエプロン姿だ。黒髪が映えるモノトーン、結構似合っている。

そういえば、学園祭の出し物でちょっと似た格好してなかったっけ……と、懐かしい記憶を今さら思い出した。

「小田森くん、その……昨日のお礼を、言っておこうと思って」

「え？」

予想外の言葉が、少しうつむいた口から飛び出してきた。

「なに、正常位ラブラブセックスがそんなに気持ちよかった？」

「そ、そんなわけないでしょ！　あんなに何度もしつこく……じゃなくて！　ほら、煌剣アルカンシェルを渡してくれた時のことよ」

「ああ、あれがどうかした？」

「……あの時、小田森くんが命を張ってくれなきゃ、きっと私は勝てなかったし……姫さまも守れなかったわ。だから……ありがとう」

妙にしおらしく頭を下げるその様子に、俺は一拍遅れて噴き出してしまう。

どうやら、言う機会をずっとうかがってたらしい。

「ぷっ……変なとこで律儀だね、姫野さんって」

「ち、違うわよ。モヤモヤを抱えたくないからちゃんと言っておこうってだけ！」

わたわたと手を変に動かして、赤面しつつ慌ててるのが可愛いぞ。

「ま、あの時はああでもしなくちゃ全滅の危険もあったし、俺の後方には姫がいたからグルームも全力攻撃はためらうと計算してた。俺はいつも通り、その時々で最良の手を選択しただけだよ」

「そう……単にそれだけ、なのね」

「ん？」

「……な、なんでもないわ。ところで、姫さまのことなんだけど……本当に魔隷にはしないのね？」

複雑な感情のこもった声で、探りを入れてくるキリカ。

「ああ、少なくとも今はね。彼女は信用できると思う。何しろ、俺に惚れてるみたいだしな」

「う……や、やっぱりそうなの？　ああもう、なんでよりによってこんな……！」

「こんなとは失礼だなあ」

朝の光にきらめく黒髪を、ぶんぶんと悩ましげに振って苦悩している。

彼女がここまで混乱しているのもなかなか珍しい。

「と、とにかく。姫さまはあなたを完全に〝世界を救う〟者として見てるみたいだわ。だから……なるべく姫さまの期待を、裏切らないでほしいの」

「へえ、君が俺に頼み事なんてね」

茶化さないで、と俺をまっすぐ見る黒い瞳は、いつになく真剣だった。

「姫さまはね……あまり表には出さないけど、予言の姫というご自分の立場を常に第一に考えて、いわば自身の幸せはずっとあきらめてこられた方なの」

友であり、主君である人のことを、憧れとわずかな寂しさを含んだ声でキリカは語る。

「あんなに嬉しそうな姫さま、初めて見た……もし、あなたと共にいて、あなたの助けになることが彼女の幸せなら……私はそれを、できる限り助けてあげたいのよ」

「なるほどね。だから俺に、理想の王子様を演じろと？」

「そこまでは言わないけど……あんまりできるとも思えないし」

またさりげなく俺をディスりながら、キリカは今までに見たことないほど複雑な表情で視線を泳がせていた。

まあ、嫌っている俺と大切な友人との仲を、いわば後押しする立場になったんだから当然か。

「まあ、言いたいことはわかったよ。つまり正常位ラブラブセックスで姫さまを大事に愛してやればいいんだな」

「だ、だからなんですぐそっち向きの発想なのよ⁉　あとどこまでそれ引っ張るのよ！」

「でもってそのぶん、はしたない変態的プレイは姫野さんにしまくっていいってことだね？」

「う……ど、どうせ嫌って言ってもするじゃない……っ」

ま、姫さまに色々ろくでもないこと教え込むのも、やめる気はないけどな。

なにやら心中穏やかじゃなさそうなキリカの反応を見て、俺は今後また楽しみが増えそうだと、内心ほくそ笑むのだった。

※　※　※

女騎士セレスタは、馬を全速力で駆りながらひとつの名前を繰り返していた。

鞍に当たった股関節から、ズキズキとにぶい痛みが走る。

「トオル、魔隷術師トオル……ッ！　許さないッ、絶対に……！」

キリカを、そして自分を捕らえ辱めた、仮面の卑劣漢。

元大神官グルームを〝害し〟、システィナ姫を〝奪い連れ去った〟大悪人の名。

だが、なぜ自分は一人で王都に向かっているのか。

さらになぜ、姫の安否をその目で確かめようとはしなかったのか。

あるいはなぜ、身を縛るロープが〝外からの力で〟切られていたのか。

そしてなぜ、それらに奇妙な違和感を抱くたび、グルームに関する〝何か重要な事実〟を思い出そうとするたび、謎の頭痛で思考が中断されるのか。

「くっ……必ずや兵を率いて舞い戻り、どこまでも奴を追い詰め、この私がッ！　〝深紅の薔薇〟の誇りにかけて、姫をこの手に取り戻してみせるッ！」

セレスタは気付かない。記憶を改ざんし、暗示を植え付けている〝存在〟のことを。

馬上で風になびく亜麻色のポニーテール、その下の白いうなじに刻まれた、ドス黒い異様な刻印の存在を。

それは元大神官が首に提げていた、ルメイン神の聖印を上下反転させたような奇妙な形をして……

……かすかにドクン、ドクンと脈動していた。

※　※　※

その日のうちに。

予想外に早く、予言は降りてくることになる……誰も予想だにしていなかった、新たなビジョンが。

ステータス

【ランバディア第三王女システィナ姫】

ジョブ：予言の姫ＬＶ13

スキル：予言夢ＬＶ13／高貴なる覚悟ＬＶ1

19話：魔宮の公女と、破天の予言

魔界と呼ばれる広大な次元界の一角に、業炎砂海《ごうえんさかい》という果てしなき燃える砂の海があった。

数千年の昔に健在だった頃の〝魔王〟が、愚かにも反逆を企てた大魔貴族を領土ごと焼き尽くした名残が、今なおこの地を燃やし続けているのだ。

生半可な炎耐性の乗用魔界獣では、踏み込んで十歩といかず骨まで焼かれる熱砂地獄。

そんな人外魔境の中心に、八冥家イヴリースの居城はある。

濃い血の色をした荒削りの魔宝石で組み上げられたまがまがしい魔城は、熱された上昇気流によって常にゆらめいていることから〝陽炎魔宮《ヘイズ・キャッスル》〟の異名を持つ。

『――〝予言の姫〟につけていた魔騎士からの報が、途絶えた――だと』

床も壁もすべてにぶい血の色に輝く広間。

中心に滞空する直径３ｍほどの真紅の球体が、声ではなく威圧的な精神波を放った。

高濃度魔力養液に満ちたその内部には、長い髪をゆらめかせた人影が……この城の主イヴリースの姿がおぼろげに見てとれる。

『かの者には――次元断層魔甲《ディスロケートアーマー》を与えていたはずだな？』

「は。人間はもちろん生半可な第四位階クラスなどでは、あれを破ることはできますまい……我が輩の十二魔剣ならば、また別ですがな」

執事服のような黒い礼服に身を包んだ、獅子の頭部を持つ巨漢が進み出て優雅に一礼した。その背後には、さまざまな形状をした十二本の剣が、切っ先を下に向け浮遊している。

剣魔卿《けんまきょう》シュトラール。

イヴリースが八冥家入りする以前からの忠臣で、無数の魔剣を駆使した豪快な戦闘スタイルは一騎当千と恐れられる魔貴族の猛将だ。

「解せぬのは、加えてきゃつには〝憑依再生術式〟も埋め込んでおるということですな。万一肉体が破壊されようと、新たな〝器〟に宿って任務を継続するはず……」

何重もの保険は、すべて〝予言の姫〟を確実に、そして密かに手中とするため。

その予言の詳細を知ることはイヴリース陣営にとって重要事であり、他の八冥家どころか三大公にさえ決して気付かれるわけにはいかなかった。

「……あー、それ多分、こういうことだと思いますよ」

場に似つかわしくない、どこか気の抜けたくぐもった声。白いローブに身を包んだ細い人影が柱の陰から進み出た。

そのフードの下は、鏡のように磨き上げられた銀色の仮面にすっぽりと覆われている。

「予想外の戦力によって討たれた彼は、緊急事態で器を選んでる余裕もなく、運悪く魔法抵抗を持つ人間に不完全憑依するのが精一杯だった……そんなとこでしょう」

「クルス……殿。確かに、それならば辻褄は合いまするが」

体格も発する魔力も、一見ただの人間と変わらないその新参者に、剣魔卿はわずかな不信の視線を向けた。

　事実、この男（？）が魔族ではなく人間だという噂は絶えなかったが、イヴリースに重用されているという事実がそれ以上の追及を古株の臣下たちにも許さなかった。

『クルスよ――ならばいかなる手を打つ？』

「それなんですが、面白い噂がちょうど飛び込んできました。予言の姫が、邪悪な術師にかどわかされ行方不明になった……しかもそれが、魔隷術師だっていうんです」

「なんと、魔隷術師⁉　予言にて復活が暗示されたという伝説の……！」

「ランバディア王都はもう大騒ぎで、慌てて捜索の手を広げてるとか。魔騎士を討ったのも、魔隷術師の戦力って考えられませんか？　伝説通りなら、それこそ上位魔族でもそいつは従えられるんですからね」

「むむう……！」

『魔隷術師――パルミューラめが、かの伝承を探っておったな』

　ふと思い出したように、球体内の存在が仇敵の名を口にした。

「ああ、我らを恨んでる魔貴族の。そういえば彼女がつい最近、人間界への門を開いたって噂もありましたね。この件に関わってないとも言い切れませんね、こりゃ」

　さっきのといい、こいつはどこからそんな情報を集めてくるのだ……と、シュトラールの獅子頭が怪訝そうに銀の仮面を見つめる。

「いかがでしょうイヴリース様、自分に一任してもらえれば、予言の姫は回収してみせますよ。前任の魔騎士はまあ、もう死んだものとあきらめて」

「貴様ッ！　きゃつの命を賭した忠勤を愚弄するかッ!?」

数十年かけて任務に身を捧げた部下《グルーム》への侮辱に、剣魔卿が怒声を放った。十二本の魔剣が、クルスを囲み切っ先を一斉に向ける。

だが、クルスはまるで動じない。そして一触即発のその状況に――。

「お姉様！　イヴリースお姉様ぁ！」

さらに場違いな甘い声が、張り詰めた空気をぶち壊しにした。

魔宮広間の空中から降り立ったのは、どこか和服に似た振り袖状の着物をまとった、人間なら15歳程度に見える一見可憐な少女。

八方に広がるストレートロングの髪は紫がかった青、いたずらっぽい大きな琥珀の瞳、牙のようにのぞく八重歯。額には赤の魔紋。

黒地に金の装飾が美しい着物は首周りから背中まで、雪のような細い肩や鎖骨が大胆に露出するほど大きく開いており、肩胛骨から生えたコウモリのような翼がぱたぱた羽ばたいている。

『フラミアか――』

そう呼ばれた魔族少女は球体にぺたんと抱きつき、すりすりと柔らかそうな頬を密着させてにへにへ笑った。

「う、妹君……いつ領内の討伐任務からお戻りで？」

「ついさっきよ？　ギガンティックヒドラたった二匹潰すくらい、簡単すぎてつまんなかったわ」

イヴリースの実妹であり、その苛烈さから〝狂公女《マッドプリンセス》〟と恐れられるフラミア。

姉譲りの絶大な魔力を持つが、協調性皆無で姉以外の言うことを聞かないのが欠点で、もっともイレギュラーな単体戦力として扱われている。

「それより今、パルミューラって言ったよね？　お姉様に負けたくせに生意気なあいつの名前。あいつをイジめられる作戦なら、あたしも人間界に行きたいなぁ！」

まずい相手にまずいことを聞かれたといった感じの渋面を作るシュトラール、構わず空中をぴょんぴょん跳ねながら球体の中に話しかける和装の少女魔族。

「あーすみませんが、予言の姫に関わる件は極秘作戦なんですよねぇ。フラミアさまに人間界で暴れられちゃうと、ちょっと困ったことに……」

姉との会話を邪魔した仮面の人物に、露骨に不機嫌そうな瞳が向けられた。

「ふ～ん、あんたが新参のクルスだっけ？　態度でかくない？　お姉様に気に入られていい気になってると……ブッ潰しちゃうよ？　こんなふう、にっ！」

八重歯をむき出し、細い指をパチンとはじく。

とたんに広間に立つ柱の一本が、見えない巨人の手で握り潰されたがごとくグシャリと、ねじられたボロ雑巾のように〝圧壊〟した。

「おっと……怖いですねえ」

「ダメって言ってももう行くって決めたからね？　お姉様のジャマする奴らは、あたしがぜぇんぶプチプチ潰してきてあげるんだから」

鈴を転がすような声で恐ろしい内容を一方的にまくし立てると、着物からのぞく細い素足をぶらぶら空中で泳がせながら、広間から飛んでいってしまった。

「やれやれ……妹君にも困ったものでございますな」

「ま、あれはあれでカモフラージュになるかもしれません。こっちはこっちで予言の姫を、その予言を手中にするための手を打つことにしますよ、イヴリース様」

またしても不遜な発言、だがイヴリースの沈黙はクルスのその物言いを、その計画を容認していることを物語っていた。

『よい、やってみせよ——すべては〝破天の骸《むくろ》〟を、我がものとするために』

※　※　※

「破天の……骸?」

新たに降りてきたビジョンに現れたという、聞き慣れない単語。

予言の間から出てきたシスティナ姫は、いくぶん青ざめた表情でこくりと頷いた。

「それが、世界を大いなる危機に陥れるモノ……はっきりと予言はそう示しました」

ぶるりと身を震わせる姫。

大いなる危機、ねぇ。ずいぶんと雲を掴むような話だな。

俺が、魔隷術師が〝世界を救う〟ってのはそれに対してなのだろうか?

「パルちゃん、魔界的な意味で心当たりとかあります?」

「聞いたこともないのう。物体なのか、それとも別の何かなのか……」

わかっちゃいたが、予言ってやつはずいぶんと抽象的で困る。

ヘルプとかFAQとかでちゃんとフォローしてほしいもんだ、姫の手前口には出さないが。

「ですが幸い、その手掛かりがどこにあるかというビジョンは得られました。……シェイヨル大森林、ですわ」

「シェイヨル大森林？」

「ランバディアの南西に広がる、巨大な樹海よ。エルフたちが数多く住むことで有名だわ」

「あ、そこってシエラちゃんの故郷ですよ、確か！」

なるほど、合流したら詳しい話を聞けそうだ。

拠点の洞窟には、王都調査組もそろそろ帰還してる頃だろう。

「他には具体的なことはまだわからないんですね、姫さま」

「ええキリカ、残念ながら……ただ予言のビジョンに現れた場所に近付けば、より鮮明な予言夢を見やすくなると、王家の口伝は伝えていますわ」

つまり、姫をシェイヨル大森林に連れていけばいいわけか。

追っ手を避ける意味でもどのみち一旦、この国から離れた方がよさそうだしな。

「よし、ならここを発って拠点に戻ってから、大森林を目指そう」

「ありがとうございます、トオル様。曖昧な予言に付き合ってくださって……」

「なあに、俺は今まで通り生きたいように生きるだけですよ、姫。新たな土地に行くのも面白そうだ」

新しい場所、イコール新しい出会い。

シエラもだけど、エルフは美人が多いって話だし……。

「また変なこと考えてない、小田森くん？」

「いや全然？」

キリカの視線をいなしつつ、さっそく出発の準備をしようとしたその矢先。

「あ、あの……できればの話なのですが、お願いがありますの、トオル様」

「ん？」

たっぷりとボリュームに満ちた純白ドレスの胸元で、薄い長手袋の手を握り合わせ。

姫は目を伏せ赤面し、消え入りそうな声で、言葉を継いだ。

「その……出発する、その前に。わたくしを、抱いてはいただけませんでしょうか……！」

隣でキリカが、絶句するのがわかった。

20話：俺と姫と、繋がりの時

広大な塔一階部分の反対側から、強化魔法で応急修理された扉を見つめる黒い瞳。

これだけ離れれば、声が聞こえることもないはず……と考えて、自分の想像した内容にキリカは赤面した。

姫の驚くべき提案によって、再び部屋の外で待つことになった魔隷たち三人。

今度は近付くなという命令は出されていないが、状況が状況なので逆に接近しづらい。

あの中で今頃、トオルと姫が――。

「やっぱり中のお二人が、気になっちゃいます？」

「わ、私はただ……姫さまが、あんなこと自分から言い出すのに少しびっくりして……」

「まあ確かに。でも、やっと会えた好きな人に全部捧げたいって考えは、乙女としてあんまり変なことでもないと思いますよ」

「そう……なのかな。私、そういうことよくわからなくて」

仏頂面で悩むキリカに、くすっと笑うニーナ。

「あと、予言の間から出てきてからのお姫さま、すごく不安そうな顔してましたし。予言のビジョンが、怖かったんじゃないですかね？　ご主人様に抱かれて安心したかったのかもです」

そう言われて、姫騎士はハッとしたような表情になる。

「私……気付いてあげられなかった。戸惑いで頭がいっぱいで……ダメね。騎士失格、ううん、姫さまの友人失格、かも」

いよいよ沈んでいくキリカの頬を、むにっと女法術師が左右に引っ張った。

「んにゃっ……ふぁっ⁉　ちょ、何するのニーナ⁉」

「ダメですよ、変な落ち込みスパイラルに入っちゃ。そこにつけこむご主人様はホントHでしょうがない人だな～って、いつもみたいに怒ってる方がキリカさんらしいです」

「あ…………」

自分を励ましてくれたのだと気付き、キリカの表情が少し和らいだ。

「そうね、ありがとうニーナ……ちょっと出てくるわ。ここにいると、また変なこと考えちゃいそう」

「うん、それがいいと思います」

ニーナに礼を言って別れ、塔の外に足を運ぶ。

雨上がりの湿った赤い地面を見ながら、ふとキリカは想いを馳せた。

(自分は、姫さまのこと、本当は全然理解してあげられてなかったのかもしれない)

予言の姫としての重圧も、不安も……その考えは、キリカの胸をちくりと刺した。

どうにも自分は、いつもそうだ。

クラス委員の優等生。友達は多かったし、教師受けもよかった。

でも、表面的な当たり障りのない付き合いは多くても、深く心を許した相手がいたかといえば…

……。

(だから小田森くんのことも……わかってあげられなかった、のかな)

自分の気持ちは、姫野さんにはわからないよ――と、再会した彼は皮肉げに笑って言った。

今でもわからない。彼の傍若無人な振る舞いが、考えてることが。

自分には決して真似できない自由な生き方が。

(でも……じゃあ、姫さまなら?)

システィナ姫なら、小田森トオルの理解者になれるのだろうか?

二人は気が合ってるように見える。

型破りで大胆な思考法が、似ているとも思える。

姫は彼を好いているし、彼もまんざらじゃなさそうだった。

それに姫の存在によって、彼はひとまず〝世界を救う〟者としての期待に応える行動を、してみる気になったようだった。

もし本当にそれが続くなら、願ったり叶ったりだ……なのに。

(じゃあなんで、私は……こんなに、苛立ってるんだろう……?)

決して許さないと言った男に、大切な友人であり主君である人を奪われるのが嫌なのか……それとも。

胸に渦巻く感情の正体は、まだわかりそうになかった。

※　※　※

「と、トオル様……そんなに見つめられると、恥ずかしいですわ……！」

ベッドに横たわる妖精のような裸身が、俺の目の前にすべてをさらけ出していた。

姫が身に着けているのは、数え切れないほどのレースに彩られた白の長手袋とオーバーニータイツ、上品なデザインのガーターベルト、そしてティアラだけ。

「これくらい当然ですよ、姫？　だってこれから俺たちは、もっと恥ずかしいことをするんだから」

その言葉に赤面しつつ、右腕でゆっさり大きなロケット美巨乳を、左手でもっとも恥ずかしい場所を必死に隠そうとするシスティナ姫。

俺の言いつけで、ブラジャーもショーツも取り払われているのだ。

「さあ、女の一番大事なところを隠さず俺に見せるんだ……システィナ」

「あ、ああっ……は、はいぃ……」

わざと呼び捨てにすると、姫はビクッと体を震わせ、少しずつ息を荒らげながら従っていく。

おずおずと細い指がどけられ、露わになった股間部分。

髪と同じ輝くプラチナブロンドに彩られたピンク色のそこは、緊張と興奮でうっすら濡れ光っていた。

庶民には絶対に拝むことのかなわない聖域が、いま俺のためだけに……！

「きれいですよ、さすが姫のオマ〇コ。ぴったり閉じてて高貴な雰囲気だ」

「わ、わたくし男の方に、トオル様に一番恥ずかしいところを、見られてしまってますのねっ……

あっっ、ひぁぁっ⁉」

すでに裸の俺は、うっすら桃色に上気した無防備な姿に覆い被さり、中指と薬指でふるふる揺れる割れ目をなぞり始めた。

そこは驚くほどすぐにほぐれ、クチュクチュと水音が大きくなっていく。

「初めてなのに濡れやすいんですね、姫は」

「じ、実は昨日っ……トオル様に胸を可愛がっていただいた時からずっと、ここが熱くなって……よ、予言の間に入る時にもなかなか心が落ち着かなく……んぁぁっ⁉」

目元と口元を手で隠そうとしながら、はしたない告白をするお姫様。

俺に手や胸で奉仕し、精液でこってりマーキングされた体験は、ウブな彼女にさぞ大きな衝撃を刻んだのだろう。

「それは悪いことをしたなぁ、ずっと姫をおあずけにさせちゃってたわけだ。じゃあ、そのぶん思いっきり……」

「えっ、ゆ、指がっ、トオル様のゆびがぁ、おっ奥までっ……あっあぁあっ、ひゃぁぁあ……っ⁉」

狭くて柔らかい、これまで誰の侵入も許さなかった高貴な穴を優しくまさぐる。

きめ細かで呼吸するみたいに収縮する感触は名器を予感させて、挿入する時の期待が高まる。

「たっぷり濡らしてからいよいよ、俺のものを迎え入れてもらいますからね、姫」

「ひぅぅっ、はっはいっ！　トオル様の大きなチンポ様を、少し怖いですが精一杯お迎えさせていただきますわぁ……っ！」

たっぷり指を濡らした王家の愛液を、ガチガチに反り返ったチンポに塗りつける。

両脚を掴んで開き、うっすら入り口を開いてヒクつく無垢な穴に亀頭を押しつけると、高貴なる処女をついに破る予感に俺の背筋はゾクゾク震えた。

「よし、さっき教えた通り、俺にどうされたいのかをその口ではっきり言うんだ、システィナ姫っ……！」

「わ……わたくしランバディア第三王女システィナはっ、憧れのトオル様にずっと守り通した純潔を、はしたなくも荒々しく散らされたく思っておりますぅぅ……っ！」

羞恥と期待の涙を蒼い瞳に浮かべ、真っ赤な顔で死ぬほど恥ずかしい告白を口にする従順プリンセス。

「わ、わたくしの処女を、あなた様のおチンポ様でどうかぁっ、く……食い散らかしてくださいませぇぇ……っひゃぁぁぁうぅぅぅんっっ……ぁぁああっっ!!?」

ずぬぬにゅるるぅぅっっ……ぴちちっ、ぷちっぢゅちちっ……にゅるぐんっっ!!

「あっあっあぁぁぁんっっはぁぁぁ!!? は、入ってしまいましっ、たぁぁ……！」

十指でシーツをぎゅっと掴み、軽くウェーブしたプラチナブロンドの毛先から、白タイツの爪先まで全身をビクビク震わせて。

喪失の痛みと胎内を満たされる圧迫感に、第三王女は高い鳴き声をあげた。

「くぅぅ……！　ああ入れたよっ、システィナの処女、今俺が奪ったぞっ！」

予言の姫の純潔を示す血が、結合部からシーツを薄紅に染めていく。

最高級のメスをものにするオスとしての圧倒的勝利感に、バチバチと脳に火花が走る。

「んぁ、あはぅぅっ……！　いっ痛ぁぁ……ふぁ、ひぃんんぅぅぅ……んぅっ！」

「痛いですか？　しばらく動かずにいようか、姫？」

念願の達成感で暴発しそうになるのを堪えながら、俺にしてはずいぶんと優しいことだな、と内心苦笑する。

完全に自分の意志で俺を迎え入れる相手との初体験に、俺自身少し戸惑っているのかもしれない。

「あ、はぅぅ……お、お気遣いありがとうございます、わっ……！　で、でも痛みより、ひとつになれたことの嬉しさがっ、大きくてっ……！」

涙をこぼしながらも、けなげに微笑む姫が愛おしい。

「って、うぉ……っ⁉　姫の中っ、俺のをキュンキュンってひとりでに締めてきてますよ！」

「ええっ⁉　そ、そんな、本当ですの……っ？」

みっちり詰まった俺自身を、初めてなのに甘くラブ締めしてくるロイヤルプリンセスマ○コ。

高貴で上品な体の一部とは思えないほど、貪欲なメスのアプローチだ。

「そ、それはきっと……と、トオル様のものになれたのが……女にしていただけたのが、う……嬉しくてっ……反応してしまってるのだと、思いますぅぅ……！」

細い胴体の外側にやや傾いた爆乳をふるふるさせながら、消え入るような声でそんなことを言われては、ガマンも前言撤回だ。

「っく、ごめん姫！　やっぱり動く……よっ！」

「ひゃぁっっんんんっ⁉　きゅっ急にぃいっ⁉　トオル様のがっ、中を揺らしてっ……あっふぁぁ、ひぁぁんっはうぅっっ⁉」

にゅぐっ……にゅぐぅんっ、と狭い処女穴を少しずつこなれさせていくフル勃起チンポ。

初めはゆっくり、だんだん大胆に……汚れなき秘所に、快楽という悪い遊びを俺の思うがまま教え込む征服感。

「どこが気持ちいいか、二人でたくさん見つけていきましょうね、姫っ……ほら、ここなんかどうですかっ！」

「ぁあっはぁ⁉　い、入り口の近くをそんなっ何度もぉぉ……だっダメですそれぇっ、こえっ、声抑えられなくなってしまっ……ひゃうぅぅあぁぁあっっ⁉」

「姫の『ダメ』は『もっと』って意味ですよね？　ここですか、ほらほらぁ⁉」

可愛いおヘソの下あたりに手のひらを当てて軽く押さえつつ撫で回しながら、中から上の壁を突き上げるように亀頭でコネ回す。

開発されつつある性感帯に、姫は巨爆乳をたぷんたぷん揺らしてあえぎ、目と耳を楽しませてくれる。

「と、トオル様っ……む、胸もっ、前のようにいじってっ……はひぃぃんっっ‼　そっそれです！　先っぽほじくられるのたまりませんわぁぁっ‼」

乳肉をわしづかみ、陥没乳首に人差し指の先を潜り込ませてほじりまくる。

その動きをチンポのストロークと連動させてやると、姫の反応はさらに高まった。

「初セックスでこんなに乱れちゃって、清楚な顔に似合わずエッチなお姫様だなっ、システィナは！　そんなに俺にこうされたかったのか!?」

「はっ、ひゃいぃっ!!　ごめんなさいぃっ、初めてなのにっ、恥知らずな女でっ申し訳ありませんっっ……げ、幻滅しないでくださいませぇ……！」

「嫌いになんかなるわけないだろっ、こんなに可愛い俺の姫をっ！」

「う、嬉しいですっ……わたくしは今ぁっ、しっ幸せをっ！　憧れの殿方に抱かれて女にされる幸せをぉっ、おなかで感じておりますのぉおっっ!!」

王族として……それも予言の姫として立場を縛られ、自分を律してきただろう彼女の、おそらく今までにない解放の瞬間。

それをずっと夢で憧れてきた俺に、一人の女として扱われることでやっと得たのだろう。

そう考えると、さらなる征服感と愛しい気持ちがわき上がってくる。

「俺に抱かれて幸せか姫っ！　俺に貫かれるの夢見て、待ちきれなかったマ〇コぐちょぐちょにえぐられて嬉しいんだなっ、システィナっ!?」

「そっそうですぅっ！　こんなっ幸せっっ、いっ一生得られないかとっ、思っておりましたからぁあっ……ひぁっひゃうぅぅっっ、そっそんな奥までぇぇっっ!!?」

より深く強く、未開拓の高貴な処女地をヌコヌコと押し開くチンポの快感。

高まる腰のグラインドに合わせ、ティアラの載ったプラチナブロンドを振り乱し、大ボリュームの乳肉を波打たせて、美しい汗に濡れた裸体が跳ねる。

「システィナ姫っ、お前はずっと俺のものだっ！　その身を俺に捧げてっ、予言の姫なんかじゃない、俺だけの女になれっ！」

「なるっ、なりますぅぅっ!!　はしたないシスティナをぉぉっ、トオル様の女として末永くしつけてくださいませぇぇっ、ふぁぁっはぁぁんっっっ!!」

いつしかズグチュッヂュヌチュッと激しさを増す愛液の音は、激しいチンポピストンをすっかり快感として受け入れていることの証明だ。

高貴な心も清楚な体も、俺に溶かされとろかされ、女の悦びを刻まれていくシスティナ姫。

さっきからビクビクと小刻みに痙攣する膣内が、無数の軽い絶頂を繰り返していることをチンポに伝えていた。

「よぉぉしいいぞ、もっとイけっシスティナ！　快感に身を任せるんだ、俺のチンポで処女マ○コをイカされろッ!!」

「は、はいっ……！　連れていって、くださいましっ……トオル様のたくましいチンポ様で、わたくしを知らない場所にぃぃ……はぅぅ!?　そ、そんなこれ以上深くぅぅっっ!!?」

白い花びらのようなガーターベルトで飾られた細い腰を、両手で掴んで思いっきり引き寄せ、限界まで張り詰めたチンポを最奥まで突き入れる。

ぐぐっ……と射精を待ちわび下に降りてきた子宮口が、亀頭の先端にコツンと当たった時、姫の背筋が弓のようにのけぞった。

「こっこれぇぇっ!?　お、大きいのがぁっ……来るっ来ます、キてしまいますわたくしっ、んぁぁぁあっはぁっあっああっっあっ!!?」

「うおッ、搾られっ……だ、出すぞ姫ッ！　中に、子宮にっ！　俺の子種っ、遺伝子をブチ込んでやるからなッッ、くぅぅぅぅあっっっ!!」

「ええ下さい、いっぱい下さいぃぃいっ!!　システィナの大事なところっ、全部捧げますからぁぁっ!!　あ、あなた様の色に染め上げてくださいませぇぇぇっっ!!」

あまりの快感に腰が、脳が、チンポが溶ける。溶けて姫と混ざり合う。

その扱いが一国の政治をも左右する、庶民の子種が立ち入るなど許されない大切な大切な王室子供部屋に……俺はグツグツ煮えたぎった濃厚ミルクを爆射した！

ぶびゅうぅぅっ……どびゅるるるぷぷっっ!!　どぶっどぷどくんっっ!!

びゅくんっ、んびゅっ！　ごびゅぅぅ……びゅば、びゅろろっ！

「え、あっあぁあっ……んぁぁあっっはぁぁぁぁっっっ!!?　これっ、これがトオル様のっ……はひゃぁぁぁあんんんっっ!!　ふぁぁあ、あ、ああ、あ……っっ!!」

「くぅぅぅっっ……うぉ、凄っ……凄いぞ姫っ、この放出感っ……く、くはっ！」

俺の背中に爪を立てるほどしがみつき、同時絶頂の圧倒的快感にわななくシスティナ姫。

くわえ込んだチンポを、ロイヤルマ○コの高貴なヒダヒダが全方位からけなげに締め付けて、最後の一滴まではしたなく搾ってくる。

「ああっ、ふぁ、ぁ……と、トオル、様ぁぁ……！　く、口付けを……キスを、してくださいませんかぁ……！」

「いいよ、いくらでも……」

余韻にびくびくと震える宝石のような体をぎゅっと抱き返し、俺はプラチナブロンドを撫でながら、桜色の唇にそっと自分を重ねた。

誰かに心の底から自分を求められるってのは、悪くないもんだな……。

キリカが言ってたように、姫の待ち望んだ男としてしばらく付き合ってやるのも、いいかもしれない……俺はふとそう思った。

「ああ……トオル、様……お慕いして、おりますぅ……」

甘くとろけるキスの味。上と下、体の二箇所で繋がる感覚が、激しい波の過ぎ去った俺たちの体をふんわりと包む。

そして……その時。

「……………え？」

俺の意識が……唐突に白く染まっていく。

姫の体温が、匂いが、息づかいが、部屋が、すべてが急速に遠ざかっていくような錯覚。

まるで魂が体から離れ、どこまでも昇っていくような……！

※　※　※

唐突に、俺の意識は再び形をとった。

いつの間にか服を着て、安っぽい椅子に腰かけている自分に気付く。

「はい、次の方……おや。お久しぶりですね」

書類が乱雑に積まれた、オフィスによくあるデスクの向こうで。
東洋人にも西洋人にも見える、ねずみ色スーツの眼鏡男が……事務的にそう告げた。

21話：管理者と、新たな道

「あんたは……確か、〝管理者〟」

忘れるはずもない。

修学旅行のバス事故で死んだ俺が、この世界に転生する経緯の説明をしてくれた、神さま（のような存在）の端末とやら。

「おや、覚えておいでで。〝ここ〟での記憶が薄れない人って珍しいんですけどね、まあいいや」

おいおいおい、ちょっと待て。なぜ、俺が再び、今ここに？　混乱と疑問が駆け巡る。

まさか姫とのHで腹上死……いやいやさすがにそれは。

それともまさか、魔隷術師のジョブはやっぱり手違いだったんで剥奪するとか言われるんじゃ……

…冗談じゃないぞ、おい!?

「えーと、なんか勘違いしてるかもですが。あなたの魔隷術師レベルがこのたび、規定のレベルに達したので……〝補足説明〟のためお呼びしたんです」

レベルアップの……補足説明？

「はい、珍しいケースなんですが、特殊なジョブにはまれにそういうことがあります。あ、ちなみに元の世界での時間は今、１秒も進んでませんのでご安心を」

それなら最初から説明してくれれば……と思いつつ、ひとまず胸を撫で下ろす俺。

だが落ち着いた結果、別の大きな疑問にぶち当たった。

「待ってくれ、それは変だ。俺のレベルが、このタイミングでなんでいきなり上がる？」

俺は別に、システィナ姫に隷属魔法を使ったわけじゃない。辻褄が合わない。

「順番にご説明しましょう。まずレベルアップの原因となった大量のボーナス経験値は、あなたが【姫騎士】【魔貴族】【予言の姫】、計三つのレアジョブを支配することに成功した結果です」

キリカ、パルミューラ、システィナ姫。

確かに前者の二人を隷属させた時は、膨大な経験が得られた。

それが一定数に達すると、さらにケタ違いのボーナスが入るのか……スタンプラリーとかゲームの実績ボーナスみたいなもんか。

「なるほど、それは理解した。でもなんで隷属魔法を使ってない、予言の姫がその対象に？」

「簡単なことです。その人物があなたに心服、依存……あるいは命を捧げ、忠誠を誓ったのでしょう。スキルを使ったか否かにかかわらず、〝支配した〟という結果が現実になれば、それは魔隷術師の糧になるんですね」

確かに、姫は俺のものとなった。本人が心の底からそう宣言した。

ある意味魔法で隷属させるより困難なその結果が、多大な実績として加算されたってことか。

「あらゆる手段で他者を支配する。それが魔隷術師というジョブの本質ですからね」

「なるほど……そういうことは先に教えてほしかったな」

「申し訳ありません、説明は最小限にという決まりなもので……」

相変わらず、超越的領域のくせにどこまでもお役所仕事だった。

「じゃあ、これは聞いてもいいのか？　……今後、俺がまた一定人数のレアジョブ持ちを隷属魔法、ないし他の手段で〝モノにした〟ら、その時も大幅なレベルアップが望めると？」

「ええ、そう考えていただいて結構です」

初ボーナスが三人目ってことは、次は五人目達成時とかか？

具体的な数字までは教えてくれないようだが、ともあれこれは重要な情報だ。

レアジョブ持ちを優先的にゲットすることが、二重の意味で戦力の大幅増強に直結する。

「では最後に、今回のレベルアップに伴って得られる特典をご説明します」

「おお、そんなものまであるんだ」

それにしてもいちいち、ジョブといいスキルといい、ゲームみたいなロジックで動いてる世界だなあ。

まあ元の地球も、ひょっとしたら当時の俺たちが知覚できてなかっただけで変なシステムに支配されてたのかもしれないけど。

「あなたはご自身のジョブを今後、以下のいずれかの方向に重点特化することができます」
・【支配の道】：同時に隷属可能な人数や、隷属魔法の支配力そのものを重点的に伸ばす。
・【強化の道】：隷属させた者の能力強化、魔力の伝達や共有の最大値を重点的に伸ばす。
目の前に出されたペラ紙に、そのふたつが書かれていた。

これは要するに、上級職や特化スタイルの決定ってやつだろうか。

「支配の道と、強化の道……」

支配の道なら、これまでのスキルレベルに等しい数以内よりも多くの魔隷を従えられるようになり、隷属魔法をかけたり解除したりする速度もアップ、魔法抵抗も貫通しやすくなるらしい。

強化の道なら、周囲の魔隷たちをさらに大幅パワーアップさせられるようになり、新たな潜在能力を引き出す、コンディションを操作するといった能力もしだいに強化されていくとのこと。

おおざっぱに言って、魔隷の量と質、どちらを重視するかということでもある。

もちろん、選ばなかった要素が今後まったく伸びないわけではなく、あくまでどっちを重視するかってことみたいだ。

一長一短、なんとも悩ましいこの選択肢。

「まあ、ごゆっくり選んでくださいな。それが済んだら、元の時空に魂をお戻ししますので」

「そうだな……俺は……」

※　※　※

「……それで、結局【強化の道】を選んだってわけ?」

天啓の塔を離れ、拠点の洞窟に続く道。

ニーナが操る馬車に揺られながら、隣席のキリカが俺に確認してくる。

「ああ、だいぶ悩んだんだけどね」

ちなみに彼女は〝管理者〟のことはまるで覚えておらず、説明に時間を要した。やはり覚えてる俺が特別なのか?

「ふうん……その理由、聞いていいかしら？」

向かいの席では、色んな意味で疲れたらしい姫が、すぅすぅと可愛い寝息を立てて眠っている。

パルミューラまでがその体にもたれかかってすぴすぴ寝ているのが牧歌的というかなんというか……あいつ、魔力の無駄遣いでもしてたんじゃないだろうな。

白と黒の対照的なドレスに身を包む二人だが、並んで見ると胸の格差すごいな。

「理由はいくつかあるけど……まず、今後想定されるイヴリース陣営との戦いには、ムダに頭数を増やしても意味が薄い可能性が高い」

もしまた次元断層魔甲や類似の手段を持ち出されたら、烏合の衆がいくらいても肉壁くらいにしかならない。

幸い、それを破れる煌剣アルカンシェル持ちのキリカをはじめ、優秀な戦力はすでに充実しつつある。強化の道なら、パルミューラ本来の実力もより早く発揮させられるようになるはずだ。

もちろん、支配力を高めることで強大な敵戦力を寝返らせることも重要だが、次元断層のような手段に対してはどのみち無意味に近いし、強敵めがけ俺が突っ込むような戦法は前提にすべきものじゃない。

「あなたはあくまで……八冥家の大魔族と、戦うつもりなのね」

「イヴリースが〝破天の骸〟とやらのために姫を狙ってる以上、必ず激突するだろうからな。そして俺には、システィナ姫を手放すって選択肢はない」

それは他の魔隷たちも同じことだ。

奪われる、殺される……誰一人そんなことさせはしない。すべて俺のものだからだ。

だから、皆にはもっと強くなってもらう必要がある。そのための力は、必要だ。

「相変わらずの独占欲ね、小田森くんは」

「男ってそういうもんだと思うよ？　ま、もちろんスキルレベルアップで魔隷の枠自体に余裕はできたし、今の支配力でも魔貴族クラスくらいなら隷属は十分可能ってのもあるしね」

「これからも、魔隷を増やす気満々ってわけね……」

ため息をつくキリカに、俺は満面の笑みでもちろん、と頷いた。

「ただ少なくとも今は、姫野さんが俺の決戦用最大戦力であることは間違いない。これからも頼りにしてるよ」

「はいはい……まあ、システィナ姫さまを魔族から守ることにもなるわけだから、できるだけのことはするけれど」

それでいいさ、でもね……と、俺は隣の姫騎士にゆっくりと向き直った。

だしぬけにその体の自由を命令で奪い、柔らかい唇に、俺のそれを乱暴に重ねた。

「……っっっ!!?　ちょ、やっ……んんっ!?」

つややかな黒髪に手をやって頭を引き寄せ、無力な抵抗をよそに、しっとりした口内を思うさま舌で蹂躙する。

たっぷり時間をかけてから唇を離すと、わずかに涙を浮かべた大きな瞳が俺をにらんだ。

眠っているとはいえ、姫さまの前で唇を奪われるシチュエーションも手伝ってか、その頬は真っ赤に染まっている。

「いいかい、間違えるなよ姫野さん。君は、もう彼女の騎士じゃない。俺の……俺だけの姫騎士なんだ」

「っは…………くッ!!」

魔隷術師の姫騎士。

彼女をその立場に縛り続けること……そしていつか、心の底から屈服させること。

それが、元の世界で俺に見向きもしなかった姫野桐華への、俺の復讐なのだ。

「……じゃあ、私の言葉も……忘れないで。私は、いつか必ず……この関係を、変えてみせるわ」

この世でただ一人俺だけに向けられる、凛とした清廉さの中に燃えるような感情をたたえた黒い瞳。

俺をもっとも楽しませてくれる女の瞳。

だけどその時、俺は今までとは違う違和感を覚えた。

憎しみだけでなく、別の何かが……そこに宿っているように思えたのだ。その正体までは、わからないけれど。

「ああ、楽しみにしておくよ。俺の予測を、やれるものなら覆してみてくれ」

馬車は近付いていく。シエラやアメリア、ナナ、魔隷たちの待つ拠点へと。

合流後に向かうは、エルフの樹海シェイヨル大森林。

敵は八冥家イヴリース、カギとなる言葉は〝破天の骸〟。

この先、俺たちを……一体何が、待っているのだろうか？

予想はしていたが〝管理者〟は、管轄外の質問にはいっさい答えてくれなかった。

だからそれは、俺がこの目で、確かめるしかないのだ。

※　※　※

同時刻、とある辺境。

今年で四十になる織物商人バロウズは、目の前で展開された信じられない光景にただ呆然としていた。

大事な商談のため隣町まで馬車で移動中、運悪く街道で凶暴なルーンベアに道を塞がれるようにして襲われた。

それもかつて見たことないほど巨大な個体の襲撃、頼みの武装した護衛たちはあっという間に壊滅。

ああ最後にひと目妻と子に会いたかったと、死を覚悟した瞬間……その人影は、唐突に現れた。

そして瞬く間に、本当に一瞬で、巨大なルーンベアを無力化してしまったのだ。

しかも、まさか……〝あんな手段〟で。

そんなことを可能にするのは、一体どんなジョブの、どんなスキルなのか？

冒険者たちを含め数々の有能な人間を見てきたバロウズでさえ、まるで見当がつかなかった。

「あ、ありがとうございます！　なんと、なんとお礼を申したらよいか……！」

あらためてまじまじと救い主の風体を見て、バロウズはさらに驚いた。

まるで強そうに見えないだけでなく、予想以上に若い。自分の娘と同じくらいではないか？

「旅のお方、でしょうか？　わたくし、このあたりでは多少名の通った商家をやっております。ご用立てできるものなら、何なりとお礼を差し上げたく……」

するとと目の前の人物は、しばらく考えるしぐさをして、バロウズが聞いたことのない単語を口にした。

「じゃあ、ハーゲンダッツのクリスピーキャラメル」

「……は？」

「ううん、言ってみただけ。こっちにないのはわかってるから」

先を急ぐぐらしいその人物は、戸惑うバロウズをよそに立ち去ろうとする。

慌てて、その背中に声を投げる中年商人。

「お、お待ちを。せめてお名前を！」

「いやいや、名乗るほどの者では。それに当然のことをしたまで……」

手をひらひらさせ、謎の救世主は最後にこう付け足した。

「……なにせ〝勇者〟、ですから」

ぽかんと口を開けるバロウズを残し。

伝説のジョブ、勇者を名乗った人物は、細いツインテールを風になびかせ……街道の向こうに、すたすたと消えていった。

【第一章：俺と、姫騎士と、予言の姫】END！

ステータス

【魔隷術師トオル】…………（レベルUP！）

ジョブ：魔隷術師LV10→15

スキル：隷属魔法LV7→9／魔の契約LV1／
魔隷強化LV2→5

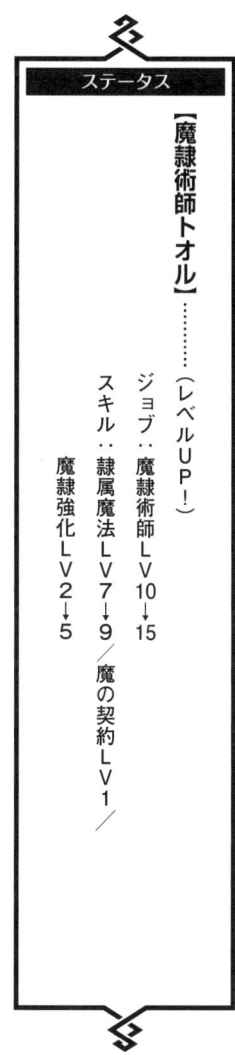

【EX―Hシーン】俺と、キリカと、制服と

「命令通りに着たけど……なんなのかしら、これは？」

拠点の洞窟、いつもの俺の寝室。

目の前ではキリカが、自分の身を包む白いワンピースタイプの薄い布地を不審そうに見ていた。

装飾もボタンのひとつもなく、検査の時に着る病院着のようでもある。

「ギルドハウスにストックされてたアーティファクトのひとつだよ。ちょっと面白い機能があるんで、試してみようと思ってね」

「……自分じゃなくてなんで私なの？」

「それは後のお楽しみ。じゃ、ちょっと目をつぶってくれ」

怪しみつつも目を閉じるキリカ。

俺はその額に手をかざし、コマンドワードを口内で唱えた。

「これからイメージを引き出す……俺と姫野さん、二人の記憶に刻まれたある〝衣服〟のイメージだ。その服にエンチャントされた魔法が、記憶を読み取って……」

そして、〝再現〟する。

素っ気ないシンプルな服が魔力の光に包まれ……みるみるその形が、厚みが、構造が、色が、デザインが変わっていく。

「……え？　うそ、これってまさか……！」

「よし、成功だ！」

キリカが驚くのも無理はない。

彼女の体は今、元の世界で着ていた学校の制服に包まれているのだから。

丈が短め（腰の上まで）のブレザーは、黒に近い濃紺に白のパイピングラインという落ち着きと可愛らしさの両立した組み合わせ。

清楚な白地の丸襟ブラウスシャツは、胸元に垂れたワインレッドのネクタイがEカップの谷間ラインを強調している。

膝上までを覆うのは折り目正しい、暗めの赤と紺のチェックスカート。

これを着ること目当てで入学する女生徒も少なくないって評判の、人気の高いデザインだ。

「うわぁ……すごい、本物と区別がつかないわ。一ヶ月ぶりなのに、ずいぶん久しぶりな気がするわね……」

生地をあちこちつまんだりしながら、どことなく嬉しそうな様子のキリカ。

ちなみにすらりとした美脚を包む黒いニーソックスや、ブラウンのローファーまで完璧再現だ。

凄いな、魔法って。本来は変装用とかに使うアーティファクトらしいけど。

「俺も同感だよ。この格好で〝する〟のは、盛り上がるんじゃないかと思ってさ」

「……え？」

喜んでいたキリカの表情がピシッと固まった。

「いや、寝室で着せた時点で察しようよ。俺の性格からして予想つくでしょ」

「そ、そんなことのためにわざわざ⁉　お、おかしいでしょそれ⁉」

予想通りだが、ドン引きしている。

本人に自覚はないだろうが、長いストレートの黒髪や凛とした美貌にこの上なく似合ったこの制服姿に、ブラウスを押し上げる巨乳に、スレンダーな美脚のラインに、劣情を抱いた男子生徒は数限りない。

かく言う俺もその一人だ。

そして今、手の届かなかったあの制服姿が、俺の命令に逆らえない魔隷として目の前にいるのだ。

なら、やることは決まってる。当然の帰結だ。

「さあ、今日は思う存分制服プレイといこうか、姫野さん？」

「へ、変態っ！　変態バカ馬鹿変態っっ‼　し、信じられないっ！」

ぶんぶん首を振ってにらむキリカ……いや、〝クラス委員で校内のアイドルの姫野桐華〟の制服姿めがけ、俺はにじり寄った。

※　　※　　※

にゅぷぷぷぷっ……と、俺の反り返ったチンポが呑み込まれていく。

ボタンをひとつだけ外したブラウスシャツの下側から、清楚な制服に押し込まれたEカップ巨乳の狭い谷間へと。

「ううっ……しかもいきなりさせることがこれ⁉　い、意味わかんない……！」

「最高じゃないか、制服着衣パイズリ。男の夢だよ？」

「絶対ウソよ……な、なんかいつもより硬くなってるし……」

下着までは再現されなかったらしく、ノーブラなのが逆にちょうどいい。

薄暗い部屋の中、椅子に座ってキリカにこうさせてると、まるで放課後の教室でされてるような錯覚すら覚える。

「ほら、腕組みして自分で胸押さえつけて、おっぱい圧を高めて揺さぶってくれ」

「んっ……くっっ！　さ、逆らえないから仕方なくやってるんだから、いい気にならないでよね……っ！」

にゅむむっ……と高まる乳圧にみっちり包まれて、フル勃起チンポがビキビキと嬉しい悲鳴をあげる。

涙目でにらまれながらされると余計興奮するだけなんだけど、気付いてないんだなあ。

小刻みにぷるぷる揺れる乳肉にズリあげられ、ぱんぱんになった亀頭が中からネクタイを押し上げて、先走りの染みをブラウスに広げた。

「やっぱ姫野さんのパイズリはたまらないな……チンポにしっくり来るよ」

「わ、私はそんなこと言われても嬉しくないしっ……！　うう、どれだけ熱くなるのよこれぇ……！」

制服を着せてることによって、あの決して手が届かなかった存在が今、俺の思うがままなんだという実感がより強調されゾクゾクする。

「ほんと、どれだけおっぱいに執着してるのよ……システィナ姫さまの胸見たら、絶対変なこと要求するに違いないわ……！」

「ん、何か言った？」

「なっ、何も言ってない！」

柔らかい凶器に心地よくあやされながら、俺はそろそろ、用意したもうひとつの品を試してみることにした。

「え、こ、今度は何なのよ？　なに、これ？」

戸惑うキリカの首に、素早くつけた赤いチョーカー。

そのアーティファクトには、ニーナによってある魔法がこめられている。

「いわば〝呪いの首輪〟だよ。一時的に魔法抵抗を弱体化させるエンチャントがかかっててね、それが何を意味するかっていうと……」

キリカの頭部に、緑色をした魔力の輪が現れ明滅する。

俺が隷属魔法をあらためて、〝一時的に魔法抵抗を失った〟彼女に重ねがけしたのだ。

「う……あ、頭が……こ、これって……え、ああっ……？」

その表情に奇妙な変化が現れた。

まるでPCを再起動するように、すっとハイライトの消えた黒い瞳に……ぴこん、と小さなハート状の光が灯ったのだ。

「あれ……小田森、くん？」

「ああ、そうだよ。〝ここはひとけのない空き教室で、俺は君の恋人の小田森トオルだよ、姫野さん〟」

どこか甘ったるい夢見心地の声に対し、俺はさも当然のようにそう答えた。

とたんにキリカの表情が、今まで見たことのない、照れを含んだ笑顔へと変わる。

「もう……小田森くん、また教室なんかで私にこんなことさせるとか……っ！　ほ、ほんと、Hなんだから」

……かかった。

魔法抵抗を弱められた今のキリカは、俺の隷属魔法で意志や状況認識までも完全に支配下となったのだ。

今、彼女は恋するクラスメートの俺に対し、恥ずかしいけど幸せな校内奉仕の真っ最中というわけだ。

「ごめんごめん。でも、ガマンできなくてさ。それに姫野さんもスリルあるの嫌いじゃないだろ？」

「も、もう知らないっ……！　は、はやくイカせちゃうからね？」

わざと怒ってみせるような、はにかんだ表情の上目遣い。

わずかに媚びを含んだ小声でそう言うと、キリカはゆったりしたバストをブラウスの上から掴んで大きくグラインドさせ始めた。

「うおっ……ひねりを加えたこの動きっ、チンポが根元を支点に振り回されて……っ！」

「ふふ、大好きなおっぱいでこうされると弱いの、知ってるんだからね。よい、しょっ……と」

普段じゃありえない、行為に積極的なキリカによるラブラブ乳プレイ。

たぽったぽぽっ、と柔らかなおっぱい肉が服の中で波打ち、縦に横に斜めに、ガチガチの熱い棒をもてあそぶ。

「ほらほら、小田森くんのせっそーなしおちんちんは、悪いことしないようにこうやって閉じ込めててあげるんだから」

「くっ、ず……ずいぶんとノリノリだね、姫野さん」

「そ、そうかな？　だって、いつもこれで……い、いっぱいイジめられてるから……仕返し？」

消え入りそうな声で、ごにょごにょ恥ずかしそうにそんなことを言う。

催眠支配だとわかってても、たまらなくそそる反応だ。

「きゃっ、ま、また一回りおっきく……すご、私のネクタイっ、ブラウスの中から持ち上げられちゃってるよ……？」

「姫野さんがあんまり可愛いからさ。ねえ、このまま中で出しちゃってもいいかな……っ？」

「え、ええ⁉　ふ、服の中でってこと？　これ……せ、制服だよ？　ここ、教室だよっ……？」

場所を誤認してることもあって、驚き戸惑うキリカ。

だが、本気で嫌がってないことは、にゅっぽにゅっぽと動かししごき続ける凶悪なおっぱい運動からも明らかだ。

「なあ、頼むよ姫野さん……今日は俺の匂いたっぷり染みついた服で、一緒に帰ろうぜ」

「ほ、ほんと変態なんだから小田森くん。で、でもそこまでしたいなら……し、仕方ないわねっ……い、いい、よ？」

これも彼女本来の性格の一面なんだろうか？　恋人になった相手にはこうやって尽くすんだろうか？

ぼんやり考える余裕もなく、激しい上下運動で追い込んでくる制服着衣パイズリの猛攻に、張り詰めたチンポは限界を迎えようとしていた。

「ううっ、くぉっ……！　だ、出すぞ桐華っ、制服とおっぱい、精液で汚す……よッ!!」

「うん、いっぱい出してっ……ぁ、中で膨らんで……きゃあっ!!?」

どびゅぷっっ!!　どくっ……どくんっっ、ぶびゅっ!!

んびゅっ……びゅるびゅぐっ……！　たぱぱっ、どろぉぉっ……！

「んぁっ、やだ、これ凄い……っ！　せ、制服が持ち上がるくらい出てるっ……う、うわぁ……！」

「うおっくっっ!!　す、凄い出るっ、止まらないッ……くっ、はぁっ！」

びゅくびゅくと内部ではじける精液が、内側からブラウスシャツに叩き付けられ、一瞬押し上げるほどの勢いで何度も放出された。

谷間に挟まったワインレッドのネクタイの裏地に、服の隙間から漏れた濃い白濁液がねっとりと太い筋を作る。

「うぁ……もう、服がぬるぬるのぐちょぐちょじゃない……匂い、染みついちゃうわ……」

「ふぅ……姫野さんはクラス委員なのに、これから制服着るたびに俺とのHを思い出しちゃうんだな」

「だ、だからそういうこと言わないでよ、意地悪ぅ……！」

にゅるっ……と胸の間から粘液にまみれたチンポを引き抜く。

気持ちよく大量に服内挟射したにもかかわらず、ずっと憧れていた制服と、いつもと違う反応のギャップ、ふたつの誘惑でまだまだ臨戦態勢だ。

次のステップに移るべく、濃厚なオスの匂いでとろんとした瞳の前で、俺は指をパチンと鳴らした。

「さて、〝ここは君の家だ、姫野さん。家族がいないタイミングで、君は俺を部屋に招待した〟ところだ」

「あ……」

新たな催眠暗示によって、キリカの状況認識が再び書き換わる。

彼女の目には、壁も床もベッドも見慣れた自分の部屋のものとして映っているだろう。

「姫野さん……もうガマンできそうにない」

「え、そ、そんな部屋入っていきなりっ……きゃ⁉」

とさっ、と胸以外スレンダーな体を制服のままベッドに押し倒す。

それぞれ花のようにふわっと広がる、黒髪とチェックのスカートがいい香りを放っている。

「せ、制服のまま、するの……？」

「もちろん。だって〝俺の言いつけで、今日はパンツはいてない〟んだろ？」

「え……そ、そうだった、のよね……ううっ、私なんでそんなことまで従っちゃったんだろ、これじゃまるっきり変態じゃないのよぉ……！」

ノーパンという事実に沿う形ですり込まれた催眠暗示が、彼女の中ではしたないエピソードとして辻褄を合わせた。

片手で赤面した顔を隠し、もう片手でスカートのすそを恥ずかしそうに押さえて、ニーソックスからのぞくむっちりした太股をもじもじさせるキリカ。

「だから授業中もずっとバレないかドキドキして、意識してたんだよな？　帰ったら俺にいやらしいことされるって、考え続けて興奮してたんだろ？」

「そ、そんなこと、そんな本当に変態みたいなことぉ……！」

「考えてないって？　どうかな、じゃあ確かめてみようか」

「えっ……やっ、やぁっ⁉　ちょ、ちょっと待って小田森くんっ⁉」

スカートをぎゅっと押さえていた手を上から掴み、チェックの生地をそのままめくりあげさせる。

その中に隠された、もっとも恥ずかしい部分が制服の外にさらけ出されるように。

「あれ？　濡れてるように見えるんだけど……」

「そ、そんなことありません」

「なんで丁寧語？　まあいいや、触って確かめればすぐわかるからな」

「え⁉　だ、だからちょっと待っ……んはぁっっ⁉」

ちゅくちゅっ……と予想以上に大きな湿った音が、俺の伸ばした中指と薬指の間で鳴った。

ぞくぞくっ！　と、制服に包まれた細い体がそれだけでのたうつ。

「なんでもうぐちょぐちょになってるの？　ノーパンで過ごして、俺を胸でヌいて、部屋に連れ込んで……発情しまくってたのか、真面目そうなクラス委員の姫野さんは？」

「は、はつじょう、とかっ……私してなっ……んぁ、んやぁぁっ⁉　ゆ、指入れなっ……はぁうぅぅ、あうぅっっ⁉」

柔らかくも弾力のある現役ＪＫ穴に、二本の指をぬぶぬぶ押し入れてやんわりとかき回す。

制服のキリカはシーツを掴んで身をよじるが、抵抗せず俺にいじられるがままだ。

「腰が浮いてきてるよ？　いつもオナニーしてる自分の部屋で俺にマ○コほじくられるのそんなに気持ちいい？」

「いっ……いつもとかっ、してなっ……あっあぁぁ――――っっ⁉　あ――っ‼⁉」

指を曲げて、上側のザラザラした壁を指の腹でひっかいてやると、しっとり汗ばんだ脚を突っ張らせて激しい反応が返ってきた。

可愛く尖ったクリトリスにフッと息を吹きかけた時、ひときわ高くなったあえぎ声が、自分でそこをいじった経験を雄弁に物語っていた。

「ウソついちゃダメだろ、品行方正なクラス委員がさ。週何回くらいするんだ？　まさか毎日？」

「そ、そんなにしてないわよぉ！　しゅ……週に、多くて、にっ二回……とか、だもんっ……！」

「なるほどひかえめだね、ストレスの溜まった時とかにするのかな？」

「あぅ……な、なんでわかるの、っっひゃぁあんっ⁉　そ、そこ一緒にいじっちゃだめ、だめっらめぇっ⁉」

奥で指を広げて四方八方のマ○コ壁を刺激しながら、つつましい勃起クリを濡らした指でつまみ、中と外で同時にこねる。

キリカのおままごとオナニーとは比較にならない快楽運動で開発してやるたびに、熱を持った体が制服ごしに放つメスの匂いがどんどん強まった。

「あぁぁあ⁉　そ、それっ、それ凄いよ小田森くんっ、声っ出ちゃ……んっやぁぁっっ⁉　あ、あぁ……？」

「今、なんで急にやめるの、って思ったでしょ？」

「あ……うっ、そ、そんなことぉ……や、やっぱり意地悪ぅ……！」

指を一気に引き抜いた後、名残惜しそうにひくつく清楚なメス穴に、俺は精液まみれのチンポをゆっくり近付けた。

「ほら姫野さん、指より太いこれで思いっきりかき回してほしかったら……自分でそこを大きく広げてみせるんだ」

「え、そ、そんな恥ずかしいことできるわけっ……⁉」

「それくらい〝いつもやってる〟じゃないか。〝恋人なんだから、できるだろ〟？」

羞恥心から生まれた違和感と戸惑いを、催眠暗示が無理矢理押し流す。

キリカの瞳に灯ったピンクのハートマークがふるふる震え、俺の言葉を当然のことと認識した心と体が、いやらしい命令を受け入れた。

「う、うん……やる、からぁ……！　んぁ、これで、いいのっ……？　あぁぁ、は、恥ずかしいよぉ……！」

柔らかい体を活かして、自分で抱えた片足を曲げつつ持ち上げ、その付け根……めくり上がったスカートの最奥に潜む秘所を、指でくぱっと広げてさらけ出すキリカ。

うっすら色付いた桃色の粘膜が、呼吸するように息づいて俺を誘っている。

「ああ……よく見えるよ、姫野さんのピンク色した濡れ濡れのヒダヒダが。俺に処女奪われた時みたいに丸見えだ」

「なっ⁉　なんでそんなデリカシーない話するのよ、馬鹿ぁ……！　こ、これめちゃくちゃ恥ずかしいんだからねっ⁉」

「ごめんごめん、変態な彼氏で悪かった。でも、姫野さんはそんな俺のコレが大好きなんだよな？」

ぐぐっ……と押し当てた亀頭が、吸い付くような感触の柔ヒダ入り口に密着した。

ビクン！　と怯えたような、あるいは待ちきれず喜ぶような震えが返ってくる。

「あ、ああっ……！　い、入れられちゃう、の……？」

「さあ……恥ずかしいおねだりをしろ、桐華。それができた瞬間に、最初の時みたいに思いっきりブチ込んでやるよ」

「う……あ……っ、お、小田森くん……の、おっきな、お、お……ちんちん、私のおま○こ、にっ……！」

制服姿で貫かれる期待と羞恥に、何度も言葉がつかえながら。

キリカは黒髪が色っぽく一筋かかった口元から……ついにその一言をしぼり出した。

「いっぱい、思いっきり、つ……突っ込んでくださいっ……んぁぁああああっっ、あぁぁぁぁああぁあぁやあぁぁぁああ────っっ!!?」

ずぬぷぷぷぷぷっっ……にゅるむんっっっ!!

あの、いつも遠くから眺め、夢想することしかできなかった対象……制服姿の姫野桐華という、いわば俺のかつての無力感の象徴へと。

その胎内へ俺のチンポが、心地よい抵抗感とともに吸い込まれるように迎え入れられおさまっていく。夢じゃなく、現実に！

「入れたぞっ、チンポ入ったぞ！　制服のお前を征服してやったぞ、桐華ぁっ！」

「ひぃんぁ、んはぁぁ────っ!?　お、おっきいのがぁ……は、入ってるぅぅ!!　征服っ、されちゃってるよぉっ、わたし小田森くんにぃぃぃ!!」

持ち上げられた方の左足を、俺は肩に担ぐようにして抱え込み。

背筋をゾクゾク駆け抜ける征服感に突き動かされるまま、驚くほどウネってチンポを締め付けてくる柔肉穴へと、チンポを腰ごと叩き付けていく。

「くぅぅっ！　ずっと、ずっとこうしてやりたかったぞ、桐華っっ！　制服姿で、犯してやりたかったんだっ！」

「は、激しいよぉそんないきなりぃっ!?　太くてカタいのがっ、私の中で暴れてっ……あっやっやぁあっ、こえ、声外まで聞こえちゃうぅぅ……っ！」

催眠支配にかかってるキリカは、ここが自分の家だと思い込んでるため余計に羞恥心を加速させている。

まあ実際、パルミューラやニーナが聞きつけて驚くかもしれない乱れっぷりだ。

「じゃあ、こっちの方がいいかな？」

「ふぁ……んぁ、ひゃんぅぅ……ゆ、ゆっくりになって……ま、また奥ぅぅ……え、えっ何これ、っはぅぅっ⁉」

一転してゆっくり、奥の壁を亀頭でこねくるようなねちっこいピストンにシフト。

黒ニーソの脚をグッと抱えて腰同士を密着させ、トントンと子宮入り口あたりをジワ攻めすると、キリカは別種の快感に戸惑いの嬌声をあげた。

「ほら、こうやってじわじわとあやされるのも、たっぷりほじくって敏感になったマ〇コにはキくだろ？」

「やっ、んひっっ⁉　と、とんとんって……っ、するのっ、ダメぇぇ……！　おなかに熱いのじわって広がってぇぇ……きちゃうぅ……！」

口では恥ずかしがって拒んでも、体は、体の中は正直だ。

送り込まれる快感に喜ぶ無数のヒダやツブツブの突起が、みっちりと生チンポの周囲を取り巻いて甘噛みしてくるのがたまらない。

「凄いのぉぉ、これぇぇ……っ！　ね、ねえお願い、小田森っくんっ……き、キス、してぇ……っ！」

「珍しいね、姫野さんの方からキスねだってくるなんて」

「だって、だってぇ……！　こ、これ気持ちよすぎてっ、自分が自分じゃなくなるみたいで……こ、怖いんだもんっ……お、ねがいっ……！」

珍しいというか、本当は初めてなんだけど。もちろん断る理由もない。

俺にずっぷり貫かれたまま、けなげに上半身を起こしてしがみついてくるブレザー姿を抱き寄せて、唇を寄せた……その時。

「んっ……小田森くんっ……好……あ？　えっ……!?」

バチッと乾いた音がして、その白い首に巻かれたチョーカーの帯びる光が消えた。

強固な魔法抵抗スキルをついに抑えておけなくなり、充填《エンチャント》されていた魔力が枯渇したのだ。

ということは、当然どうなるかというと……。

「あっ……ちょ、やっ!?　んむっ……んぅ――――っっ!!?」

瞳からハートマークが消え、正気に戻ったキリカの唇を、俺はかまわず塞いだ。

思念の命令で抵抗を抑え込み、わざと乱暴に舌を差し込んで、口内粘膜を蹂躙する。

「んんっ、あっ……やっやめっ……んはっ、んぅぅぅぅっっ!!」

チンポをくわえ込んだままのＪＫオマ◯コに、ぐぐっと強い力がこもった。

どうやら俺を必死に追い出そうとしているようだが、あいにくムダだ……というか逆に余計気持ちいい。

「ぷはっ……ううぅっ！　な、なんてことするのよぉっ、この変態、恥知らずっ!!」

「その様子だと、催眠支配されてる間にしたこと言ったこと、全部覚えてるみたいだな？」

「～～～～～～っっっ!!?」

キリカの顔がかつて見たことがないレベルで真っ赤に染まり、じわわわっと涙が浮かんだ。

逃げようとする体を命令で縛り、腕と脚で逆に俺を抱きしめホールドさせる。

「今さら恥ずかしがることないじゃないか、オナニーは週二回で、マ○コの奥が弱くて、イキそうになるとキスしてほしい姫野桐華さん」

「さっ……最低、最低最悪っっ‼　変態、ド変態の馬鹿ぁっ‼　し、信じられないっ、すぐこれ抜いてよぉぉっ‼」

罵倒のボキャブラリーに乏しいあたり、育ちがよくて真面目な子だなぁ。

涙目でにらまれながら、俺は奇妙な充足感を覚えていた。

さっきのギャップあふれる姿も悪くなかったが、やっぱりこっちの方がキリカらしい……そんな素の彼女を犯していると思うと、チンポにも気合いが入るってもんだ。

「え、ま、まだ大きくっ……ちょ、急に動き出さなっ……あぁっ！　んぁぁああ⁉」

「立場わかってないな、姫野さん！　さっきまで媚び媚びでトロトロになったマ○コの弱点、全部俺のチンポにさらけ出してるんだぜ⁉」

「んひぃぃいぃいっっ⁉　そっそこダメ、止めっ……あぁぁ――――っ⁉　っは、おぁぁんぁぁあ⁉」

心持ちはがらりと変わっても、変わらないままの体内は再びズンズン突き上げえぐるチンポの動きに、歓喜の涙を流して反応してしまっている。

黒髪と制服の匂いを胸いっぱい吸い込みながらの弱点連続攻めで、ここぞとキリカを追い詰めていく俺。

「あと20ピストンくらいで陥落ってとこだな、桐華ぁ！　制服のままでの初イキ顔、見ててやるから思いっきりさらしてみろよっ……ほらほらほらほらぁ!!」

「そんなのしないぃっ、ぜったい見せないぃぃっ!!　やっあぁぁ――っっ、んあっっダメだめぇぇぇっ!!?　んひゃぁぁあぁぁ――っ!?」

「そんなこと言って、さっきみたいに語尾にハートマークつきそうな勢いだぞっ!?」

「違う違うちがうぅぅっ!?　そ、そんな声へぇぇっ、だしてっ、にゃぃぃぃっ……へはぁぁっ!!?」

ブラウスシャツごしにEカップ巨乳を押し潰すように揉み込み、チェックのスカートに包まれた弱点の最奥へと容赦ないチンポピストンを叩き付ける。

全身に汗の玉を浮かせて必死に限界の時を先延ばしにしようとするキリカ、その涙ぐましい抵抗がいよいよ決壊しようとする、その時。

ピタリ……と、俺はだしぬけに動きを止め。

「ぜったいぃっ、ぜったひ、イかなっ……んぁっ…………え？」

一拍おいて、ずどんッ……!!

気の緩んだ瞬間を狙い、無防備な子宮口の入り口へと、熱された硬質ゴムのようなギンギンのチンポ先を思いっきり突き込んだ!

「あ……んぉぉぉあぁぁぁぁあっっっっ!!?　はひゃあぁぁ〜〜〜〜っっっ!!?」

半ば命令で、半ば無意識に、黒ニーソに彩られた両脚を俺の腰に巻き付けホールドし。のけぞった上半身をしならせて、キリカは隠しようのない盛大な制服着衣絶頂を迎えた。

「うおっ、中がギュッて、く、食い千切られそうだっ……!」

根元と竿中と奥、三段にわたって締め付けてくる名器が、俺のチンポを千切れんばかりに甘噛みする。

引きずられるがまま射精してしまいそうになるが、尻に力を入れてグッとこらえる。

「イッたか？　イッたな、桐華っ⁉　いま思いっきりイッただろ、お前っ！」

「いっ……へぇぇ……ないぃ……！　いってぇ、にゃいぃ……わよぉ……！」

焦点のあってない瞳で、一筋の黒髪を口元で噛みながら、すぐバレるウソをつく。

そんなセリフは、追い打ちをかけてくれと言っているようなもんだ。

「へぇ……じゃあ、イッてないなら動き続けても大丈夫だなっ⁉」

「え、ひゃっんひゃぁぁあっっっ‼？　いっ今ダメっ、んぁっんおぉっ⁉　ひぃぃんひっ、だめだめだめダメぇぇぇっっ‼？」

イッてすぐの敏感になったとろけマ◯コをがつんがつんエグられ、悲鳴をあげるキリカ。

ジュボジュボ、ドチュドチュと、泡立てられた愛液が制服のスカートにいやらしい染みを作る。

「じゃあ正直に言えよっ！　止めてほしいなら、ウソついてごめんなさいってなぁ！」

「そんなそんなぁあっ⁉　うぅぅうっっ、ごっごめんなひゃいっっ‼　ウソついた、ついたからぁぁ！　イッたの、イッたぁ！　今もイッてるから止めてお願いぃぃいっ‼」

「そうかそうか……って、やめるわけないだろ、俺のチンポでイキ続けろッ‼」

「なっなにそれぇぇっ⁉　ひどい言ったのにぃいっ‼？　イッてるのに、だから今ダメってぇぇぇっ‼　んひゃぁぁうぅぅぅあぁぁ～～～っっ‼？」

俺のチンポによって、制服姿で泣き叫ぶキリカがたまらない。犯しがいがありすぎる。

その声に、泣き顔に、ピストンのたび揺れる胸に、連続甘イキ締めを繰り返す膣内に、そして制服姿に。

すべての要素に高められた興奮が、グツグツ煮えたぎりながら腰を駆け上ってくる。

「俺もイクぞ、そろそろっ！　桐華のイキっぱなしマ○コにっ！　子宮にっっ‼」

「あぅぅっ、ひゃぐぅぅぅっ‼　い、嫌って言っても出すくせにぃぃっ、馬鹿ぁぁぁっ‼」

俺がいま身に着けている、ニーナにエンチャントしてもらった指輪型アーティファクト。

それには精力強化と、そして任意でオンオフ可能な避妊魔法がかかっている。

大事な戦力が〝戦えない状態〟になっては困るからという理由での準備、これの存在がキリカをある意味〝安心〟させていたのだが……。

「ああ、その前に言っておくことがあった！　ニーナの話だと、魔法抵抗の強い相手には避妊魔法……たまに〝無効化〟されてしまうらしいぜ⁉」

「え、えっ⁉　ええぇっっ、ちょ、何それぇっ⁉　ほ、本当なのそれ、じゃあ、じゃあっ……い、嫌ぁぁぁぁっっ‼⁉」

実際、それは宝くじ一等に当たるような超低確率、まずありえないらしい。

だが具体的な数字をキリカに教えてやるつもりはない。

「口では嫌がってても体はすっかり俺にデレて、子宮が降りてきてるぞっ！　もう手遅れだ桐華ぁっ、孕むかもしれない俺の子種を……受け入れろぉっ‼」

「やだっ、やだやだやだやだやだぁぁっ!? そんなのだめぇぇっつっ、抜いてっ抜いてやめてぇぇぇっっ!! ひぃぃあぁぁ――――っ!!」

にゅぼぢゅぼと膣内にピストンを、こつんこつんと子宮口にノックを繰り返し。

無防備に開かれた若い胎内へと、制服JKの生子宮へと……俺はとどめの超密着奥ハメの一撃とともに、白濁した炸裂弾を爆発させた!

「やっ……ああっ……んぉあぁぁぁぁぁあああああ～～～～～～っっっっ!!?」

どくんっっ……どびゅるるるるぅぅぅ――――っっ!!

ごぽっ、ごぽぽぉっ……どぶっ、どくんっ……! どくどくんっっ……!!

「うぉぉ……くぉぉぉっ……っっ!! 出る出るッ……い、今までで一番出るぞッ、桐華に全部っ……くはぁっ!」

「ひぁぁぁ、は、はひゃぁぁぁ……! あぁぁ……う、ウソぉぉ……! しんじ、られないっ……ば、馬鹿ぁぁ……っ!」

俺とキリカの肢体が、ベッドの上で彫像のように張り詰めて小刻みに震え。

制服に包まれたお腹の奥……作ろうと思えば赤ん坊を作れる俺だけの子宮に、大量の精子が次から次へと、じんわりねっとりと浸透していく。

「最低、最悪ぅぅ……! ほ、本当にできたらぁ……どうするのよぉぉ……!」

「俺と子供作るのはイヤか?」

「な……あ、当たり前、じゃないぃぃ……っ!」

耳元でささやくと、赤面した顔がぷいっとそむけられ、精液まみれになったマ○コの奥が、ビクッと怯えるように震え上がった。

嫌がるキリカに注ぎ込むこの征服快感が目的だから、彼女が心配しているような事態はまずもって起こらない。

でも、もし。本当に天文学的確率を乗り越えて、できてしまったとしたら？

その時は……その時だ。

※　※　※

「ほんと最低……っ！　もう二度としたくないわよ、こんなこと……！」

あちこち汚れた制服のまま、ベッドに体育座りになってジト目でこっちをにらむキリカ。

結局、あの後抜かずの連射をさらに決め、ぷるぷるした精液ゼリーがあふれだすくらいに注ぎ込んで大満足だ。

やっぱり制服は出が違うな、うん。

「それって、制服プレイのこと？　それとも催眠ラブラブセックスのこと？」

「りょ、両方よっ！」

特に今回は両方の合わせ技が、よっぽど恥ずかしかったんだろうな。

イヤがってても無駄なことは十分わかってるだろうに、言わずにはいられないんだろう。

「ふ～ん、じゃあ今度、片方を選ばせてあげるとしたらどっちにする？」

「え……ま、またする気なの⁉　じゃなくて、片方……どちらか片方……ううう っ！」

目を白黒させながら、しばし苦悶の顔で悩むキリカ。

ややあって、死ぬほど不本意そうな表情で、結論を出した。

「これを着る方が、まだマシだわ……っ」

「まあそうだよね。じゃ、お墨付きも出たところでまた今度着てもらおうかな、次は黒ニーソ脚コキとか……」

「ううっ……変態、変態、変態っ!!」

ちなみにこのアーティファクトは制服の形状に固定することもできるし、イメージを再入力してまた別のデザインにもできる。

今後も色々応用が利きそうな逸品だ。

ま、チョーカーの方も再充填すればまた使えるし、催眠プレイの方も夢は広がるから手放すつもりはないけどな。

「しかも、なんで恋人設定なのよ……ほんと……」

「いやなんとなく？　というか、あの状態の姫野さんやたら楽しそうだったけど、恋人とラブラブHしたい願望あったの？　そんなに彼氏欲しかった？」

「な……なっ……！」

元クラス委員、現姫騎士にして俺の魔隷は、しばらく口をぱくぱくさせた後、キッとこっちをにらみ付け。

「あ、あなたって……本当に、最低だわっっっ!!」

かつては見慣れた、そして今はどこか懐かしい制服姿で。
心地よい罵声を、盛大に俺めがけ浴びせかけたのだった。

【ボーナストラック】パルミューラと、キリカと、お仕置きと

「すぅっ……はぁッッ‼」

落ち着いた呼吸から、振り向きざまの一閃。

キリカが振り抜いた煌剣アルカンシェルが、オーロラのような虹色の軌跡を描き、目の前に鎮座した直径2mほどもある岩塊を抵抗すらなく〝通り抜けた〟。

ひと呼吸を置いて、なびいた黒髪と騎士装束のマントが、一緒にふわりと揺れ戻ったその時――

ずずずっ……と岩塊が斜めにスライドし、重い音を立てて落ちた上半分が地面にめり込んだ。

「見事にまっぷたつ、か……いやはや、すごいもんだな」

加工された金属のようにまっ平らになった岩の断面を見つめ、俺は素直に感心した。

疑似次元断層と化した刃の一撃は、まるでレーザーか何かで焼き切ったかのような斬れ味だ。

「でも、まだまだこの剣の真価を引き出せてるわけじゃないわ。使いこなすには慣れと、スキルの上達とが両方必要ね」

ふう、とひとつ可愛いらしいため息をついて、納刀するしぐさもさまになっている。

俺に命じられたわけでもないのにこうして毎朝の鍛錬を欠かさないあたり、キリカは本当に生真面目なヤツだ。

今のも決して煌剣だけの力ではなく、積み重ねてきた聖騎剣技スキルあってこその芸当だろう。

「頼もしいね。その調子で今後も俺を守ってくれよ、俺の姫騎士さん」

「誰があなたのよ……システィナ姫さまを魔族から守る役目なら、喜んでそうさせてもらうけど」

「へえ、またキスでその生意気な口を塞いでほしいの？」

「っっ⁉ そ、そんなわけないでしょっ‼」

口を尖らせるキリカをからかいつつ、そろそろ切り上げて拠点の洞窟内へと戻ることにする。

そんな俺たちの目の前に――。

「……あれ？ パルミューラじゃない」

「っ……！」

小柄なゴスロリドレス姿が通路の物陰で、キリカの声に反応しビクッと跳ねた。

まるでか何かまずいところを見られたかのような驚き方だ。

「どうしたの、そんなところにうずくまって。具合でも悪いの？」

「な、なんでもないわい！ あ、あっちへ行っておれ姫騎士っ！」

俺の表情をちらちらうかがいながら、慌てて立ち上がり後ずさる魔貴族少女。

その頬は上気してはぁはぁと息が荒く、赤い瞳にはうっすら涙が浮かんでいる。

「なんでもない、って……どう見ても変よ、今のあなた。魔族にそういうのがあるかどうかわからないけど、どこか体の具合でも……」

ただならぬ様子に、お人好しのキリカが心配顔で手を伸ばし、パルミューラの背中に何気なく触れた、その瞬間。

「っひ……ひぅんんっっ⁉」

「え？　な、何っ？」

びくびくんっ！　と人形のような銀髪が角ごと痙攣して、甲高い悲鳴があがった。

驚いたキリカの手を振り払い、そのまま小走りで駆け去っていく……奇妙な内股の姿勢で。

「あっ、ちょ、ちょっと！　……まったく、なんなのかしら？」

「さあね、またナナと子供っぽいケンカでもしたんじゃないか？　ま、気にせず朝飯にしようぜ。その後であいつの部屋に様子でも見に行こう」

「……？　ええ、そうね」

何気ない様子を装いながら、俺はにやりとほくそ笑んだ。

そう、俺だけは知っていた——今のパルミューラが、どういう状態に陥っているかを。

なぜならそれは、他ならぬ俺の〝仕込み〟なのだから。

※　※　※

「小田森くん、パルミューラ？　……入るわよ？」

ノックの音がして、扉が開かれる。

パルミューラの部屋には少し時間を置いて後から来てくれ、という俺の命令に、キリカは不審そうな顔をしつつも従うほかなく、今ここにやってきたところだ。

「なっ——」

中の光景を目にしたキリカの瞳が、驚愕に見開かれる。

まあ、この状況じゃ無理もない。

「あ、ああっ……！　み、見るなぁ姫騎士ぃぃ……っ！」

ドアに向けて置かれた二人がけソファー（パルミューラが駄々をこねて、自分用として運び込ませたものだ）の上。

そこで俺のひざの上にちっちゃな体を乗せられた少女魔貴族は、ドレスを自分でめくり上げさせられ、ガーターに彩られた細い両脚を、俺の手でV字に開かれ固定されていた。

そして、入ってきたキリカに丸見えになるよう向けられた黒いレースの下着部分……そのお尻の真ん中には、奇妙な異物の膨らみが出現していたのだ。

「え、な……ななっ……なにしてるのよっ、あなたたちっ⁉」

反射的に扉を後ろ手に閉めるや、俺に詰問するキリカ。

驚きに口をぱくぱくさせながら、がくがく震えるパルミューラの下半身を凝視している。

「何って、そりゃ〝お仕置き〟だよ。それとも〝しつけ〟の方が適切かな？　ほら、一昨日アメリアと姫が焼いたクッキー、ちょっと目を離したらごっそり減ってただろ」

「え？　そういえば……ってまさか、あの犯人って」

「つ、つい食ってしまったことについては謝罪したではないかぁっ！」

「うっさい、思いっきり目ぇそらしながらふんぞり返って言うののどこが謝罪だ、誠意足りてないだろ！」

明かされたしょうもない理由に、キリカの目から同情の色が微妙に失せていく。

まあ、きっかけはこの際、二の次だ。重要なのは、罰の方だからな。

「だからこうやって、今日一日〝こいつ〟を挿入したままって命令を下したわけさ」

「こ……こいつ、って何よ……？」

「ああ、見せてやるよ姫野さんにも。ほら、自分で下着ずらしてご開帳してみせろ、魔貴族さま」

「や、やめっ、それだけはっ……あ、ああっ逆らえぬっ、わらわの体が勝手にぃぃっ⁉」

隷属命令を受け、パルミューラみずからの細い指が高級そうな黒レースのショーツにかかって、ゆっくりと足先の方向に引き抜かれていく。

その下から出現したのは――キリカが初めて目にするはずの異様なモノだ。

「え……う、嘘っ⁉」

「あ、あああっ……！　ご、後生じゃ頼む、見るなぁぁ！」

うっすら見える細い筋、無毛のおマ○コのいくぶん下からにょっきり突き出た棒状の器具。

太さ長さは大きめのマジックペンほど、乳白色の一見陶器のような質感をしたそれは、紛れもなくパルミューラのもっとも恥ずかしい穴……アナルにずっぽりと突き刺さっていた。

よく見れば生きているように小刻みに動いていることが、キリカの場所からも見えるだろう。

それはまさに、アナルバイブ。尻穴を開発するための淫らな道具だ。

「ま、まさかさっきからずっとソレが入って……え、ええっ⁉　で、でもそこ、お尻……じゃ」

「ご名答。あの時はよくバレないようにガマンできたなぁ、偉いぞパルミューラ」

「ううっ、このような辱めをこのわらわによくも、よくもぉぉ……！」

こんなものをくわえ込んでたんだから、さっき様子がおかしかったのもまぁ当然だ。

今日一日、俺の許しがない限り部屋などに閉じこもることはできないようにも命令してある。きっと誰にも出くわさないように、朝からこそこそ拠点内を隠れつつ移動してたのだろう。

両手で顔を覆って震えるゴスロリ少女の真っ白なお尻から、ありえない異物が突き出しているその光景は、とてつもなく非現実的で淫らな光景だった。

「硬度軟化、位置固定、遠隔操縦、潤滑液分泌……ニーナに多重エンチャントを頼んでやっと完成した優れものだぜ、こいつは。元の世界のハイテクバイブも真っ青の多機能だ」

「あ、あなたって人はなんでそんなものをわざわざ手間暇かけて作るのよ⁉　他にもっと優先することあるでしょ⁉」

「いやいや、重要だよこれも。だってほら……こうやって！」

「ひっ、やっ⁉　まっ待てっ……ひにゃぁぁぁぁぁんっっっ⁉」

俺のキーワードに反応し、ウネウネと魔力バイブがうごめき始める……と、小さな魔貴族が身をよじって漏らす悲鳴にはすでに甘いものが混じっている。

ここしばらく指などでひたすらほじくられ、開発を続けられたパルミューラの尻穴は、すっかり刺激に弱い第二の性器として完成しつつあるのだ。

「魔族ってやつは摂取したエネルギーは全部魔力に変換するから、排泄もしない。じゃあなんでこんな穴が備わってるんだろうな？　んん？」

「し、知らぬっそんなことっ……や、ひぃやぁぁ……お、お願いじゃこれを止めっ……せ、せめて姫騎士に見せないでくれぇぇ、わらわのこのような屈辱の姿をぉぉ……！」

「だめだめ、それだとお仕置きになんないだろ？　さあキリカにもたっぷり見せつけてやれ、いつもみたいに情けなくケツでイキまくる姿を……なっ！」

「ひっ――ひぃぐぅぅぅんっっっ!?　んおぉっ、うっ動かすっにゃぁぁぁっっっ!!?」

突き出たバイブの尻をガッシリと掴み、入り口を支点に奥をかき回すようにひねり動かす。

すると高い嬌声に合わせて細い両脚が電流に打たれたようにわなないて、快楽の証拠とばかりに小さなおマ○コからも透明な液体があふれ始めた。

「おー凄い凄い、こんなに派手に動かしても余裕で順応するエロ尻穴にすっかり変わっちゃってまあ……いつもなら今ので一回イクところなのに必死でガマンしてるな、キリカがいるからか？」

「んぅぅーっ、ぉふっ、ふぅぅーっ……！　と、当然じゃぁぁ……た、頼む後生じゃ姫騎士ぃっ、わらわがこんな姿で気をやる姿を、見んでくれぇぇっ！」

「そ、そんなこと言われてもっ……私の体もこいつが命令で縛ってて、逃げられないのよっ！」

今や、四つん這いになって同じ高さの至近距離からその場所を凝視するという姿勢を、俺に強制されているキリカ。

そんな姫騎士の眼前で、アナルバイブがぐりゅん、どりゅんと狭い幼穴をねちねちほじくって、パルミューラにガマンしようのない甘い悲鳴をあげさせる。

「よぉし、そろそろ一回ケツイキしとけ、パルミューラ……こことここ、一緒に触られてガマンできたことなかったよなぁ、お前」

「んひうぅぅつっ⁉　だ、ダメじゃそこはぁっっ、つっ角もぉぉっ⁉」

尻バイブを固定状態で激しく自動稼動させたまま、俺は両手をそれぞれ弱点に伸ばした。

ぷっくり充血した敏感なクリトリスを右手でつまみ、魔族ならではの性感帯である角を左手で握りながら爪先でひっかく。

三箇所から送り込まれる快感の相乗効果に、小さな敏感ドMボディが耐えられるはずもない。

「そっそんにゃぁぁっっ、い、いっぺんにされたらわらわぁぁっっ⁉　んひぃぃイクっっ、しっ尻穴っでっ、イッてしまっ……うぅぅぅっっ⁉」

「尻穴ぁ？　おいおい違うだろ、いつもみたくちゃんとケツ穴って言えっ！　恥ずかしい言葉口に出しながらイけっ、マゾ貴族ッ！」

尻穴に挿さったアナルバイブの振動を最大限にブーストし、パルミューラから羞恥心の仮面を引きはがしてやる。

抱きかかえた幼い肢体からゾクゾクと被虐の快感が伝わってくるのだから、やっぱりこいつは骨身の随までマゾヒストだ。

「けっケツぅぅっっ！　わらわケツでイクのぉっ、ケツイキ見られながらイッてしまうのじゃぁぁっっ‼　んぉぉふぉぉぉあぁぁぁんっっっ‼⁉」

「えっ……きゃっ、やっ、ふぁぁっっ⁉」

がりっ、と右の角も後ろから噛んでのトドメ。

弓みたいに反り返った小柄な体が、死ぬほど恥ずかしいアナル絶頂に絶叫した。

ぷしゅぅぅっ‼　と細い割れ目から噴き出した潮が、赤面しながらも目をそらせないキリカの顔に真正面から当たって、黒髪までも濡らす。

「ううっ、やだ、びちょびちょじゃないっ……で、でもこれで終わった……の？」

「何言ってるんだ姫野さん、これからが本番じゃないか」

「はぁ、はぁっ……ふ、ふぇ……？」

尻イキの余韻に浸るトロけ顔のパルミューラを後ろから抱え直し、そのだらしなく開かれた股の間から、俺はすっかり勃起したチンポを突き出した。

「きゃ、い、いきなり何よっ⁉　ち、近付けないで、あうっ……んぁ、しっ舌が勝手に、また隷属魔法でっ……んぷぅっっ⁉」

目の前に突きつけられる形になった赤黒い亀頭から逃げようとしても、そうはさせない。

俺はキリカの体を術式で操り、さっきからがちがちに硬くなっていた肉の棒をネットリ丁寧にお口で舐めしゃぶらせる。

キリカのお上品な口に俺のチンポがにゅぽにゅぽ出入りしているのを見下ろすのは、何度経験してもたまらない征服感だ。

「んうぅぅっっ……ぷぁっ、んちゅぅぅっ、んぶっ……れろぉぉっ、りゅろろぉぉ……っ、こ、こんなもの舐めたくないのにぃぃ……！」

「そうそう、丁寧に唾液塗りたくって濡らしてくれよ姫野さん……なにしろ、これが今から入るんだからな、パルミューラの〝ここ〟に」

「なっ……！」

「ん、んなぁぁっ⁉　お、おぬしまさかぁっ……⁉」

いよいよ直接尻の穴を犯す――アナルセックスをするというその宣告に、まだ呆けていたパルミユーラもさすがにビクッとなって青ざめた。

なにしろ今まで、指やバイブでほじくり開発はしまくってても、後ろにチンポそのものを挿入したことはまだない。

高貴な魔貴族が、バックの処女まで人間の俺に奪われるのだ……しかもキリカの見ている前で。

「う、嘘じゃろっ⁉　そ、それだけはっ、それだけはぁっ……んぉ、んおぉぉぉうっっ⁉　ぬ、抜けっヌケるぅぅ……っっ⁉」

ぬずずずっ……にゅぽんっっ！

いやらしい音を立てて、アナルバイブがゆっくりと引き抜かれた。

続いて、キリカの温かい口腔から解放された唾液まみれのチンポが、ひくひくうごめく狭いそのすぼまりに、ぴとっ……と無慈悲にあてがわれる。

「ま、待て待て待てっっ‼　ま、魔隷術師っ……い、いやトオルよ！　頼むからそれだけは許してくれぇぇっ、そ、そうじゃ反省！　本気で心の底から反省しておるからぁっ、なっ⁉」

「そ、そうよ……ねえ、そこまでするのは許してあげたら？」

ガクガク震える肩ごしに、俺を振り返って涙目で哀願するパルミユーラの姿を見て、キリカも同情的な反応だ。

プライドをかなぐり捨てて怯えるその姿に一瞬だけ、俺もかわいそうに思えてきたが……。

「そうか……本当か？　本当に反省して、俺に心から服従を誓っているっていうのか？」

「そっ、それはもう、じゃ！　わらわ反省した、目が醒めた！」

「二度と俺に逆らったり、生意気な口を利くつもりはないと？」

「と、当然じゃ！　トオル、いやトオル様っ！」

こくこく、と必死で頷く様子を見て、俺はにっこりと笑みを浮かべた。

「よし、なら命令だ。『正直に腹の底を口にしろ』」

「おう！　何がトオル様じゃ、このドスケベ悪知恵クズ人間！　見ておれ、いつか絶対ぎゃふんと言わせて土下座させて、けちょんけちょんに仕返ししてやるのじゃ……あっ」

「……あ」

ずぶっ……ぬぶぶっ……ぬぞぞぶぶんっっっ‼

「ひっ――ひぎにゃぁぁぁぁああああぁぁぁぁんぉぉあぁぁぁぁっっっっ‼⁉」

ありがとうパルミューラ、もはや容赦する余地はどこにもない。

猛り狂う俺の怒チンポが、クソ生意気なゴスロリ魔貴族のとろけたケツ穴に、ゆっくりみっちりズブズブとハマりこんで犯していく。

「くぉぉっ、さすがに狭いなっ……！　ほら観念して力抜けっ、抵抗すると痛いだけだぞっ！」

「おぉっあっ熱ぅぅっっ⁉　か、かはっ……んぉぉぉお、おおっんんぅぅぅ……っっ⁉」

「あ、あああっ……！　う、うそっ、本当にこれ、お尻に入っちゃってる……！」

キリカの視界にははっきり、狭いロリ穴にさっきのバイブより太い肉の槍が埋め込まれていく光景の一部始終が映っていることだろう。

ギュウギュウとチンポの全方位を締め付けてくる手応えは確かにキッキッだが、掘り進むのが不可能というほどじゃない。時間をかけてほぐし続けたのが効いてるんだろうし、魔族の体が持つ高い順応性のおかげもあるかもだ。

「わかるだろパルミューラっ、俺のチンポがお前のケツマ○コをずっぽり貫いてるのが……見下してた人間に、前だけじゃなく恥ずかしい尻穴処女まで奪われた気分はどうだっ？」

「んぅぅぐぅぅっっ……じぇ、じぇったい許さぬぅぅ、こんなことあっていいわけがぁぁ……っ、ひっっ、ひぃぎぃぃんっっ⁉」

四分の三くらいまで沈めたチンポを一旦止めて、さっきバイブでやったように挿入口付近を支点にグリグリとゆっくり、イキたてで敏感な腸内粘膜をこねくり回す。

そのたびに陶器のような真っ白い全身の肌に汗の玉を浮かべて、未知のアナル挿入快感に身をよじる魔貴族少女。

「くっ……この肉厚でぎっちり包まれてる感じ、前とはまた違う気持ちよさだなっ……狭いお子様マ○コよりもこっちの方が大人びててセックスに向いてるんじゃないか、お前？」

「しっ知らぬぅっ、か、かような性器でもない場所でする行為などっ、そんな行為で快感を得るなどっ、へっ変態のすることじゃぁぁ……っ！」

「ド変態マゾ貴族様がよく言うぜ……安心しろっ、お前のケツ穴、みっちり性器に造り替えてやるからなっ、ほらほらっっ！」

「あぁんぉぉ⁉　お、奥までっ突かれっ……おっっほっ、んほぁぁぁっっっ‼⁉」

残り四分の一、根元までをみっちり、意外に柔軟な魔族アナルへとずぶずぶ押し込む。

ずんっ……と鈍い音を立てて、曲がりくねった腸壁のどこかを熱した杭のようなフル勃起チンポが突き上げ、パルミューラをさらによがり狂わせた。

洗浄しなくても清潔な魔族の体は、まさに全身犯されるために用意されてるようなもんだ。

「あ、ああ……っ！」

「どうしたの姫野さんっ、呆然としちゃってさ。せっかくだから、いま何がどうなってるかを実況してもらうかな！」

初めて見るアナルセックスの動物じみてイヤらしい光景に言葉もないキリカへと、魔隷としての命令を飛ばす。

とたんに、その可愛らしい口が意志に反して動き始めた。

「お……小田森くんの、おちんちんが……！　パルミューラのお尻っ……の、あ、穴……にっ、ずっぽり奥まで出入りして、ぐちゅぐちゅって……す、すごい音を立てて、るわ……！」

「やっやぁぁ⁉　い、言うなぁぁっ、尻を犯されその上言葉でまで辱めをぉぉ⁉」

「いいぞ姫野さん、命令だっ、そのまま続けろっ！」

初めてアナルを犯される姿を、人間とはいえ同性にまじまじと見られながら実況解説される極大の羞恥に、銀髪を振り乱してじたばた暴れるパルミューラ。

だがその結果、余計に尻肉がキュッキュッと断続的にすぼまって、飲み込んだ俺のチンポを楽しませるのだから逆効果もいいところだ。

「ううっ、はい……！　お、おま○こもお尻を突かれるたびにパクパク開いて、す……すっごくたくさんのお汁がどろどろって、よだれみたいにあふれて……と、とても気持ちよさそうに見えるわ、今のパルミューラは……っ！」

「うっ嘘じゃぁぁっ!?　こ、このわらわがっ、魔界第四位階の高貴なる魔貴族がよもや尻などを犯されえぐられて、よっ悦ぶなどそんなわけがぁぁっ……な、何かの間違いじゃぁぁ……！」

「へえ、感じてないってか？　それが本当か姫野さんに確かめてもらおう、そらっ感覚同調だ！」

俺はすかさず魔隷同士の感覚をシンクロさせ、キリカの体に今まさに、パルミューラを襲っている感覚を流した。

「えっ、あっああっっ、なっ何これっ、おっお尻ぃぃぃっっ!?　うそ、私こんなの知らなっ……ひぎっっ、ひぃぃぃぃんっっっ!!?」

清楚な白スカートに包まれたお尻を宙に突き出し、突然襲った未知の快感に翻弄される姫騎士。

その、まだ指ですらいじられたことのない後ろの処女穴に、本来まだ体感できないはずの〝開発されたアナルセックスの快感〟が流れ込んできたのだから、ひとたまりもない。

「すっかり気持ちいい時の声出てるなぁ、姫野さんも……凄いじゃないかパルミューラ、後ろはバージンの姫騎士さまでも一発であんなになるくらい、お前のケツ穴はこなれてるわけだ、もうすっかり性器だな？」

「う、ウソじゃウソじゃっ⁉　情けないよがり声をあげるなや姫騎士ぃっ、おぬしがしっかりせんとわらわまでっ、んぁっんぉぉあああっっ⁉」

「情けない声でよがってるのはお前もだ……ろっ‼」

ずずんっっ……ずぐぐっ、どちゅんッッ‼

「「んひっっ、んほぉぉぉあおぉぉあぁぁぁんっっっ⁉」」

斜めのエグい角度でえぐり込むように奥の壁を突き上げると、二人の甲高い嬌声がハモって、黒髪と銀髪が宙に舞った。

白銀の巨乳姫騎士と漆黒のロリ魔貴族、対照的な二人の美少女の恥ずかしい穴を、俺一人でまとめて嬲り犯しているような感覚がたまらない。

「口では嫌だの何だの言っててもお前っ、顔はとろッとろにアへってきたし、ケツ穴ん中もどんどんチンポに媚びて搾ってくるぞパルミューラっ⁉　油断してると搾り抜かれそうだっっ！」

「つっ突くにゃぁぁっっ⁉　しっ尻穴をっ突き崩されてわらわ溶けっ、溶けりゅぅぅっっ‼　人間チンポにケツが溶かされてしまうぅぅぅっっ⁉」

〝契りの魔紋〟を介して魔力的に繋がっている俺の精液は、今のパルミューラにとって貴重なエネルギー源に等しい。

それを注いでくれるチンポが体の中に入っている……という事実を一旦肉体が認識してしまえば、貪欲に射精をねだる動きを心とは裏腹にとってしまうのも無理はないだろう。

いや、もはやその体に心の方までが引きずられ、尻穴セックスの快楽に溺れつつあるのだ。

「どうだ姫野さんもっ、未経験のまま処女アナルをほじくられるチンポ快感なんてなかなか味わえないだろ⁉　そろそろパルミューラと一緒に味わえるぜ、ケツ穴で迎える絶頂ってやつをな！」

「や、やだやだぁぁっ⁉　ぜ、絶対イかないいっっ、たっ耐えてパルミューラお願いっ……わ、私お尻でなんてイキたくないよぉぉっ‼」

「むっ無理じゃぁぁ……！　こ、こやつのチンポがだんだん手慣れてっ、的確にわらわの弱点をほじくってきおるのじゃぁっ、んぉぉっほぉぉぉうっっっ⁉　いっ、入り口から奥までいっぺんにコスられぇぇっっ⁉」

魔貴族と姫騎士の可愛いアナルよがり声をBGMに、いよいよ俺のチンポは容赦なく幼いケツ肉穴を突き、えぐり、貫き、こすりあげ、こねくり回す。

乱暴なまでの動きにもしっかり食いついてくる従順な肛門肉が、もぐもぐと勃起を甘噛み搾精運動して、グツグツと煮えたぎる精液が金玉から駆け上ってくるのをもう止められない。

「おらッ、ねだれッ！　そのはしたないケツ穴で俺の支配者スペルマを浅ましくねだれっ、パルミューラッッ‼　そしたらトドメの精液、思いっきりブチ込み恵んでやるっっ‼」

「ひぃぃっひぎぃぃぃぃっっっ⁉　わ、わらわケツでイグゥぅぅぅっ‼　ケツ穴セックスで人間チンポにハメ負けりゅぅぅぅっっ‼　んぉぉひぃぃんっっっ⁉」

「やっっやだやだ来るっ来るっっキちゃうよぉぉっっ⁉　お尻でぇぇっ、わたし小田森くんにお尻でこんなっ、こんなぁぁっっ……んっひっ、ひぃぃあぁぁぁんぅぅぅぅあぁ⁉」

瞬間、俺に背中から貫かれながら抱え上げられたパルミューラと、はしたなく尻を突き上げるポーズで床に突っ伏したキリカの肢体が、ふたつの弧を描いてそれぞれにのけぞった。

もう、どこまでが誰の快感かもわからない溶け合ったシンクロの中、ひときわ狭くすぼまったトロトロのとろけ穴が、食い千切らんばかりに俺のチンポを搾り上げ――！

「ほぉぉうっっ、んみゃうぅぅぅんふぅぅぁぁ～～～っっ‼」

「んぁぁぁあ、ああっんぁぁふぁぁぁぁぁあああんっっっ‼⁉」

「つくぉぉ……で、出るっ‼　出すぞっっ二人ともぉぉっっ‼」

どぐっ……どくどくんっっ‼　どびゅるるぅぅぅっっ‼

ぐびゅっ、ごぷぷぅっ……びゅるんっ、どぷどぷぅぅ‼

「んぁぁやっ焼けるぅぅぅっっ⁉　わ、わらわのっケツにっ、ケツマ○コにっ……な、流れ込んでくりゅぅぅ……んおぉ⁉　あっふぁっ……あへぇあぁぁっ……んぉっ‼」

「ひぃぃぃんっっ、あっ熱ぅぅっ‼　なぁ、何これぇぇ……！　そ、そんなぁぁ、わたし、おっお尻っで……っ⁉　や、やだぁぁウソぉぉ……っ！」

手触りのいいドレスに包まれた華奢な肩と、ごつごつした角をがっちり掴んでホールドし、パルミューラの温かいロリボディのケツ内へと、濃厚白濁液をドクドク流し込むこの征服快感！

搾られるというよりは引っこ抜かれると表現した方がいい勢いで、最後の一滴まで飲み干そうとウネる貪欲なケツマ○コは、紛れもなくアナルセックスの才能を開花させていた。

「はぁ、はぁっ……す、すっごい出たな……！　いい子だぞパルミューラ、素直で従順な尻マ○コだっ……ほら、お仕置きはお仕舞いだ、ごほうびにキスしてやる」

「んぁぁ、んぅっ⁉　ふ、ふにゃぁぁ……♥」

銀髪をさわさわと優しく撫でながら肩ごしに唇を奪うと、上気してトロけた幼い美貌が驚くほど素直にキスに応えて、俺の舌をついばんできた。

激しいアナル絶頂で頭がぼんやりした状態だからこその従順さだろうけど、一瞬こいつが外見相応の女の子のように錯覚してしまう。

「な、なんなのよ、もう……っ！　ううっ、やるだけやっておいてこんな……！」

くたっと床に倒れて、なまめかしく汗ばんだ黒髪を頬に貼り付かせたまま、どこかうらめしそうにそんなこっちの様子を見上げてくる荒い息のキリカ。

「おっと、仲間外れにして悪かったね、姫野さん。一緒にキスしよっか、キス」

「え⁉　だ、誰もそんなのしてほしくなんかっ……んぅぅっ⁉　まっまた勝手に体っ、動かさなっ……んぅぅぅ〜〜〜っっ‼」

「ふ、ふぁぁ……あ、あふ……っ！」

二人の体をまとめて引き寄せ、たっぷりねっとりと事後の３Ｐキスだ。

たった今尻の穴に特濃遺伝子を注ぎ込んでやった魔貴族と、今後注ぎ込む予定の姫騎士とのラブラブ唾液交換で、ロリ尻におさまったままのチンポが再びムクムクと熱を持ち始める。

「んひっ⁉　ま、また大きくっ……も、もうよいじゃろっ、早うこれを抜いてくれっ！　わ、わかったじゃろ、わらわ従順になって反省したじゃろ⁉」

再度の異物感に、はっと正気に戻って懇願するパルミューラ。

俺はもちろん、満面の笑顔でそれに応えた。

「なに寝ぼけたこと言ってるんだ。それとこれとは別……確か例のクッキー、お前が一人で五枚は余計に食ったんだよな？　だったら単純計算であと五発、みっちり注ぎ込まんとなぁ……！」

「ひっ⁉　そ、そんな理不尽なっ、おっおい助けろ姫騎士っ！　交代せよっ！」

涙目でべそをかくゴスロリ魔貴族から、申し訳なさそうに目をそらすキリカ。

「あー……悪いけど、いきなりそんな場所に入れるとか人間の体はそういうふうにはできてないから……が、頑張ってねパルミューラ」

「そ、そんな薄情なぁぁぁっっ⁉　んっんおっ……んぉぉひぃぃぃぃぃっっっ‼?」

小柄で軽いロリボディをソファーから今度は床に転がし、高く上げさせた尻にあらためて、ずぶずぶとバックスタイル挿入。

なかなかどうして飽きないこのいい尻を、今日は存分に味わい尽くすとしよう……。

「ところで姫野さん……意外とお尻、気持ちよかったみたいだね？　いきなりは無理でも、今度ちょっとずつやってみる？」

「なっ……や、やらないっっ‼　ぜ、絶対やらないからねっ、私そんなことっっ‼」

パルミューラに後ろからのしかかり、よりいっそうほぐれた尻穴を味わいながら。

まだ先になりそうだが、いつか絶対尻の処女も奪ってやる――と、俺は固く心に誓うのだった。

姫騎士がクラスメート！ THE GAME
～捕らえろ！モンスター娘コレクション～

■ストーリー

無事システィナ姫を手中にし、拠点の洞窟に戻ってきたトオルたち一行。だが、思いもよらない事態がそこに待ち受ける。

「留守の間に、モンスターたちが拠点の近くに棲み着いているだと⁉」

こりゃいかんと、さっそく退治にかかろうとするトオル。だが、偵察に行ったシエラの報告を聞くや、その表情が一変した。

「なに、女の子型のモンスターばかり……？」

（あっ……イヤな予感が……）

「よし、方針変更！　手加減しつつ全員捕らえるぞ、いいなみんな！」

「こ、こやつ……！」

かくして、モンスター娘たちの捕獲作戦が始まったのであった――。

■ルール説明

●概要とゲームの目的

これは一人用で遊ぶ、電子機器を使わないアナログゲームです。必要なものは筆記用具とメモ、6面体のサイコロが四つです（持ってないという人は、スマホなどで仮想サイコロを振るアプリもありますので探してみるのもいいでしょう）。

あなたはトオルとなって部下の魔隷たちに指示を出し、モンスター娘を弱らせて捕らえていきます。クリア後に310ページからのHシーンを読むとよりいっそう楽しめます！

●ゲームの進行手順（以下の手順を順番に行ってください）

【手順1】捕まえるモンスター娘を選ぶ

308ページに、捕獲目標となるモンスター娘「ケンタウロス娘」「スライム娘」「ハーピー娘」「ミノタウルス娘」「ラミア娘」が書かれています。この中から最初に捕まえようとする1体を選んでください。（注：最初は「捕獲レベル」の低いモンスター娘から選ぶのがオススメです）

【手順2】「モンスター娘の抵抗」の内容を決める

モンスター娘たちは当然、捕まるまいとして暴れたり攻撃してきたりします。その内容を、あなたがサイコロをひとつ振って決めます。出た数字（以下、『出目』と呼びます）に対応する抵抗の結果を確認してください。この結果が、以下の手順で影響をおよぼします。また、この結果によって捕獲するための【目標値】が決まります。

【手順3】サイコロを振る

あなたは四つのサイコロを一度に振ります。これがトオルの考えた作戦を表しています。振った後で、出目が気に入らないサイコロがあれば、1回だけ振り直すことができます。この時、いくつでも一度に振り直せますが、どれとどれを振り直すかは一度に決めてください。たとえば最初の出目が「2、3、5、6」なら2と3を振り直し、5と6はそのままにする、などです。2を振り直した後に、結果を見てから3を振り直すかどうか決める……といったことはできません。また、振り直した後の結果が気に入らなくても、振り直す前に戻すことはできません。

【手順4】サイコロを割り振る

306ページに、六人の魔隷たち「姫騎士キリカ」「アーマーゴーレムのナナ」「精霊弓士シエラ」「女戦士アメリア」「魔貴族パルミューラ」「女法術師ニーナ」が書かれています。【手順2】で振ったサイコロを、ひとつずつ誰かに配置してください。これがトオルの出す指令を表しています。一人に配置できるサイコロはひとつまでです。また、すべてのサイコロを必ず誰かに配置する必要はありません。配置しないサイコロがあってもOKです。

【手順5】魔隷たちのスキルが発動する

配置されたサイコロに従って、各キャラのスキルが発動します。サイコロを配置しなかった魔隷のスキルは発動しません。ここで「ダメージを与える」と書かれたスキルが発動した場合、その結果をすべて合計します。

【手順6】捕獲の結果を判定する

ダメージの合計が、【手順2】で決まった【目標値】以上になれば捕獲成功！　ただしこの時、合計が【目標値】より5点以上高くなると「オーバーキル」が発生し、そのモンスター娘は捕獲失敗となります。気を付けましょう！　また、ダメージの合計が【目標値】ちょうどだと後述する得点計算でボーナスが発生します。いずれにせよ、捕獲の結果と与えたダメージはメモなどに記録しておいてください。

※参考：手順1～6の一例

トオルはまずケンタウロス娘を捕獲することにした。サイコロを1個振り、抵抗の内容を決めると、出目は3。今回の【目標値】は22で、キリカとナナの与えるダメージが今回は3点ずつ減ってしまうことになる。次に4個のサイコロを振り、出目は1、3、5、6だった。トオルは1と3を振り直すことにする。振り直した結果、出目は2、5、5、6になった。

トオルは6をナナに、5をキリカに、もう片方の5をニーナに、2をシエラに配置することにした。ナナの与えるダメージは6＋3－3で6点。キリカの与えるダメージは5×2－3で7点、これがニーナのスキルで2倍されて14点になる。さらにシエラのスキルで2点ダメージを与えることにして、ダメージの合計は6＋14＋2で22。

これで【目標値】ちょうどとなり、捕獲成功&ボーナス発生。ベストな結果といえるだろう。

【手順7】レベルアップ！

捕獲で経験値を得たことで、魔隷の誰か一人をレベルアップしてスキルを強化できます。もし捕獲に失敗していても、レベルアップします。魔隷たちのスキルには（レベルアップ後）と書かれたものがあります。魔隷を一人選び、以後そのスキルをレベルアップ後のものに変更してください。この効果はゲーム中ずっと継続します。ただし、レベルアップ前のスキルに戻すことはできません。また、必ず誰かをレベルアップさせてください。

【手順8】次に捕獲するモンスター娘を選ぶ

捕獲できたかどうかにかかわらず【手順1】に戻って、次に捕獲するモンスター娘を選んでください。一度捕獲に失敗したモンスター娘に再挑戦することはできません。手順1～8を5回繰り返し、すべてのモンスター娘の捕獲または捕獲失敗が決定すればゲーム終了です。【ゲーム終了後の得点計算】に移ってください。

【特殊ルール】トオルの閃き

トオルは悪知恵やとっさの閃きによって、1ゲームに3回だけ状況を好転させることができます。以下の三つから使うたびにひとつ、適用する効果を選びます。合計で3回までなら、どの効果を何回使っても構いません。

（注：使用回数が残ってさえいれば、同じ効果を同じ手順に連続して使っても構いません）

❶「モンスター娘の抵抗」を決め直す

【手順2】で「モンスター娘の抵抗」を決めた後に、その結果を振り直して決め直すことができます。この時、結果が気に入らなくても振り直す前に戻すことはできません。

❷サイコロをもう一度振り直す

【手順3】でサイコロを振り直した後に、もう一度だけ好きな数のサイコロをいくつでも選んで振り直すことができます。この時、最初に振り直したサイコロだろうとそうでないサイコロだろうと、振り直す対象に選んで構いません。

❸ダメージをプラスマイナス5する

【手順6】で捕獲の結果を判定する際、ただちにダメージをプラス5、またはマイナス5して計算し直します。これにより、ダメージ不足やオーバーキルを防ぐことができます。

まったくもう、なんで私がこんなことまでしなきゃいけないのよ!?

姫騎士キリカ

kirika the princess knight

スキル　《聖騎剣技》

「置かれた出目×２」ダメージを与える。

レベルアップ後

「置かれた出目×３」のダメージを与える。

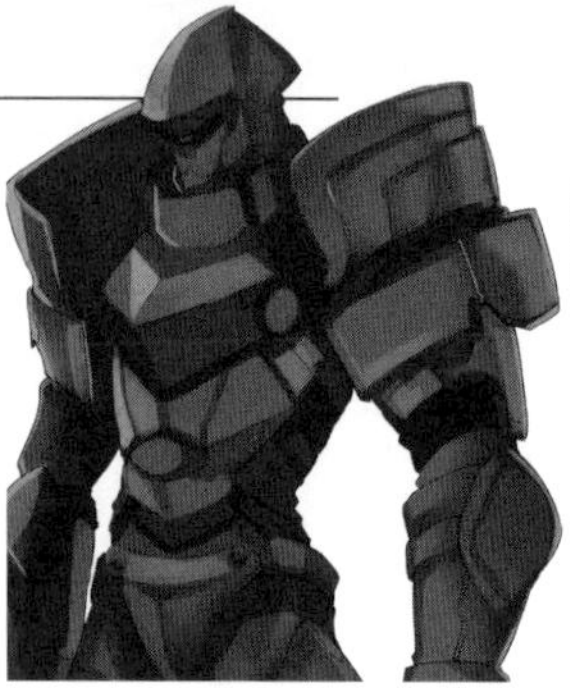

捕マエレバ良イノカ？任セロ、ゴ主人！

アーマーゴーレムのナナ

nana the armor golem

スキル　《怪力》

「置かれた出目＋３」ダメージを与える。

レベルアップ後

「置かれた出目＋５」のダメージを与える。

足止めなら…………シエラの弓の、出番

精霊弓士シエラ

sierra the element archer

スキル　《精密な弓技》

１～３の好きなダメージを与える。

レベルアップ後

１～５の好きなダメージを与える。

マスターも物好きだなぁ。ま、
いつも通りあたしは守り担当だ

女戦士アメリア

amelia the soldier

スキル 《盾技のガード》

「モンスター娘の抵抗」の「ダメージが(X点)減る」と書かれた効果を無効化する。

レベルアップ後

上記に加え「ダメージを与えられない」と書かれた効果を無効化する。

わ、わらわは絶対に
働かんぞ！　寝るったら寝るっ！

魔貴族パルミューラ

palmyra the dark lord

スキル 《必殺の術式》

出目が１でなければ置けない。11ダメージを与える。

レベルアップ後

出目が１～２でなければ置けない。13ダメージを与える。

こういう時こそ、わたしの便利な
魔法が役に立ちますよ～！

女法術師ニーナ

nina the sorcerer

スキル 《空間魔法の支援》

他のキャラに置かれている出目と同じ出目しか置けない。このターン、そのキャラが与えるダメージを(他のプラスマイナスの計算後に)２倍にする。

レベルアップ後

偶数か奇数かさえ同じなら、違う出目でも置けるようになる。

ふん、のろまな二本足などが我に追いつけるものか！

ケンタウロス娘 *centaur girl*

【捕獲レベル 1】

1～2……目標値：26

素早い動きで走って逃げようとしている！

3～4……目標値：22

強烈な馬キック！　キリカとナナが与えるダメージが３点減る。

5～6……目標値：23

速くて狙いが定まらない。シエラが与えるダメージが２点減る。

ふるふる……おにいさん……いじめるの？

スライム娘 *slime girl*

【捕獲レベル 1】

1～2……目標値：24

武器が体を突き抜ける！　キリカとシエラが与えるダメージが２点減る。

3～4……目標値：27

ふるふると楽しそうに震えながら転がっている……。

5～6……目標値：21

殴ってもすり抜け、効果がない！　ナナはダメージを与えられない。

空を飛べば、アンタなんかに捕まったりしないんだから！

ハーピー娘 *harpy girl*

【捕獲レベル 2】

1～2……目標値：28

高所から羽根を飛ばしてきた！　ナナが与えるダメージが３点減る。

3～4……目標値：32

空を飛び回りながらヒット＆アウェイをかけてきた！

5～6……目標値：29

空中戦は敵が一枚上手！　キリカが与えるダメージが３点減る。

ワタシの前に立つなら、ふさわしい力を見せてみろ、ニンゲン！

ミノタウロス娘 *minotaur girl*

【捕獲レベル 2】

1～2……目標値：33

巨大な斧を振り回し、真っ向勝負をかけてきた！

3～4……目標値：30

魔法の集中を乱す雄叫び！　パルミューラはダメージを与えられない。

5～6……目標値：31

斧で矢を払い落とされた！　シエラはダメージを与えられない。

いいわヨォ、遊んでアゲるわァ、坊やァ……うふふッ

ラミア娘 *lamia girl*

【捕獲レベル 3】

1～2……目標値：36

対魔力障壁！　パルミューラが与えるダメージが６点減る。

3～4……目標値：34

幻惑の魔眼！　シエラとキリカが与えるダメージが４点減る。

5～6……目標値：38

振り向きざまに、尻尾で奇襲を仕掛けてきた！

ゲーム終了時の得点計算

- 捕獲したモンスター娘の数×100点
- 【目標値】ちょうどのダメージで捕獲した数×50点
- 使わずに残した【トオルの閃き】の回数×50点
- サイコロ４個をすべて配置した回数×50点
- 与えたダメージの合計×1点

■ケンタウロス娘にバックで種付け■

「くっ……！　誇り高き草原の種族たるこの我が、のろまな二本足ごときに……っ！」

つややかな黒髪から馬の耳を生やした、どこか高貴な雰囲気を持つ馬娘。上半身は人間だが、なめらかな茶色の毛並みに覆われたたくましい馬そのものの下半身は、鎖でがっちりと足それぞれを壁に拘束されている。ニーナの魔法で力を抑えられているとはいえ、蹴られるのはゴメンだからな。

「なっ、やっ止めろぉ⁉　みっ見るなぁぁっ、そ、そこはぁっっ⁉」

馬尻の前に立ち、ふさふさの尻尾を持ち上げてやる。後ろ足二本をハの字に開いた形で拘束されてるから、閉じて隠すこともできない肉厚のマ○コ……人間とよく似た秘所が丸見えだ。

「おいおい。裸で外を走り回ってるのに、今になって恥ずかしがるのか？」

「ううっ……そ、その場所をそうやってさらけ出すのは、た……種をもらう相手にだけだっ！」

かあぁっと色白の頬を上気させる馬娘。知ってか知らずか、ほのかに馬マ○コが湿ってきた。

「そうか、なら俺の種を注いでやるよ。それなら問題なしだ」

「な……なぁっ⁉　ざっ戯れ言をっ！　だ、誰が二本足ふぜいの種をっ……ひっ⁉　あ、熱いのが当たって、こっこれはまさかぁっ……⁉」

大ボリュームの尻肉を掴み、踏み台を使ってちょうどいい高さにした割れ目めがけ、俺は押し当てた勃起チンポを一気にずぶずぶッと押し込んだ！

「んぉおっっ⁉　うああっおおおっっ……んっんはぁぁあああぁっっ⁉」

「くっ、体が大きいからユルいかと思ったら全然っ……俺のチンポにしっくり食いついてくるぞっ、お前の馬マ○コ……いや、馬ンコはっ‼」

打ち付けがいのある馬娘の巨尻めがけ、思いっきりバックピストンを叩き付ける。体が丈夫だから遠慮はいらない、誰がご主人様かをわからせるようにハメえぐり、尻を叩いて泣かせてやる。

「んぁっんおぉぉぅ⁉　そっそんなバカなことがぁぁっ⁉　我が二本足などに犯されるなんてっっ、それで体が悦んでいるなんてぇぇっっっ⁉　ひっはひぃぃぃっっっ⁉」

汗にまみれた人間の上半身がもだえ、チャラチャラと鎖を鳴らして下半身を精一杯暴れさせながらも、くわえ込んだチンポを離そうとしないどころかキュンキュンと愛情込めて締め付けてくる。

「ははっ、首を回して後ろ見てみろっ、尻尾パタパタ振って俺に媚びてるじゃないか？」

「えっ⁉　な、何をバカなっ……う、うあぁぁ⁉　嘘だ嘘だぁっ、我の体がっ、のろまな二本足のオスの種に媚び泣いているなどということがぁっ……ひっひぃぃぃ～～～～んっっ⁉」

パンパンパァンッ‼　と腰ごと大ぶりに打ち付け、トロけかけ馬娘マ○コにトドメの連撃だ。

「さあ正直になれっ！　オスの種をくれてやるっ、ヒンヒン鳴いて馬ンコで受け止めろぉぉ‼」

「ひぃぃっひぃんっっ⁉　ああっっ種が来るっ来ちゃうぅぅ⁉　いっ今出されたらっ、はっ孕むっ……二本足のっ、人間のオスに種付けされっ……ひぃぃやぁぁぁん～～～っっっっ‼」

ごちゅんっ‼　と密着させた子宮めがけ、俺は煮えたぎる金玉の中身をすべて解き放った。ドクドクと注ぎ込まれるその子種の熱さを、馬娘はどこかうっとりと受け止めていた——。

■スライム娘ととろけるセックス■

「うおっ、こ、この感触はスゴいなっ、新境地だ……！」

少女の輪郭を形作った、桃色の半透明の粘液としか形容できないものの中へと、対面座位でチンポを沈み込ませていく。飛び散って周囲を汚さないよう、風呂場の床の上でのプレイだ。

「ふるふる……おにいさんの、すっごくあっついよ……」

体と共に小刻みに揺れる高い声。どうやらこいつも気持ちいいらしく、粘液ボディの奥深くに入ったのが透けて見える俺のチンポ（すごい光景だ）を、内部の組織がウネウネ動いて迎えている。

「お前のは逆にひんやりしてて、新鮮な感じがするよ。これ、中を動かすってできるか？」

「ん……やってみる。こう……かな？」

「う、うおおっ!?　な、なんだこの動きっ！」

突然、粘液おま○こが四方八方にウネウネ痙攣したかと思うと……チンポにニュッチリと絡みついた面が、ぎゅるぎゅると激しく動き回り始めた。右回転や左回転がランダムに、それも根元と真ん中と先端とで別々の方向に動くのだからたまらない。夢の全自動超多機能オナホールだ。

「おにいさん、お顔とろけてる……わたしも、とろけるの好きだよ？　もっと、とろけて？」

いつの間にか、半分形の崩れた手足が俺のそれに絡みつき、水風船のような半透明の巨乳も胸板に密着して貼り付いてくる。続いて体の表面を襲う、無数の舌で舐められているような快感。

「くおっ、くはっ……！　ぜ、全身が溶けたマ○コに飲み込まれていくみたいだ……っ！」

「ふふ……そうだよ、わたしたちスライム族は、こうやって体じゅうでえっちするの……ほんとは、そのままたべちゃうんだけどね……うふふ、おにいさんは特別。ラッキーだね」

さらっと怖いことを言う。ニーナの弱体魔法で力が抑えられてなかったら、文字通りこれが最後の快感になってたかもしれないわけだ。一瞬だけ、それもいいかと考えそうになるほど気持ちいい。

「じゃあせっかくのチャンスだ、普通じゃできないスライムセックスを味わい尽くさせてもらおうか……俺が今から言う通りに体の構造をコントロールしてくれ、できるか？」

「えっ……ふふ、おにいさんすっごくイヤらしいこと考えるね……いいよ、こう……かなぁ？」

耳打ちの直後——想像以上の未体験快感がチンポを襲い、俺は思わずのけぞり絶句していた。

その指示とは、スライム娘の膣内面を奥から入り口に向けて、あるいはその逆方向に、ベルトコンベアのように長く長くスライドさせるというものだ。何十個ものマ○コ、それもひとつひとつ微妙に形状が違うそれを一度に貫くという普通なら絶対に味わえない快楽がそこにあった。

「あん……すっごいとろけたお顔ぉ……じゃあ奥は、おクチとベロの形にして先っぽいっぱいおしゃぶりしたげるね……ふるふる、れろれろ……あはっ、中でびくんびくん、してきたぁ……！」

「げ、限界だッ……俺の精液っ注ぎ込んで、粘液と混ぜ合わせてやるッ!!　うおおっっ!!」

どくんどくんッッ!!　としびれるほどの快感がはじけ、スパークする。スライム娘の胎内にゆっくりと別の色、すなわち俺の白濁した精液が広がっていくのが、とろけた視界の中に見えた——。

「あはっ……どろどろたぁっぷり、カラダに混ざってく……ごちそうさまでしたぁ……！」

■ハーピー娘と空中セックス■

「待て待てこらっ、今さら逃がすかぁっ！」

「言われて待つわけないでしょヘンタイ人間っ！　飛んじゃえばこっちのものなんだからっ！」

　両手のかわりに大きな翼が生え、頭からも茶色い羽根飾りのようなものを伸ばした裸の少女が、拠点洞窟の入り口近くの窓から空に舞い上がろうとしている。他のモンスター娘たちは観念したが、こいつは性懲りもなく逃げるチャンスをうかがっていたようだ。

「……おりゃああっっ!!」

　そのまま飛び去ろうとするハーピー娘の可愛いお尻めがけ、俺は窓枠を蹴って飛びついた。

「ちょっ、何するのよぉぉ!?　お、落ちる落ちる放せぇぇ～っ!?」

　慌てて俺を振り落とそうと暴れながら、そのまま上昇しようとするが……力のほとんどを奪われ俺という重りを抱えた今では、高度３ｍ程度までが精一杯のようだ。それでも十分怖いが。

「負けたくせに聞き分けのないヤツは、こうだッ！」

「えっ、えっええっ!?　ま、まさかアンタこんなとこで何をっ……ッひぎぃぃぃっっっ!?」

　ふらふら飛ぶ体にしがみつきながら、俺を誘惑でもするかのように揺れるお尻めがけ、怒り狂うチンポをずぶずぶと突き込んだ。空中結合セックスの完成というわけだ。

「なんだ、嫌がってた割には濡れてるじゃないか」

「ちっ違っ!?　そ、そんなことないッ……んやっ、ひにゃぁぁぁんっっ!?　なっ何考えてんのよヘンタイ馬鹿人間っっ、あっ危ないわよぉぉっ、落ちたらどうするのよぉぉっっ!?」

何も掴まるもののない空中で、狭いマ○コを俺のチンポに貫かれ、ハーピー娘はあっちにフラフラこっちにユラユラ、わけのわからない軌道を描いて今にも墜落しそうなありさまだ。

「うるさいッ、そんなものは後で考えるっ！　今は生意気なお前を別の意味で落とすことで頭がいっぱいだからなっ、男をナメるなよ！　そらそらそらぁっ、空中ピストンを喰らえっっ‼」

「ひっ、はひぃぃっっ⁉　なっ何これぇっ、こんなの知らないぃっ、ハーピー同士でも飛びながらとか普通しないのにっ、あひぃぃやぁぁぁっっっ⁉」

風の中を舞いながら、まるで無重力の宇宙空間の中でセックスしているかのような不思議な手応えが全身を駆け抜ける。落ちるかもという恐怖感も、ゾクゾクと快感を高めるスパイスだ。

「ビクビク中がウネって締まってきたぞ、興奮してるんだな⁉　ほらしっかりチンポにマ○コで掴まりながら飛べっ、俺に空で犯されながらっ、頭の中を真っ白に飛ばせっっ‼」

「ああっっまた大きくぅ⁉　やだやだっ飛ぶっ、飛んじゃうっ、飛んでるのに飛びながらヘンなところに飛んでいっちゃうぅぅ～～～～っっ⁉　あっあひゃぁぁぁんんっっっ‼」

びゅるるっっ、どぷっどくんっ‼　と、空中で射精するという未体験の衝撃が俺の背筋を貫き、そして……脱力した俺たちはキリモミ状態で、真っ逆さまに地面へと――！

「うわっ……！　わぷっ、ぷはぁぁっ⁉　お、落ちた場所が川で助かった……」

「羽根が濡れて、これじゃ逃げられないよぉ……ま、まだまだエッチ、されちゃうんだぁ……！」

■ミノタウロス娘の牛ちちパイズリ■

「乳で包んで挟む……？　こ、これでよいのかニンゲン……？」

むにゅうんっ――と沈み込むような乳房が、ベッドに横たわった俺のチンポに覆い被さるようにしてにゅっぽり包み込み、やわやわと揉みほぐしている。さすが牛娘モンスター、だらしないほどにグラマーなボディに備わった、文字通りホルスタイン級のミルクタンクはズリごこち抜群だ。

「ああ、上手いぞっ……チンポが無重力状態みたいだ、姫やシエラ以上のボリュームだな……っ」

「んひっ⁉　き、急に触るなっ、いま乳を揉まれると集中できなくなるではないかぁ！」

そんなこと言われても、この超ボリュームおっぱいをいじくりまわしたい衝動には抗えない。両手で双球を掴み、こねると、面白いように指が沈み込んでチンポへの圧迫もより強くなる。

「そっ、そんなに搾られるとっ……あっあああっっ、出るっ出てしまうっっ！　アレがっ、ワタシの……お、お乳がぁっ、もっ漏れちゃうぅぅっ……！」

子供の頭ほどもある牛ちちの先端で、小指ほども膨らんだピンクの長乳首がぷるぷるっと震えたかと思うと、その先端からピュピュッと甘ったるい匂いのする乳白液が飛び出した。

「おお、まさかとは思ったけどやっぱり乳が出るのかお前。妊娠してるのか？」

質問しながらも乳首をリズミカルにつねってやると、ピンク色の髪から牛そのものの角を突き出したミノタウロス娘は射乳の快感にあえぎながら、ふるふると恥ずかしそうに首を振る。

「わ、ワレワレ一族は、その……は、発情期になるとこうして乳が出るようになってっ……んぁ、んひゃんっ⁉　お、オスを誘うようになるっ、のだ……んぁあ、もっ揉み方上手いぃっ⁉」

「なるほどね、道理でフェロモン全開のイヤらしい香りがするわけだ、このミルクは。じゃあこうしてチンポに塗りまぶして……っと」

乳首の先端をチンポに向けて搾ると、プシャッと白いしぶきが赤黒い肉棒を濡らす。

「ふ、ふぁあんっ⁉　こ、このまま乳で挟みコスればよいのか？」

「おおっこれはっ、滑りがよくなって快感がさらに強く……っ！」

少しとろみのあるミルクを潤滑液に、にゅちゃにゅちゃとイヤらしい音と共に狭い乳肉の谷間を激しく行き来するフル勃起チンポ。ガチガチの海綿体を包む、どこまでも柔らかい肉感がたまらない。

「くうぅぅっ‼　出るぞ、俺のミルクもくれてやるっ、乳マ○コでたっぷり受け止めろッ‼」

どくんっ、どぷどぷぅっっ‼　びゅぷぷっ、びゅくんどくんっっ‼

「やっ、ああっ熱ぅぅっ⁉　こ……これがオスの、ミルク……っ？　ドクドクとワタシの乳の谷間に注がれてっ……わ、ワタシのお乳と混ざってむせかえるような匂いだぁっ……ひゃうっ⁉」

たっぷりと天国の乳ホールに放出した後、俺は牛娘の両乳首にかぶりつき、舌で転がしながら直接その母乳を吸い出し始めた。甘い味が、俺の体とチンポに活力を与えてくれるかのようだ。

「美味いなぁ、お前のおっぱい……妊娠させたら、もっとたっぷり出るかな？」

「え、ええっ⁉　ワタシを母牛にするつもりかニンゲンっ、で、でもお前とならいい仔が……」

再び勃起したチンポをちらちら横目に見つつ、乳を漏らしながら赤面する牛娘だった——。

■ラミア娘のねっとり蛇舌フェラ■

「捕まえたモンスターのメスとHがしたいだなんて……ずいぶんと物好きネェ、貴方って」

「欲望には正直に生きるのが俺の信条でね、それにまぁ元の世界だとありえないプレイだしな」

ちろり、と長い舌で唇を舐める、青い肌の銀髪美女。その下半身は長大な蛇のそれだ。

「よくワカんないケドォ、アタシも気持ちイイのは好きだしぃ、いいわヨォ……んフフッ」

膨らんだ俺のチンポを外に出すと、あーんと牙の生えた口を開き……ラミア娘の20ｃｍはゆうにある赤いベロが、いきり立った亀頭から肉の幹にかけてしゅるしゅると巻き付いた。

「んふふ〜、ニンゲンじゃこんなおしゃぶりできナイでしょォ？　ほぉぉらぁ、れろれろれろぉ」

「ううっ⁉　し、舌が絡みついてっ……く、すごいなっ、言うだけのことはある……っ！」

ねっとりとヒルのように吸い付く唾液まみれの肉厚ベロが、勃起チンポをくるむようにして全周囲を這い回り、カリ首の段差や幹の血管などをいちいちイヤらしくしゃぶりまわしてくる。

「嬉しいナァ、褒めてもらっちゃったァ。じゃあ、こういうのはどうかしらァ……？」

「おおうっ⁉　くはっ……そ、そこはぁっ⁉」

二股に分かれた舌の先端がきゅっとすぼまり、ガマン汁をだらだら垂れ流す鈴口の割れ目をほじくったかと思うと――その内部、尿道へとにゅりにゅり侵入してきたのだからたまらない。

「ラミアの唾液はにゅるにゅる、ベロもすべすべだからぁ、イタくないでしょオ？　ほぉ〜らァ、オスの弱いところホジホジぬぷぬぷって、優しくイジめてあ・げ・るっ」

「うぁ、ひ、引っぱり出される時の快感がっ、やっヤバいなこれっ……うっくうぅぅっっ⁉」

尿道の中という鍛えようのない敏感な部位が、細く柔らかいメス肉によって優しくニュポニュポと摩擦され、ほじくりあげられる。押し込まれる時のせつない圧迫感と、引き抜かれる時のまるで射精しているかのような解放感が交互に襲い掛かって、俺は変な声を漏らしてしまう。

そしてその間にも、外側では巻き付いた舌がチンポの表面をにゅくにゅくゴシュゴシュと激しくコスりあげているのだ。ラミアならではの、一本の舌による内と外からの連携攻撃。

「あはぁ……舌の先っぽに感じるワァ、貴方の奥でグツグツ煮えたぎったお精子が、このカタぁいおチンポの外に出たがってるのがァ……私も体、燃えてきちゃウ……ッ」

しゅるしゅるとラミア娘の下半身が俺に巻き付く。チンポだけでなく全身を、かすかにひんやりとした感触とウロコのざらざら感が圧迫し、それぞれの触感の違いがまた心地よい。

「ほォラ、ぱっくんしちゃうわヨォ……んぶっ、んぶプゥッ……んっぷプッ、にゅぶンッッ!!」

舌で中と外を愛撫しながら、さらに唇をチンポにかぶせての愛情たっぷりフェラピストン。このまま蛇娘に呑み込まれ、消化されるかのような錯覚の中で……限界に達した俺の肉棒がはじけた。

「うっうおッッ!?　で、出ると同時に舌がッ引き抜かれてっっ……うあああぁぁぁっっ!?」

にゅるるんッ……にゅぽぉんっっ!!　どくっどびゅぅぅっっ!!　どびゅびゅるんっ!!

「んっ……こくっ、こくんっ……ぷはァッ！　あは、濃いィ……じゃあ次はモチロン、ここネ？」

しゅるりと蛇体がくねり、鱗の間に露わになった赤い裂け目へと、俺の目は引き寄せられた――。

あとがき

はじめての方ははじめまして、ウェブ版からお付き合い下さってる方は、こちらでも再びどうぞよろしく。そしてこの本を手に取って下さってありがとうございます、著者のＥＫＺです。

完全な趣味で「ノクターンノベルズ」での連載を気ままにやっている自分の作品が、まさか書籍になって本屋に並ぶことになるとは……当あとがきを書いている最中でもまだ驚きが続いているくらいです。

しかもあのキルタイムコミュニケーションさん（二次元ドリームノベルズやマガジンには昔から息子がお世話になってました）からお話を頂いたとあっては、一も二もなくＯＫする以外の道はないでしょう！

というわけで書籍化とあいなった本作、いかがだったでしょうか。楽しんでいただければ（そしてあわよくば実用していただければ）これ以上の喜びはありません。

また書籍化にあたって、パルミューラとキリカのエッチシーンを書き下ろしました（これはウェブ版で不定期に行なっている人気投票＆アンケート企画で、得票数の高かった組み合わせだったのでこの機会に……という理由ですね）。他にもキャラクターを使ったボードゲームなんかも趣味混じりで追加してみましたが、こちらも楽しんでいただければ幸いです。

不確かなイメージしかなかったキャラたちに、素晴らしいデザインと絵を与えてくれた吉沢メガネ先生、不慣れな自分を出版までリードしてくれた編集部の方々、そして感想などで激励をくれたウェブ版読者の皆さんと、書籍版からの新しい読者の皆さんに、等しく最大限の感謝を捧げます。現在も連載中のウェブ版ともども、今後とも応援いただければと思います。

……ところで今更ですが「王族じゃないキリカはいわゆる『〝姫〟騎士』ではないのでは？」というごもっともなツッコミ所に疑問をお持ちの方、ええはい、この世界のジョブ定義ではまあそういうもんだということでご容赦ください（トオルにとっての高嶺の花、というニュアンスも入ってこうなってるというのもあります）。いずれにせよ、姫騎士という二次元ドリーム感あふれる単語には夢と可能性が詰まっているということなのです、きっと。それではまた！

（ペンネームの由来は自分でも忘れた）ＥＫＺ

ダンジョン運営×魔王モノ
異色のダークファンタジー!
ただ一人、黙々と地下道を掘り続ける老人。その姿が突如きらぎらと双眸を輝かす若者へと変貌する。
――彼の名はオウル。
人生をかけた研究の末、ついに〝魔王〟となるべき資格を得たのだ!
手始めにサキュバスの美女、リルと契約すると、彼は自らの国土となる広大なダンジョンの創造へと乗り出していく!
「俺は人間を信じておらん。人は必ず裏切る」
人間不信の魔王が世界に挑む、ダークファンタジー&ハーレムロマンここに開幕!
【小説】笑うヤカン
【イラスト】新堂アラタ
魔王の始め方 I
HOW TO BOOK ON THE DEVIL

次巻予告

島に漂流した五人の男女。
極限状態に陥った時……本能と良心、
それぞれの思惑が交差し衝突していく！

乗り合わせた船が沈み、南海の孤島に流れ着いた二人の男と三人の女。
漂流者たちは各々の方法で必死に生き残るすべを探す。
交差する思惑と愛憎、信頼と裏切り。
抑えきれない性欲、そして殺意……。
極限状態に陥った時、人間のエゴイズムが醜くも美しく露わとなる、
孤島サバイバルサスペンス！

極地恋愛【キョクチレンアイ】

【小説】七色春日
【イラスト】春夏冬工

2015年3月発売予定！

KTC 編集・発行 キルタイムコミュニケーション
〒104-0041 東京都中央区新富1-3-7 ヨドコウビル TEL:03-3555-3431(販売) FAX:03-3551-1208
最新情報は オフィシャルサイトへ キルタイムコミュニケーション 検索

姫騎士がクラスメート！ 1

2015年2月9日　初版発行

【小説】
EKZ

【イラスト】
吉沢メガネ

【発行人】
岡田英健

【編集】
磯山悠司

【装丁】
キルタイムコミュニケーション制作部

【印刷所】
図書印刷株式会社

【発行】
株式会社キルタイムコミュニケーション
〒104-0041　東京都中央区新富1-3-7ヨドコウビル
編集部　TEL03-3551-6147／FAX03-3551-6146
販売部　TEL03-3555-3431／FAX03-3551-1208

禁無断転載　ISBN978-4-7992-0681-2　C0093

本書は小説投稿サイト「ノクターンノベルズ」(http://noc.syosetu.com/)に掲載されていたものを、
加筆の上書籍化したものです。